MATTEO STRUKUL es novelista y dramaturgo. Vive entre Padua, Berlín y Transilvania. Es licenciado en Derecho y doctor e investigador en Derecho Europeo. Ha publicado varias novelas históricas y thrillers en Italia, Estados Unidos, Gran Bretaña y Alemania.

Dirige los festivales literarios Sugarpulp y Chronicae (Festival Internacional de Novela Histórica).

Es docente en la Universidad de Roma y escribe en las páginas culturales de *Venerdì di Repubblica*.

Los Médici I
Una dinastía al poder

Matteo Strukul

Traducción de Natalia Fernández

Penguin
Random House
Grupo Editorial

Los Médici I
Una dinastía al poder

Título original: *Medici. Una dinastia al potere*

Primera edición en B de Bolsillo en España: abril, 2019
Primera edición en B de Bolsillo en México: junio, 2023

D. R. © 2016, Newton Compton Editori, s.r.l.
Publicado por acuerdo con Baror International, Inc.

D. R. © 2017, 2019, Penguin Random House Grupo Editorial, S. A. U.
Travessera de Gràcia, 47-49, 08021, Barcelona

D. R. © 2023, derechos de edición mundiales en lengua castellana:
Penguin Random House Grupo Editorial, S. A. de C. V.
Blvd. Miguel de Cervantes Saavedra núm. 301, 1er piso,
colonia Granada, alcaldía Miguel Hidalgo, C. P. 11520,
Ciudad de México

penguinlibros.com

D. R. © 2017, Natalia Fernández, por la traducción

ISBN: 978-607-383-025-6

Impreso en México – *Printed in Mexico*

A Silvia

FEBRERO DE 1429

1

Santa Maria del Fiore

Alzó los ojos hacia el cielo. Parecían polvo de lapislázuli. Por un instante sintió que le subía el vértigo y se le agitaban los pensamientos. Luego, bajó los ojos y echó un vistazo a su alrededor. Vio a los albañiles que preparaban el mortero, mezclando la cal con la arena clara del Arno. Algunos de ellos estaban encaramados en paredes medianeras tomando un desayuno rápido. Trabajaban en turnos agotadores; incluso a menudo pasaban allá semanas enteras y dormían entre andamios de madera, placas de mármol, ladrillos y escombros.

A más de un centenar de brazas del suelo.

Cosimo se deslizó entre los puentecillos de madera: parecían los dientes negros y afilados de una criatura fantástica. Avanzó poniendo mucho cuidado en no pisar en falso. Aquella visión de una ciudad sobre la ciudad lo fascinaba al tiempo que lo dejaba aturdido.

Casi a la vez llegaba a la base de la cúpula en construcción lo que arquitectos y maestros de obra llamaban el tambor. La mirada huía a través de la estructura: en la plaza subyacente, el pueblo de Florencia miraba Santa Maria del Fiore con los ojos de par en par. Cardadores, comerciantes, carniceros, granjeros, prostitutas, hospederos y viajeros: todos parecían elevar una silenciosa plegaria para que el diseño de Filippo Brunelleschi se ejecutara de una vez. Aquella cúpula, que tanto habían esperado, finalmente tomaba forma, y en el logro de tal empresa parecía tener que ver aquel orfebre. Cosimo lo vio vagar como alma en pena entre las pilas de materiales y las columnas de ladrillo, con la mente absorta, casi ausente, y, sin embargo, asaltada por quién sabe cuántos cálculos. El rostro, iluminado por unos ojos tan claros que parecían gotas de alabastro brillantes sobre la piel blanca y salpicada de todo tipo de colores y materiales.

El canto de los martillos lo despertó de aquel enésimo momento de desorientación. Los herreros estaban trabajando. El aire recogía las mil voces de sugerencias e instrucciones. Cosimo inspiró largamente; luego dirigió la mirada hacia abajo, a los pies del octógono. El gigantesco cabrestante concebido por Filippo Brunelleschi giraba sobre sí mismo sin cesar. Los dos bueyes encadenados caminaban plácidamente en un círculo mudo. Avanzaban dando vueltas guiados por un muchacho joven y con aquel movimiento de rotación ponían en funcionamiento ruedas dentadas y engranajes colocados en el tambor del cabrestante, de manera que levantaban bloques de piedra con su peso infinito y los elevaban a alturas que nunca hubieran alcanzado con otro procedimiento.

Brunelleschi había ideado máquinas increíbles; las había diseñado, había llamado a los mejores artesanos y, haciendo trabajar sin descanso a sus obreros, había logrado en un tiempo mínimo un arsenal entero de maravillas que permitían levantar y colocar en puntos precisos losas de mármol y partes de la estructura de madera de los andamios, decenas de sacos de arena y mortero.

Cosimo habría querido gritar para liberar toda la alegría y satisfacción al ver el ritmo admirable con que avanzaban las obras. Nadie había logrado imaginar una cúpula para la planta octogonal de la tribuna, ¡nadie! Sesenta y dos brazas de longitud eran una infinidad y Filippo había diseñado una cúpula con una arcada superior a esa medida, sin la ayuda de ningún soporte visible. Nada de contrafuertes externos ni arcos de madera incorporados en la estructura, como había propuesto su antecesor Neri di Fioravanti. Había dejado con la boca abierta a los de la Obra de la Catedral, que se habían encargado de la ejecución de la cúpula.

Brunelleschi era un genio o un loco. O tal vez las dos cosas. ¡Y los Médici habían asumido ese genio y esa locura! Cosimo, el primero. Sonrió por aquella audacia y reflexionó sobre el significado que tal objetivo tendría no solamente para la ciudad, sino para su persona. A juzgar por lo que sucedía allí arriba, había que estarse quieto, especialmente viendo aquel astillero en continuo crecimiento, una especie de Torre de Babel enloquecida que contaba entre plataformas y andamios una infinita masa de artesanos: carreteros, albañiles, cordeleros, herreros y también posaderos, vendedores de vino e, incluso, un cocinero con un horno para cocer el pan que se servía, durante las pausas, a los trabajadores. Algunos de ellos estaban encaramados a los andamios de madera, otros trabajaban sobre las tarimas de mimbre que, alzadas sobre los tejados de alrededor, casi daban la sensación de ser nidos de pájaros, como si los hombres hubieran pedido ayuda a las cigüeñas para llevar a cabo aquella empresa titánica.

—¿Qué pensáis, señor Cosimo?

La voz delgada, pero firme, era la de Filippo.

Cosimo se dio la vuelta y se lo encontró delante, flaco como un fantasma, con los ojos saltones. Llevaba una túnica roja y nada más. La mirada líquida, una mezcla de orgullo y hostilidad que certificaban su carácter rebelde y violento que, de repente, se dulcificaba cuando se hallaba ante un espíritu grande.

Cosimo no sabía si pertenecía o no a ese grupo, pero lo que estaba claro es que era el primogénito de Giovanni de Médici, fundador de la familia que había contribuido sin reservas a la financiación y a la realización de la obra y que había dado el apoyo más importante a la candidatura de Brunelleschi.

—Magnífico, Filippo, magnífico. —Su boca estaba preparada para poner voz a la incredulidad que albergaban sus ojos—. No esperaba ver un avance similar.

—Estamos muy lejos de acabar; eso quiero dejarlo claro. Lo que más cuenta, señor, es que se me deje trabajar.

—Mientras estén los Médici entre los primeros mecenas de esta maravilla, no tienes nada que temer. En esto tienes mi palabra, Filippo. Hemos comenzado juntos y juntos terminaremos.

Brunelleschi hizo un gesto afirmativo con la cabeza.

—Intentaré completar la cúpula según los cánones clásicos, como estaba proyectado.

—No tengo ninguna duda, amigo mío.

Mientras hablaba con Cosimo, la mirada de Filippo se dispersaba en mil direcciones: hacia los albañiles que preparaban el mortero y ponían los ladrillos uno sobre otro y, luego, hacia los herreros que martilleaban sin descanso y hasta los carreteros que transportaban en carros sacos de mortero abajo a la plaza. Con la mano izquierda estrujaba una hoja de pergamino en la que había dibujado uno de tantos bocetos.

En la derecha, un cincel. Quién sabe qué pretendía hacer con él.

Pero daba lo mismo.

Después, tal como había aparecido, Brunelleschi se despidió haciendo un gesto con la cabeza y desapareció entre las vigas de madera y las estructuras de la cúpula interna, engullido por aquella obra colosal e inquietante, temblorosa de energía y rebosante de vida. A Cosimo solamente le quedaba la visión imponente de los arcos de madera entre las voces que resonaban a su alrededor al subir la enésima carga, izada con el cabrestante.

De pronto oyó una voz áspera lacerando el aire.

—¡Cosimo!

Se dio la vuelta, apoyándose en el andamio, y vio a su hermano Lorenzo avanzar en su dirección.

No tuvo siquiera tiempo de saludarlo.

—Nuestro padre, Cosimo, nuestro padre se muere.

2

Muerte de Giovanni de Médici

En cuarto entró, Contessina se reunió con él, con sus bellos ojos oscuros anegados de lágrimas. Llevaba un vestido simple, negro, y un fino velo, casi impalpable.

—Cosimo... —murmuró. No fue capaz de decir nada más, como si todas sus fuerzas estuvieran concentradas en detener el llanto. Quería ser fuerte para su amado esposo. Y le salió bien. Él la estrechó en un abrazo.

Un instante después, ella se deshizo del abrazo.

—Ve con él —le dijo—; te está esperando.

Se volvió hacia Lorenzo y, por primera vez en ese día, lo miró de verdad a la cara. Su hermano lo había seguido desde que habían bajado del andamio para llegar a los pies de la catedral de Santa Maria del Fiore y, a una velocidad vertiginosa, a la Via Larga, en la que despuntaba el tejado del Palacio de los Médici.

Castigaba los labios con sus dientes blancos. Cosimo se dio cuenta de lo abatido que estaba. De una belleza que parecía, por lo general, impermeable a la fatiga, en aquel momento tenía el rostro contraído y los ojos verdes y profundos estaban cercados de negro. «Tenía que haber reposado», pensó. En los últimos días, desde que su padre había acusado la enfermedad, Lorenzo había supervisado con mayor ahínco, si cabe, los asuntos del Banco, trabajando sin cesar. Hombre de acción y pragmático, menos dotado para el arte y las letras pero, ciertamente, de ingenio rápido y vivaz, su hermano era de los que, en caso de necesidad, estaba preparado para hacerse cargo de todas las angustias y cargas familiares. Cosimo, en cambio, junto con algunos representantes de la Obra de la Catedral, se había dedicado al control y la verificación del estado de los trabajos en la cúpula de Santa Maria del Fiore. A él le habían sido confiadas, en familia, la estrategia y la política, y ambas pasaban, en gran medida, por la magnificencia del mecenazgo y del arte. Y aunque el comité para la realización de la cúpula era plural y formalmente se refería solo a la Obra, no había en Florencia nadie que no supiera hasta qué punto Cosimo había apoyado e impulsado la candidatura, que luego resultó ganadora, de Filippo Brunelleschi. Siempre había sido él quien gestionaba, mayormente, las arcas familiares para la realización de esa maravilla que se estaba construyendo.

Cosimo abrazó a su hermano.

Después entró.

La habitación estaba llena de brocados oscuros. Habían retirado las cortinas de las ventanas de modo que todo el ambiente quedara inmerso en una luz débil, casi evanescente. Los candelabros de oro salpicaban la estancia. El olor a cera hacía que el aire fuera irrespirable.

Cuando vio a su padre, con los ojos ya apagados y suavizados por la muerte, Cosimo comprendió que no había nada que hacer.

Giovanni de Médici, el hombre que había llevado la familia al peldaño más alto de la ciudad, estaba abandonándolo. Su rostro, tan firme y decidido, parecía repentinamente encapotado con un impalpable y gris velo de debilidad, una sombra de consciente renuncia que lo convertía en una frágil imitación del hombre que había sido. Esa visión golpeó a Cosimo más que cualquier otra cosa. Le parecía imposible que a Giovanni, fuerte y decidido hasta hacía pocos días, pudiera devorarlo la fiebre de una manera tan agresiva y violenta.

Vio que su madre estaba a su lado, sosteniéndole la mano entre las suyas. Piccarda tenía un rostro aún hermoso, aunque ahora esa compuesta hermosura estaba hecha pedazos: las largas pestañas negras, perladas de lágrimas, los labios apretados cerrando una boca roja como el filo de un puñal ensangrentado.

Murmuró su nombre y luego se calló, porque cualquier palabra habría resultado inútil. Cosimo volvió la mirada a su padre y pensó de nuevo en aquella enfermedad, que se manifestó de repente, sin ninguna causa aparente. Al posar por fin los ojos en él, como si hasta entonces no se hubiera dado cuenta de que su hijo había entrado en la habitación, Giovanni tuvo un destello de viveza. Si bien estaba físicamente minado, no tenía intención de rendirse. En ese preciso momento, el estado de ánimo que siempre lo había distinguido del resto lo obligó a reaccionar, quizá por última vez. Logró incorporarse sobre los codos y sentarse en la cama, jadeando entre los almohadones de pluma que las manos amorosas de Piccarda habían dispuesto para que estuviera más cómodo. Alejó a la mujer con un gesto desdeñoso de enojo y le hizo una seña a Cosimo para que se acercara a la cabecera.

Aunque había vuelto a prometerse a sí mismo que sería

fuerte cuando llegara el momento, Cosimo no fue capaz de contener las lágrimas. Luego se avergonzó de aquella debilidad y se enjugó los ojos con el dorso de la mano derecha.

Se aproximó a su padre.

Giovanni tenía una última cosa que decirle antes de irse. Extendió las manos hacia él mientras Cosimo lo aferraba por los hombros. Clavó los ojos oscuros en los de su hijo. Brillaban como botones de ónice en el reflejo de la luz trémula de las velas que proyectaban destellos en la habitación ahogada en la penumbra. La voz del patriarca salió ronca y triste como el agua de un pozo.

—Hijo mío —murmuró—, prométeme que harás todo para comportarte con sobriedad en la escena política; que vivirás con moderación; como un simple florentino. Y que, no obstante, no dejarás de actuar con firmeza cuando sea necesario.

Las palabras fueron un río, aunque vertidas de manera limpia, pronunciadas con los últimos vestigios de vida que Giovanni pudo encontrar en aquel instante supremo.

Cosimo lo miró, perdiéndose en las pupilas oscuras y brillantes del padre.

—Prométemelo —le instó Giovanni con postrero fervor.

Los ojos penetrantes casi sometían a los del hijo y la curva de la boca dibujaba una expresión llena de fuerza y gravedad.

—Lo prometo —respondió Cosimo, con la voz quebrada por la emoción, pero sin vacilar.

—Ahora puedo morir feliz.

Según lo decía, Giovanni cerró los ojos. El rostro se le distendió, finalmente, puesto que había esperado demasiado en su duelo contra la muerte a fin de poder pronunciar esas palabras a su adorado hijo.

Expresaban todo aquello que él había sido: su devoción hacia la ciudad y su pueblo, la mesura y la discreción, sin ostentación de riqueza y de abundancia de medios, y, naturalmente, también su implacable y obstinada capacidad de decisión.

La mano se enfrió y Piccarda estalló en llanto.

Giovanni de Médici había muerto.

Cosimo abrazó a su madre. La sintió frágil e indefensa. Las lágrimas le humedecían el rostro. Entonces, mientras le susurraba que fuera fuerte, se deshizo del abrazo y se acercó a su padre para cerrarle los párpados y apagar para siempre aquella mirada que había animado la vida.

Lorenzo ordenó llamar al cura para que oficiase el último rito.

Después, cuando Cosimo salía de la habitación, lo alcanzó. Dudó un momento antes de hablar, por miedo a molestarlo, pero Cosimo le hizo una seña con la cara dándole a entender que estaba listo para escucharlo.

—Habla —le dijo—. ¿De qué se trata que no puede esperar?

—A decir verdad —comenzó Lorenzo—, tiene que ver con nuestro padre.

Cosimo levantó una ceja.

—Sospecho que alguien lo ha envenenado —dijo Lorenzo con los dientes apretados.

Aquella repentina revelación lo golpeó con la fuerza de un mazazo.

—¿Qué dices? ¿Cómo puedes hacer una afirmación de ese estilo? —Mientras pronunciaba aquellas palabras agarraba a Lorenzo por el cuello.

Su hermano había previsto una reacción como aquella y le sujetó las muñecas.

—Aquí, no —exclamó con voz ahogada.

Cosimo entendió inmediatamente. Estaba comportándose como un perfecto idiota.

Dejó caer los brazos a los lados.

—Salgamos. —No añadió nada más.

3

In cauda venenum

En el jardín el aire todavía era frío.

Era veinte de febrero y, a pesar de que no faltaba tanto para la primavera, el cielo parecía no querer privarse de su tinta color estaño, al tiempo que un viento gélido soplaba un hálito de muerte sobre el Palacio de los Médici.

El chorro de la fuente, en el centro del *hortus conclusus*, fluía gélido, rebotando plateado en la fontana. En la superficie del agua afloraban carámbanos de hielo.

—¿Te das cuenta de lo que dices?

Cosimo estaba furioso. No solo estaba trastornado porque acababa de perder a su padre de esa manera, sino que ahora tenía que afrontar las vulgares trampas de una conspiración. ¿Qué más quería? Su padre era un hombre poderoso y, con los años, se había hecho muchos enemigos, sin contar con que Florencia era lo que era: por un lado la esencia misma de la magnificencia y del poder, y, por otro, un nido de serpientes y traidores, donde las familias más poderosas, ciertamente, no habían visto con buenos ojos el ascenso de un hombre que, rozando la veintena, había logrado construir un imperio financiero y había abierto bancos no solo en Florencia, sino en Roma y en Venecia. Peor aún: su padre no había querido nunca renegar de sus raíces populares y, lejos de establecer su casa donde las familias nobles, había elegido quedarse con la gente común, cuidándose mucho de no ocupar cargos políticos. Las veces en las que había entrado en el Palacio de la Señoría se podían contar con los dedos de una mano.

Cosimo negó sacudiendo la cabeza. En el fondo de su corazón percibía claramente las buenas razones que le asistían a Lorenzo; pero si las cosas estaban como él decía, ¿quién podía haber cometido un delito semejante? Y, sobre todo, ¿cómo había podido llegar el veneno hasta la mesa de su padre? Buscó con sus profundos ojos negros los del hermano, claros y vivos. Su mirada sugería mil preguntas y dejó que se deslizara por un momento por la suya, para obligarlo a hablar.

—Me he preguntado si hacía bien diciéndotelo, puesto que lo que tengo hasta ahora son, sobre todo, sospechas —continuó Lorenzo—. Solo tengo una prueba de tales afirmaciones. Pero la muerte de nuestro padre ha sido tan repentina que me deja más de una duda.

—Sobre ese punto tienes toda la razón. Pero ¿cómo puede haber ocurrido? —preguntó Cosimo, exasperado—. Ese veneno, si es verdad lo que dices, tiene que haberlo traído alguien de casa. Nuestro padre no ha salido recientemente y, aunque así fuera, lo cierto es que no consumió ni alimentos ni bebidas fuera de aquí.

—Me doy cuenta. Por eso tengo una sospecha, como acabo de decirte. Por otro lado, enemigos no le faltaban. Y entonces, cuando pensaba que todo era una locura urdida por mi mente, he encontrado esto.

Entre sus manos Lorenzo hizo aparecer un racimo de bayas de color oscuro. Eran preciosas y parecían perlas negras: seductoras e irresistibles.

Cosimo no entendía nada; su mirada traslucía interrogantes.

—Belladona —dijo Lorenzo—. Es una planta de flores oscuras y frutos venenosos. Se encuentra en los campos, con frecuencia cerca de antiguas ruinas. Lo cierto es que he encontrado este pequeño racimo aquí, en nuestra casa.

Cosimo quedó consternado ante aquella revelación.

—¿Te das cuenta de lo que dices? Si es así, quiere decir que alguien en esta casa trama algo contra nuestra familia.

—Razón de más para no pasar por alto ninguna sospecha.

—Ya —convino Cosimo—. Estoy absolutamente de acuerdo, pero esto no nos impedirá llegar al meollo de este asunto que, de revelarse cierto, añadiría tragedia a la muerte. Espero que lo nuestro sean solo elucubraciones, porque si no fuera así, Lorenzo, te juro que mataré al responsable con mis propias manos.

Cosimo suspiró. Sintió que aquellas estúpidas amenazas sonaban vacías y que le transmitían un sentimiento de impotencia y frustración que casi no era capaz de retener.

—No debe de ser difícil hacerse con un veneno como ese, ¿no crees? En una ciudad como Florencia... —preguntó, no sin preocupación, puesto que era bien amargo constatar lo fácil que era atentar contra la vida de cualquiera en esa ciudad. Y con lo que era probable que heredase, de ahí en adelante tenía que estar doblemente atento.

—Cualquier buen boticario puede conseguir este tipo de substancias y preparar algún medicamento o alguna poción.

Cosimo dejó que su mirada se extendiera por el jardín a su alrededor. Estaba desnudo y gris, igual que la mañana invernal. Las plantas trepadoras formaban sobre los muros telas de araña oscuras e inquietantes.

—De acuerdo —dijo entonces—. Haremos lo siguiente: tú serás el que esté sobre la pista del envenenamiento; en casa no diremos nada. Alimenta tus sospechas, dales forma. Si de verdad hay un hombre que ha asesinado a nuestro padre, entonces quiero mirarlo a los ojos.

—Lo haré, no tendré paz hasta que el rostro de esa serpiente tenga nombre.

—¡Que así sea! Ahora regresemos.

Lorenzo asintió.

Tras decirlo volvieron a casa, con el negro presentimiento de aquella revelación abrumando sus corazones.

4

Las últimas voluntades

En esos días tuvo lugar el velorio.

Los representantes de las familias principales de Florencia acudieron a rendirle homenaje a Giovanni. Hasta aquellos que en vida lo habían considerado un enemigo acérrimo. Entre ellos, naturalmente, estaban los Albizzi, que desde siempre habían capitaneado Florencia. Rinaldo había llegado con aquella mirada suya llena de desdén y arrogancia. Sin embargo, no pudo evitar esa visita. Durante dos días, el Palacio de los Médici había sido un desfile de personalidades.

Ahora que todo había acabado y que los funerales se habían celebrado de manera espléndida pero comedida, Cosimo, Lorenzo y sus mujeres se encontraban en uno de los grandes salones del palacio para oír las últimas voluntades de Giovanni.

Ilarione de Bardi, el hombre de confianza de la familia, en el que Giovanni depositaba toda su confianza, acababa de romper los lacres y se aprestaba a dar lectura a las últimas voluntades de Giovanni. Lorenzo tenía el rostro ceñudo. Parecía absorto en sus pensamientos. Seguro, pensaba Cosimo, que estaba progresando en sus investigaciones. Pronto hablarían para analizar los avances que hubiera hecho. Entretanto, Ilarione había comenzado la lectura.

—«Hijos míos y únicos herederos: no he considerado necesario escribir testamento porque hace muchos años que ya os he nombrado directores del Banco teniéndoos a mi lado para todo lo concerniente a la administración y a la actividad general. Sé perfectamente que he vivido todo el tiempo que Dios ha tenido a bien, en su bondad de querer asignar el día de mi nacimiento, y creo que no me equivoco al decir que muero contento, porque os dejo con bienestar, con salud y, ciertamente, capaces de vivir en Florencia con el honor y la dignidad que os conviene y confortados con la amistad de mucha gente. Siento que puedo decir que la muerte no me resulta grave porque, de manera inequívoca y clara, tengo conciencia de que nunca he ofendido a nadie. Aun más, siempre que me fue posible hice el bien a cuantos lo necesitaban; y os exhorto a hacer lo mismo. Si queréis vivir seguros y ser respetados, os recomiendo observar las leyes y no escamotear nada de lo que debáis a otros, puesto que si no lo hacéis así, estaréis lejos de evitar que se susciten en torno a vosotros envidias y peligros. Os digo esto porque debéis recordar que vuestra libertad acaba donde empieza la de los otros y porque lo que incita al odio no es lo que se le da a un hombre, sino lo que se le quita. Tened, pues, cuidado en vuestros asuntos, ya que de ese modo recibiréis mucho más de todos aquellos que, ávidos y deseosos de apropiarse del patrimonio ajeno, acaban por liquidar el propio y se encuentran al final en una vida sumida en la desolación y el afán. De ahí que siguiendo esas pocas reglas de sentido común estoy seguro de que, a pesar de los enemigos, las derrotas y las desilusiones que de todas maneras afectan a la vida de cada uno de nosotros, he logrado preservar mi reputación intacta en esta ciudad y, cuando fue posible, incluso la hice crecer. No tengo duda de que si seguís estos pocos y simples consejos, también mantendréis y aumentaréis la vuestra. Sin embargo, si os empeñáis en comportaros de otro modo, entonces, con toda certeza, predigo que vuestro fin será uno solo, que no puede ser más que el de los que se han arruinado a sí mismos y han empujado a su propia familia a indescriptibles desventuras. Hijos, os bendigo.»

Ahí la voz de Ilarione se interrumpió. Piccarda estaba anegada en lágrimas. Era un llanto silencioso, aunque las mejillas estaban marcadas con surcos húmedos. Se llevó un pañuelito de lino finísimo a los ojos y los secó. No pronunció palabra alguna, ya que ella desde el principio quería que la voluntad y el discurso de Giovanni permanecieran en el ambiente, esculpiendo una visión que tenía que convertirse en un código de comportamiento para los hijos.

Luego Ilarione formuló la pregunta más obvia, pero también la más apropiada.

—Y ahora que he leído lo que se me pidió, os pregunto: ¿qué tenemos que hacer respecto al Banco?

Fue Cosimo el que tomó la palabra:

—Convocaremos en Florencia a todos los administradores de nuestros bancos en Italia con el objetivo de que vengan a rendir cuentas de la situación de cada uno de ellos. De esa parte y por el momento te ruego que te ocupes tú mismo, Ilarione.

El hombre de confianza de los Médici hizo un gesto afirmativo con gravedad.

Después se despidió.

Piccarda miró a Cosimo con firmeza, como siempre hacía cuando tenía que decirle algo importante. Lo había esperado en la biblioteca de la casa.

Estaba sentada en un elegante sillón forrado de terciopelo. Las brasas en la chimenea crepitaban y, de vez en cuando, alguna chispa se elevaba, como una brillante luciérnaga, hasta el techo artesonado.

Piccarda llevaba el largo cabello del cálido color de la piel de las castañas, recogido en una cofia bordada y ornamentada con perlas, de un tejido de hilo de oro y piedras preciosas. Gracias al intenso color añil, el sobrevestido azul forrado en piel resaltaba, por contraste, con los tonos suaves de sus ojos oscuros y se ceñía a la cintura con un magnífico cinturón de plata. Los pliegues de las muñecas lucían de manera discreta pero evidente la notable cantidad de precioso tejido que se había utilizado en la confección del vestido. Las amplias mangas terminaban en la muñeca con un bordado también de plata y estaban cortadas de tal modo que mostraban la manga del vestido de terciopelo brocado de color gris, que, con seguridad, había exigido una larga elaboración.

A pesar de las duras jornadas transcurridas, Piccarda estaba espléndida y decidida a hablar para que a su hijo le quedara claro lo que tenía que hacer. Cosimo no era, por cierto, estúpido, pero mostraba un amor por el arte y la pintura que, a su juicio, no siempre casaba bien con la herencia que acababa de recibir. Y Piccarda no podía consentir errores o malentendidos. Tenía que estar segura de que Cosimo había comprendido lo que le esperaba.

—Hijo mío —le dijo—, tu padre no podía haber sido más claro y afectuoso con sus palabras. Y, sin embargo, también tengo por seguro que a punto de fallecer no te habrá ahorrado recomendaciones de otra naturaleza. Florencia es como un semental salvaje: magnífica, pero con necesidad de que la domen. Cada día. Encontrarás en sus calles personas dispuestas a ayudarte y a apoyar tu trabajo, pero también bárbaros y ociosos dispuestos a cortarte el cuello y enemigos sofisticados que intentarán aprovecharse de tu buen corazón y de tu honestidad.

—Madre mía, no soy un novato —protestó Cosimo pensando en lo bien que estaba aprendiendo esa verdad.

—Déjame continuar. Sé perfectamente que no lo eres y que has desempeñado un papel importante en el crecimiento de esta familia, pero ahora las cosas se complican, hijo mío. Estoy convencida de que sabrás encontrar tu propio camino y, mientras sea respetuoso con la voluntad de tu padre, podrá desarrollarse según tus convicciones. Quiero instarte a actuar de acuerdo a la línea trazada y, por lo tanto, acomodar tu comportamiento al de los estoicos, marcado con ese fin por la búsqueda exterior del bien común, por la moderación en cualquiera de sus formas y por el rechazo formal del prestigio personal y de la ostentación. Asimismo, quiero decirte que pretendo estar siempre junto a ti, de ahora en adelante, y que será mi primera preocupación cuidar que la familia te siga, sean cuales sean tus decisiones. Pero recuerda que aunque la situación financiera es boyante y el prestigio evidente, los adversarios son muchos e insidiosos. Me refiero de manera particular a Rinaldo degli Albizzi. Guárdate de él y de sus manejos políticos. Que sepas que es un hombre despiadado y dispuesto a todo. Su ambición no conoce límites y estoy segura de que hará lo que sea para dañarte.

—Estaré en guardia, madre y sabré hacerme valer.

—Puedes contar con tu hermano, naturalmente. Siempre he pensado que vuestros caracteres y vuestra disposición de ánimo se combinan magníficamente. Más rápido e impetuoso él, más reflexivo y analítico tú. Allí donde él reacciona, tú meditas y, luego, te mueves con una visión amplia del mundo; y eso es hermoso y útil en la vida. Manteneos siempre cercanos y respetuosos con los modos y los tiempos del otro. Volviendo a lo que te espera: intenta ocuparte de tus asuntos y recuerda que es muy importante prever los movimientos de tu adversario. Giovanni siempre ha sido reticente a formar parte de la vida política de la ciudad, pero yo sobre ese punto no he estado nunca demasiado de acuerdo. Creo que es importante, al contrario, tener una posición intermedia, en la que, mientras estás al lado del pueblo, cultivas unas asignaciones de cargos políticos y funciones públicas que puedan incrementar las demandas populares y responder a las preocupaciones de los nobles, de modo que conserves una parte de apoyo por parte de las familias más poderosas. Lo que quería decirte es que tendrás que trabajar también en esa dirección, de modo que te asegures un doble apoyo.

Cosimo comprendía perfectamente lo pertinentes y sabios que eran los consejos de Piccarda. Asintió. Pero su madre estaba lejos de haber terminado.

—No soy yo la que te tengo que decir que, por lo que parece, Giovanni di Contugi ha incitado a Giusto Landini en Volterra. Y las razones residen en las leyes del catastro avaladas por tu padre.

»Te digo esto porque no podemos no tomar posiciones y se impone elegir. No quiero regañarte por la atención que estás dedicando a los trabajos en la cúpula de la catedral, pero es igualmente cierto que quedarse fuera de la escena política puede costarnos caro. Pon atención, por lo tanto, a ese hecho. No te pido que te expongas más de lo necesario: Rinaldo degli Albizzi podría ver con malos ojos un súbito interés por tu parte en los asuntos públicos, pero tampoco podemos dejarle a él y a su familia toda la iniciativa. Florencia se está armando contra Volterra y nuestra posición tiene que estar clara.

—Por otro lado no podemos tampoco traicionar al pueblo y a la plebe —observó Cosimo—. Giovanni, mi padre, ha querido esta ley del catastro, que ha ayudado a los florentinos a que vieran que se gravaba mayormente a la nobleza.

—Pero Rinaldo degli Albizzi nunca se lo ha perdonado. Lo que estoy intentando decirte es que no podemos ir en su contra ahora.

—Lo sé. Por eso Rinaldo ha movilizado a sus hombres armados, junto a Palla Strozzi, contra Giusto Landini.

—¡Naturalmente! Tu padre se habría alineado con los nobles, pero lo habría hecho sin tomar una posición demasiado clara. Y habría hecho bien. Lo que cuenta ahora es hacer entender, sea como sea, de qué parte estamos. El sentido de mis afirmaciones es justamente ese: ya no puedes permitirte no tener una línea política precisa y no dar a conocer tus intenciones. Por lo tanto, sin salirte de lo que fue el trabajo de tu padre, dale apoyo a Florencia, ya que su idea era repartir recursos y sacrificios según un principio de proporcionalidad y en eso no había nada malo. Y no hay contradicción alguna entre mantener ese principio y oponerse frente a una ciudad que se ha rebelado contra Florencia.

—Lo sé. —Suspiró Cosimo—. Pienso que elegiré acercarme a las otras familias, de modo que no dé la impresión, en este momento, de que queremos destacar excesivamente, pero salvando al mismo tiempo nuestra posición de protectores del pueblo y de la gente. Si perdemos a la gente común, todo aquello por lo que mi padre ha trabajado se perderá.

Piccarda asintió con satisfacción. Cosimo elegía bien y con buen juicio. Una sonrisa, cargada de amargura, le iluminó el rostro. Pero no le dio tiempo a proferir sonido alguno, ya que Contessina irrumpió en la biblioteca.

Tenía los ojos de par en par y parecía que el mismísimo diablo estuviera pisándole los talones.

—Giusto Landini... —gritó con voz ronca—. Giusto Landini ha muerto: ¡asesinado de mano de Arcolano y sus secuaces!

5

Rinaldo degli Albizzi

—El viejo se ha muerto, finalmente, y con ello los Médici sufrirán un duro golpe.

Rinaldo degli Albizzi se regocieaba. Estaba acurrucado en un banco de la posada con su jubón verde de brocado y unas calzas del mismo color. Palla Strozzi lo miraba con recelo.

—¿Qué pretendes decir? ¿Que sería este el momento adecuado para golpear a esos malditos usureros?

Rinaldo alisó sus rizos castaños. Sus ojos brillaban. Se quitó los guantes de cuero y los arrojó sobre la mesa de madera. Esperó a que la hermosa cantinera se le acercase y, en todo ese tiempo, no se dignó darle una respuesta a Palla. Le gustaba hacerle esperar. Era un modo de enfatizar la diferencia que, a pesar de todo, se interponía entre ellos. La familia Strozzi era poderosa, pero no como la suya. Y, además, Palla no era más que un humanista, un escritorzuelo delgado y elegante, pero completamente inútil. Para cambiar las cosas se requería temple y sed de sangre, y él estaba bien provisto de lo uno y de la otra.

—Tráenos una pierna de cordero —le dijo a la hermosa cantinera—; y también pan y vino tinto. Y date prisa, que hemos peleado mucho y tenemos hambre.

Mientras la mujer de largos rizos negros regresaba a la cocina con un gran frufrú de faldas, Rinaldo le lanzó una mirada de soslayo. Tenía el rostro y los ojos de un castaño bañado en oro. Había en sus formas algo que le encendía la sangre.

—Es interesante observar lo orgulloso que te muestras de nuestro valor guerrero cuando ni siquiera hemos movido un dedo. Pero supongo que forma parte de tu discutible modo de querer impresionar a la plebe —comentó Palla Strozzi, no sin un amago de rencor. Odiaba que Albizzi no le respondiera. Y eso sucedía más a menudo de lo que hubiera querido.

Por toda respuesta, Rinaldo sonrió. Después volvió los ojos hacia Palla, que estaba expectante sentado frente a él.

—Mi buen Palla —comenzó—, no te voy a ahorrar detalles. ¿No es acaso cierto que los Diez de Balia nos han encargado conducir a nuestros hombres contra Volterra y castigarla por sediciosa, y que, luego, la situación se ha reconducido sola? Lo has visto, ¿no? ¡La cabeza de Giusto Landini clavada en una lanza! Y te acuerdas de por qué Giusto no ha querido alzarse contra Florencia, ¿no es cierto?

—¡Cierto! —exclamó Strozzi—. A causa de las nuevas tasas impuestas por la ley del catastro.

—¿Que ha salido de la voluntad de...? —lo pinchó Rinaldo degli Albizzi.

—... Giovanni de Médici.

—¡Exactamente!

—Pero al final la arrogancia de Giusto fue castigada por sus propios conciudadanos. Arcolano ha reunido a los suyos y le han cortado la cabeza.

—Y, me permito añadir, como bien has observado anteriormente, al hacerlo nos han ahorrado a nosotros el trabajo sucio; y nosotros, como siempre, hemos salido limpios como un cielo de mayo y victoriosos por haber reconducido a Volterra bajo el ala protectora de Florencia.

—Y sin haber movido un dedo —concluyó Palla Strozzi.

—Exacto. Ahora bien —continuó Rinaldo—, es un secreto a voces que Niccolò Fortebraccio está incubando su venganza en Fucecchio, si es verdad, como parece, que fue, precisamente, Giovanni de Médici el principal impulsor de la paz en Florencia y el hombre que, a fin de cuentas, propició que los florentinos lo echaran. ¿Podrías negarlo?

—Me cuidaré mucho —dijo Strozzi impaciente—, pero no juegues conmigo, Albizzi.

—No estoy jugando en vano y pronto te darás cuenta. Ahora bien: es un hecho que la ciudad de Volterra, que parecía rebelarse, acaba de ser reconducida, de mala gana, por el señor Arcolano gracias a su juego impecable, sin lugar a dudas.

—Si es que se puede llamar juego a un asalto a mano armada...

Rinaldo apartó esa afirmación con un gesto de la mano, casi molesto. En efecto, estaba molesto, ¡y hasta qué punto!, ya que toleraba mal los modos afectados de Palla al enfatizar aquellos detalles estúpidos.

—Boberías —afirmó—. Si no se está dispuesto a verter sangre, mal podremos hacer que Florencia sea nuestra.

—Pero yo no tengo ningún problema en hacerlo, Albizzi, solamente me gusta que a las cosas se las llame por su nombre. —Palla sabía que actuando así irritaba al compañero y no deseaba, de ninguna manera, facilitarle la tarea. Después de todo, no se sentía inferior a él en absoluto.

—Venga, amigo mío, no exageremos con las sutilezas. Conserva esas tácticas tuyas para otros. Volviendo a lo nuestro: Niccolò Fortebraccio brama con ardor que volverá a incendiar la ciudad y a violar a sus mujeres...

—¿Y cómo culparlo por ello? —lo interrumpió Palla, y mientras lo decía también su mirada recayó en la hermosa cantinera, que ponía sobre la mesa un pan oloroso y una jarra de vino más negro que el pecado, junto con dos copas de madera. Al hacerlo, el amplio escote de su modesto vestido reveló un pecho blanco y contundente que hizo chasquear la lengua a Palla, como si hubiera probado un manjar irresistible.

Ella no parecía hacerle caso y volvió a la cocina sin que el otro le quitara la vista de encima.

—Presta atención a mis palabras en lugar de interrumpirme para importunar a la cantinera, viejo impenitente —le reprendió Albizzi—. Ya me queda claro que compartes los apetitos de Fortebraccio, pero no se trata de eso, ¡en absoluto!

—¿Y de qué se trata, por ventura? —Y mientras lo preguntaba, Strozzi vertió el vino en los vasos, llevando el suyo a los labios y vaciándolo en pocos tragos, en tanto el néctar le colmaba los sentidos.

—Lo que querría hacerte comprender es que debemos aprestarnos a la batalla. Solo desencadenando otra guerra podremos sumir la ciudad en la más absoluta confusión y, sea como sea, aprovechar para hacerla nuestra de un solo golpe.

—Pero ¿de verdad? —Palla se mostraba incrédulo y por eso instó a Rinaldo—. ¿De verdad estás tan convencido de que esa es la mejor estrategia? Veamos si he comprendido bien: ¿te gustaría utilizar el resentimiento de Fortebraccio contra los florentinos, sobornarlo bajo mano, hacer que esté al frente de la guerra contra Florencia y, sirviéndote de la sangre y el terror, apropiarte de la ciudad?

—Bueno. Esa es la idea y, además, sería una guerra falsa. Hacemos que maten a parte del populacho, tal vez con ellos terminemos con Cosimo y los suyos, y luego detenemos la matanza, ya que estamos de acuerdo, y tomamos el poder. Fácil y limpio, ¿no te parece?

Palla negó con la cabeza.

—No me convence en absoluto —dijo—. ¿No convendría tal vez esperar una ocasión más propicia? Ya sabes que Niccolò da Uzzano es amigo de los Médici y con él a su lado no será fácil derrotar a Cosimo ni apoderarse de la ciudad, como tú dices.

—Y entonces ¿qué propones? —soltó Albizzi con impaciencia—. Giovanni de Médici ha muerto y la familia y su patrimonio pasarán a la custodia de los hijos. Lorenzo es un tontaina, pero Cosimo puede ser peligroso. Ha demostrado en más de una ocasión que sabe comportarse. Está su nombre tras la cúpula de la catedral y todos conocemos sus relaciones con el papado. Por supuesto, se da muchos aires de benefactor y finge mantenerse al margen de la lucha, pero realmente es astuto y despiadado como su padre, tal vez incluso más. Lo cierto es que es un corrupto y un usurero y, si lo dejamos hacer, llevará a la ruina no solo a nuestras familias, sino a toda la República.

Palla resopló.

—Teniendo en cuenta que la cúpula de Santa Maria del Fiore no solo es asunto de los Médici, puesto que ha sido la Obra de la Catedral la que ha decretado la forma y las fases de la realización y que, por lo que me consta, Filippo Brunelleschi va trabajando a marchas forzadas...

—¡Incluso demasiado! —Fue Rinaldo esta vez el que interrumpió a Palla.

—Ya, incluso demasiado —convino Palla—. Y lo que es

peor: ¡en contra de los intereses de Lorenzo Ghiberti, que era el encargado de supervisar el trabajo junto con Filippo!

—Sí, sí, sé que esa es la mayor preocupación, pero hay que superarla. No es con la cultura con lo que vamos a resolver nuestros problemas —soltó Rinaldo, que a duras penas soportaba las constantes digresiones de pensamiento de su amigo, a menudo vinculadas a un tema completamente ajeno a él, como era el del arte.

—De todos modos —continuó Strozzi—, no veo cuál es la ventaja objetiva que podríamos obtener al destruir nuestra propia ciudad con el solo propósito de matar a los Médici. Llegados a ese punto, lo mismo daría que contratásemos un par de asesinos a sueldo. Y en cuanto al resto, ¿no tendría más sentido movilizar a Fortebraccio, no contra Florencia en sí, sino contra otro objetivo? ¿Y tal vez hasta legitimados por el Magistrado de los Diez de Balia?

Mientras las palabras de Palla Strozzi flotaban seductoras y sugerentes en el aire, la cantinera apareció con una bandeja de madera, de la que sobresalía una fuente con una enorme pierna de cordero cortada por la mitad. Dos tazones más pequeños extendían un intenso aroma de lentejas estofadas.

—¡Magnífico! —Se le escapó a Rinaldo, cuando tuvo la comida ante los ojos—. Pero... ¿decías qué...?

—Decía que quizá podríamos tener más suerte convenciendo a Fortebraccio para que dirija sus fuerzas sanguinarias hacia Lucca.

—¿Y con qué fin?

—Para extender nuestros territorios, legitimando así una nueva guerra, pero sin favorecer un asalto contra nuestra propia ciudad. Sería una locura; y te digo más: la primera parte de tu idea es buena: llenarle bien los bolsillos a Fortebraccio para convencerlo de que ataque. Solo que lo hacemos asaltar

Lucca. Está cansado de marchitarse en Fucecchio, es peligroso y está fuera de control, tú mismo lo has dicho, y así justificaremos la decisión de comprometerlo contra la ciudad de Paolo Guinigi. Yo en este momento estoy en los Diez de Balia y tengo buenos aliados, y tú los tuyos: no será difícil convencer al Magistrado Supremo de que emita un voto favorable para atacar Lucca e imponer nuestra hegemonía, de una vez por todas. Igual que ha sucedido con Volterra. Fortebraccio atacará y asediará Lucca. Una vez que haya tomado la ciudad, seremos nosotros los que, emisarios de la ciudad de Florencia, calmaremos los ánimos y, así, obtendremos la paz después de la victoria y nos ganaremos el favor del pueblo llano y de la gente de Florencia; y como salvadores de la República, reforzaremos nuestra posición contra los Médici en la ciudad.

Rinaldo reflexionó. La idea no era mala, pero Palla era demasiado sutil en aquellas elucubraciones suyas. Se quedó en silencio y dio una dentellada a la carne, arrancándola del hueso blanco.

Acababan de ganar la batalla contra Volterra, pero la guerra tenía que continuar, en esto estaba de acuerdo con Palla, y la idea de reforzar una vez más el propio prestigio y el propio poder político mediante la superioridad militar y la ampliación de la hegemonía florentina era una manera inteligente de reducir más el papel de Cosimo de Médici. Luego, ya en guerra, un golpe por la espalda, un tajo fatal… era lo habitual. Había muerte por todas partes y él tenía la intención de gobernar tiempos y formas. No se quedaría mirando.

—Vamos a combatir, sea como sea. —Al decirlo levantó la copa. Palla Strozzi hizo lo mismo, sellando el brindis.

—Y reduciremos a silencio a ese maldito heredero de la

Casa Médici. —Rinaldo vació la copa. El vino le empastó los labios. A la luz color de mantequilla de las velas parecía sangre coagulada. Dejó escapar una sonrisa cruel—. Cosimo tiene los días contados —añadió con voz ronca.

6

La perfumista

Lorenzo no era nuevo en asuntos de veneno. Entre sus muchas virtudes, había heredado de su madre la pasión por las hierbas y los polvos. No era boticario y ni siquiera conocía las alquimias secretas dictadas por la sabiduría popular y, sin embargo, algo de la pasión materna estaba en él, aunque solo fuera para ser capaz de conocer qué boticarios en Florencia podían hacerse con cierta facilidad con polvos o hierbas venenosas.

No era mucho para empezar, pero, por lo menos, era algo y, a decir verdad, de un hecho estaba prácticamente seguro: su padre podía no haber muerto de muerte natural. Algo le decía que aquella enfermedad repentina y sin esperanza había sido inducida.

Por quién y con qué propósito todavía no podía saberlo. Las preguntas se agolpaban en su mente y las posibles respuestas multiplicaban dichas preguntas. Por ello, sin grandes dificultades, había decidido de manera bastante racional abordar el problema siguiendo el método más simple y seguro: sacar a la luz la trama criminal desde su final hasta su principio.

Partiendo de ese supuesto, en los días que siguieron a la muerte de Giovanni, resolvió interrogar a algunos boticarios y se obstinó en ello. Es verdad: se había arriesgado. En un par de situaciones había incluso ido más allá de lo permitido, pero, en cierto modo, todos sabían quién era y, lo que es más importante, a quién representaba. Por eso también aquellos que habían sufrido una palabra o un gesto de más se guardaron bastante de abrir la boca por temor a enfrentarse con los Médici. El verdadero meollo de la cuestión era que todo había resultado en vano.

Entretanto, junto con Cosimo, había mantenido bajo vigilancia a la servidumbre que prestaba sus propios servicios en la Casa de los Médici. Era un asunto complejo, pero al final las sospechas se habían concentrado en una hermosa camarera de negros cabellos, que había sido contratada poco tiempo antes. Realizaba algunas tareas secundarias un par de días a la semana. Después de algunas averiguaciones, Lorenzo se había encontrado con que, anteriormente, aquella mujer había regentado por un tiempo una tienda de perfumes en Florencia. Se llamaba Laura Ricci. Si alguien sabía algo en materia de brebajes y otras malas artes, esa era ella, se habían dicho. Naturalmente lo había hecho de tal manera que no se dejaran entrever las sospechas. Lorenzo la había seguido para saber dónde vivía y para intentar hacerle algunas preguntas. Tenía que moverse con cautela y cuidado. A fin de cuentas no había prueba alguna de que hubiera sido ella; no obstante, era la persona más probable.

Por esa razón, en aquel momento, Lorenzo estaba siguiendo a hurtadillas a aquella hermosa perfumista. Iba detrás de ella desde hacía un rato entre callejuelas embarradas y oscuras de la ciudad, incrustadas de sangre y de restos de carne de matadero.

La de los carniceros era ya una *vexata quaestio* en la ciudad, ya que, con las constantes idas y venidas de sus carros y carritos solían dejar estelas de sangre y restos de carne a lo largo de las calles del centro. El olor era nauseabundo y preñado de una pestilencia dulzona que producía náuseas. Desde hacía tiempo, el Consejo de los Doscientos había planteado la cuestión, pero ninguna de las instituciones competentes había decidido qué hacer. Hubo quien propuso trasladar las tiendas de todos los carniceros florentinos al Ponte Vecchio, pero no se había hecho nada.

Tras pasar el Mercado de la Paja, Lorenzo había seguido a la mujer hacia el Ponte Vecchio, hasta llegar a Oltrarno. Allí, tras dejar atrás el Hospicio para Caminantes, la perfumista había proseguido hacia el puente de la Santa Trinidad; a continuación había tomado un callejón a la izquierda, hasta detenerse frente a lo que debía de haber sido su tienda.

Había sacado una llave y la había introducido por el ojo de la cerradura.

Había mirado a su alrededor, sin ser capaz de ocultar una sombra de preocupación, y luego entró. Parecía sospechar que estaban siguiéndola.

Al entrar, Laura encontró el local tenuemente iluminado. No más de cuatro velas expandían su débil luz desde una lámpara de araña, de hierro, colgada del techo. En el intento de hacer menos lúgubre el ambiente, abrió un cajón y sacó algunas velas de sebo; las colocó en un candelabro de plata de tres brazos que apoyó sobre un mostrador, en medio de una serie de recipientes de vidrio que contenían hierbas y polvos de colores.

Apenas había acabado de iluminar la estancia, con cuidado de mantener las persianas bajadas, cuando una voz casi hizo que se sobresaltara.

Sentado en un sillón de terciopelo, en un rincón, había un hombre de aspecto portentoso. Tenía profundos ojos azules y cabellos rojizos. Vestía completamente de negro, incluida la capa que le colgaba de un hombro. El farseto, reforzado con placas de hierro, lo situaba entre los hombres de armas. Además, llevaba una daga corta en el cinto, ideada para sacarla sin dificultad. Ya hacía un rato que con ella había cortado una manzana en cuatro y había empezado a comerla, aparentemente con gran satisfacción.

—Parece que ya has llegado, *mein Kätzchen*?

El hombre había pronunciado aquellas palabras con un tono áspero y desagradable, enfatizado por una voz aguda y casi incapaz de mantenerse en el mismo tono. En cierto sentido, iba y venía a voluntad, de arriba abajo, sin que fuera capaz de gobernarla. No del todo, por lo menos.

—¡Dios mío, Schwartz! —dijo Laura—. Me has asustado.

El mercenario suizo la había mirado un buen rato sin hablar.

La vio estremecerse bajo su mirada heladora.

—¿Tienes miedo de mí? —le preguntó.

—Sí.

—Muy bien. ¿Tienen sospechas?

—Sí.

—Lo imaginaba. Por lo demás, has hecho lo que debías hacer. Aunque comprendieran algo, es demasiado tarde.

—¿Qué quieres decir?

—Ven aquí.

Ella se quedó donde estaba.

Él no lo hubiera admitido jamás, pero aquello le gustó aún más. Le gustaban las mujeres con temperamento. Y Laura lo tenía, vaya si lo tenía.

La miró un instante demasiado largo, pero es que era una verdadera belleza. Incluso a la luz trémula de las velas estaba deslumbrado por aquella piel olivácea y se perdió de nuevo, al menos por un momento, en aquellos ojos verdes como un bosque en verano. Una cascada de rizos negros enmarcaba un óvalo perfecto, pero era tal vez el perfume, intrigante y seductor, lo que le robaba el alma, aquel aroma de menta y ortiga que se extendía e inundaba la estancia entera con su esplendor líquido.

—¿Cómo es que cerraste la tienda? —cambió de tema.

—Los negocios no iban bien; y sea como sea no es asunto de tu incumbencia.

—De acuerdo, de acuerdo. —Al decirlo levantó las manos en señal de rendición. El filo de la daga brilló a la luz de las velas.

—¿Quieres contarme el motivo de tu visita?

—Vengo para salvarte.

—¿En serio?

—Me parece claro que los Médici ya han descubierto la cosa. El hecho de que Lorenzo te haya seguido demuestra que tengo razón. Y no solo eso: te espera ahí afuera. Lo he visto.

—¡Dios mío! —Laura hizo una mueca de dolor—. ¡No me he dado cuenta! ¿Le tienes miedo?

—Ni lo más mínimo.

—Pues deberías.

—¿Y por qué?

—¿Tienes una vaga idea de quiénes son? Evidentemente no.

—Ven aquí —volvió a ordenarle.

—¿Y si no quiero?

—No me hagas repetirlo. No estoy de humor para ver que me rechaza un favor una mujer que me necesita.

Laura pareció quedarse pensando un instante en lo que Schwartz le había dicho.

Luego pronunció tres palabras.

—Una hermosa mujer —subrayó ella con media sonrisa—. ¡Demasiado hermosa para alguien como tú, Schwartz!

—Sí —dijo él con sorna—. De una manera o de otra la mujer bella está siempre ahí ¿no es cierto? Pero no te des tantos aires o, como hay Dios que con esta daga te hago un par de tajos en la cara que perderás en un santiamén todo tu encanto.

Laura experimentó un sentimiento indescriptible. Era algo inextricablemente ligado a un pasado lejano, que esperaba haber borrado para siempre. Una rabia profunda, que solo comprendía ella, le encendió la mirada. Pero duró solo un instante y trató de no dejar que se viera. Esperaba haber sido lo suficientemente rápida y astuta como para haber engañado a Schwartz; sobre todo porque, de manera casi inexplicable, se sentía atraída por aquel hombre.

Schwartz la cogió por el pelo y la obligó a arrodillarse.

—Esta vez quiero que me muestres tu gratitud por completo.

—¿Qué dirá...?

—¿... nuestro común señor? —la interrumpió—. No te preocupes, piensa solo en esto. —Y mientras lo decía le puso el filo en la garganta.

Laura entendió. Sin añadir nada más, se puso de rodillas.

Le bajó los calzones. Lo hizo lentamente, de modo que prolongara la espera y el placer de Schwartz; y también el suyo. A fin de cuentas, sabía muy bien cómo hacer gozar a un hombre. Cogió el miembro entre las manos. Estaba ya duro y grande. Las primeras perlas le cubrían el glande.

—Chúpamela ahora —dijo él— o te corto el cuello.

Laura se lo metió en la boca y Schwartz gozó de un placer que jamás había experimentado.

7

La fe y el hierro

Cosimo necesitaba estar solo. Eran demasiadas las cosas que lo habían angustiado en aquellos días de dolor y locura. La muerte de Giovanni había dejado un vacío insondable, y saber que no se podía excluir el envenenamiento había abierto una herida profunda y lo había vuelto consciente de su propia vulnerabilidad. Alguien de la propia casa había conspirado contra ellos. Quizás era una fantasía de Lorenzo, pero Cosimo lo dudaba. Su padre había empeorado y se había apagado repentinamente; y hasta hacía unos días le había parecido un hombre muy fuerte.

No era suficiente, es cierto. No tenían muchas pruebas aparte de las bayas de belladona y las sospechas sobre la camarera, sin embargo... Sin embargo, lo había dicho también su madre: los enemigos eran muchos, así que ¿por qué seguir alimentando la ingenuidad?

Lorenzo había puesto bajo vigilancia a toda la servidumbre y se eligió a algunos nuevos catadores. Como si no fuera suficiente todo el equipo de servidores encargados del condumio. Cuando Piccarda había pedido explicaciones, Cosimo había procedido de manera que no la alarmara demasiado y, aunque le había dado la razón, arguyó algunas deficiencias leves para cambiar buena parte del personal.

Piccarda lo miró incrédula, pero no quiso averiguar más. Se fiaría de él, tal como había prometido.

Miró hacia arriba, manteniendo la vista en la hermosa cúpula. La luz clara del invierno se filtraba por la torre-linterna y los tragaluces hasta la base de los arcos y encendía una dulce lluvia de rayos.

Aquella visión lo animó. Volvió a pensar en Filippo Brunelleschi, en su arte, que era la feliz unión de genio y determinación. Aquel hombre era obsesivo, y estaba arrebatado por la arquitectura y la decoración, por los números y las soluciones, y, sin embargo, de aquel consumirse día tras día, extraía una increíble energía que asumía formas maravillosas y fantásticas, como la geometría perfecta de los arcos de la capilla de San Lorenzo, que, alternando con las sobrias líneas cuadradas de la planta, creaban una mezcla de líneas y círculos simplemente perfecta.

Él tendría que ser lo mismo, pensó: la sólida sobriedad de las líneas rectas y la osada capacidad del círculo, que al fin y al cabo era lo que le había dicho su padre, aunque con otras palabras. Tenía miedo de decepcionarlo; era un hecho. No era la gestión del Banco lo que le daba miedo. Sabía cómo tratar con los administradores y, además, tenía a Lorenzo para ayudarlo; era más bien el difícil arte de las elecciones políticas y de los compromisos lo que lo perturbaba. Tenía toda la intención de hacer lo mejor por su familia, de ayudar a los que mayormente lo necesitaran, pero se sentía también arrastrado por aquellos, entre los que se contaba los

Diez de Balía, que no vivían más que para ponerlo a prueba y someterlo.

Y, además, estaban Giovanni y Piero, sus hijos.

Piero, en particular, le daba más quebraderos de cabeza. Tenía casi catorce años, se hacía un hombre y, últimamente, incluso había manifestado extrañas intenciones de querer llevar espada, de tener un maestro de armas y otras rarezas. No es que hubiera nada malo en ello: él mismo había aprendido los rudimentos del duelo y estaba en condiciones de defenderse en caso de ser atacado, pero no era, de ninguna manera, un soldado profesional. Sin embargo, desde que Albizzi había instigado aquella agresión a Volterra, que terminó luego en una conspiración que eliminaría justamente a quien la había inspirado en primer lugar, Piero comenzó a delirar con la idea de convertirse en un hombre de armas.

Suspiró y juntó las manos.

Cerró los ojos.

Escuchó en silencio.

En la paz absoluta había algo de místico. No tenía que hablar a la fuerza ni tomar posiciones contra nadie. Estaba tan sosegado...

Pensó que ya llevaba un buen rato allí dentro meditando. Y que Lorenzo no había regresado todavía. Esperaba de corazón que la hermosa perfumista no hubiera causado más problemas de los previstos. Lorenzo era mucho mejor que él en ese tipo de cosas y sabría salir del apuro.

Por eso aquel retraso lo angustiaba.

Lorenzo había esperado mucho rato. Había perdido completamente el sentido del tiempo, pero en su fuero interno sabía que no podía irse. Solo esperando que aquella mujer saliera podría llegar a desentrañar aquel misterio. Por supuesto, habría podido llevarle un día entero. Paciencia. No tenía intención de claudicar. Y, por descontado, no pretendía volver donde su hermano con las manos vacías. Además, no era de la clase de personas que se dan por vencidas. Cuando se le metía algo en la cabeza, tenía que llevarlo a cabo; como decía siempre su padre.

El sol se ponía y Lorenzo empezaba a desesperar de tener un golpe de suerte cuando, por fin, se abrió la puerta. Y justo era Laura la que salía. Reconoció las formas y los largos rizos negros bajo la capucha que servía para ocultarla a los ojos indiscretos.

Se aproximó sin pensárselo. Actuó por impulso, ya que no tenía intención de dejarla escapar una segunda vez. Se sentía frustrado por aquella espera infinita y encolerizado porque estaba seguro de que ella estaba detrás de toda aquella historia. La agarró por una muñeca. Estaba enfadado y fue violento, en su gesto se concentraban los mil miedos y sospechas alimentados en los últimos días. Si para resolver el misterio hubiera tenido que retorcerle un brazo y amenazarla, por supuesto, no hubiera vacilado. No llegados a ese punto.

—Laura, tenemos que hablar, ¿no crees? —la increpó.

La vio volverse hacia él, pero apenas miró a sus verdes y profundos ojos de gata, sintió que algo lo agarraba por el hombro. Fue como un mordisco, el desgarro de una fiera. De inmediato estaba aplastado contra el muro de una casa. Se golpeó violentamente el hombro y sintió que el dolor irradiaba por todo el cuerpo.

Frente a él estaba un hombre.

Era realmente imponente: alto y de buena planta y, a juzgar por la daga que llevaba en el cinto, no podía ser más que un soldado.

Vestía completamente de negro y llevaba una capa del mismo color que le caía suavemente por los hombros. Daba la impresión de estar seguro de sí mismo, incluso desafiante, como si no esperara otra cosa que la pelea.

Lorenzo avanzó hacia él.

—¿Quién sois? —preguntó con la voz rota por la ira. Se llevó una mano al estilete que llevaba oculto en el forro interno de su atuendo.

—*Du, Schwein!* —prorrumpió el otro—. Si creéis que podéis llegar a sacar el estilete antes de que os haya hecho una cara nueva es que sois un perfecto idiota. Justo como imaginaba.

El hombre dejó escapar una sonrisa de un blanco luminoso y canalla a la luz de las antorchas que iluminaban débilmente el triste callejón.

Lorenzo no le hizo caso y, sacando la espada, se le echó encima buscándole el abdomen, pero el soldado amagó un movimiento y, evitando el golpe con agilidad, volvió a estamparlo contra el suelo y lo hizo caer.

—¡Parece que no lo habéis entendido!

—No —dijo Lorenzo, limpiándose un hilo de sangre que había empezado a gotearle por la comisura de los labios.

El hombre soltó una risotada, un ladrido deslavazado que le hubiera helado la sangre a cualquiera.

—Vosotros, los Médici, sois todos imbéciles, ¿no? ¿Creéis que esta mujer ha envenenado a vuestro padre?

Por toda respuesta, Lorenzo le escupió. Su frustración era evidente y la sorpresa al constatar cuántos pasos le sacaban de ventaja sus adversarios debía de resultarle particularmente amarga.

—¡Ah, pero tenéis que hacerlo mejor si pretendéis impresionarme! —prosiguió el soldado—; y, como quiera que sea, estáis tan lejos de la verdad..., cerdos miserables. —Al pronunciar esa palabra la cargó del mayor desprecio posible—. ¿Os habéis preguntado cómo habéis conseguido llegar tan fácilmente hasta ella?

—Mátalo —dijo la chica señalando a Lorenzo. Sus ojos ardían en un fuego frío en aquel momento, como si la posibilidad de asesinarlo no fuera un problema para ella, sino, más bien, la manera más segura de liberarse de un testigo incómodo.

—De ninguna manera —le contestó él. Después, volviéndose a Lorenzo—: Lo habéis logrado porque nosotros os lo hemos concedido. No ha habido ningún envenenamiento, señor. Os lo hemos hecho creer dejando aquellas bayas de belladona en el dormitorio. Vuestro padre ha muerto de enfermedad. El único objetivo de esa puesta en escena era haceros una advertencia. Nosotros podemos llegar a los Médici siempre que queramos, ¿me habéis entendido? Tened mucho cuidado o la próxima vez podemos decidir mataros en serio.

Al oír esas palabras, Lorenzo volvió a abalanzarse, intentando un último asalto. Esa vez amagó una estocada e, inmediatamente después, una trayectoria descendiente que el hombre repelió con facilidad. La daga crepitó al contacto con el estilete. Hierro contra hierro. Luego, el soldado sorteó el cruce de las dos armas y apuntó con la espada, bastante más larga, a la garganta de Lorenzo.

—Dejadlo estar —dijo Schwartz—. No tenéis ninguna posibilidad de salir vencedor de este duelo. Ahora nosotros nos iremos y vos no podréis hacer otra cosa que mirarnos mientras nos alejamos. Pero no temáis, Lorenzo de Médici, que volveremos a vernos. Rezad solo para que no sea demasiado pronto, porque la próxima vez tendré que mataros y creedme que lo haré. Con esas últimas palabras, el hombre se alejó, sin dejar de apuntarle con la daga. Llevaba a Laura de la mano y no parecía que ella despreciara aquella cercanía. Lorenzo estaba seguro de haberla visto sonreír cuando se alejaban por el callejón.

AGOSTO DE 1430

8

Una conversación importante

Los mansos caballos aceleraron sobre el camino de tierra. A la derecha, los campos rubios de trigo lo llenaban todo hasta donde alcanzaba la vista. A la izquierda, el follaje verde de los estilizados cipreses se alargaba como llamas oscuras contra un cielo anegado en añil.

Cosimo notaba el sudor mojándole el cuello. Las gotas fluían sin cesar y sentía que el cuello de la camisa se le adhería a la piel, empapado. Con las espuelas arreó el caballo, que aumentó el trote. Lorenzo, en su caballo pardo, lo seguía con gran dificultad.

No había tiempo que perder; quería llegar lo antes posible. Sabía que Niccolò da Uzzano se había declarado contrario a la guerra para atacar Lucca y que Francesco Sforza estaba descendiendo al valle de Nievole, aniquilando a los hombres de Fortebraccio; ya no se podía aplazar una decisión. Pero no quería enemistarse con su aliado más sincero.

Y, además, Niccolò estaba viejo, deteriorado y cansado de

aquellas batallas inútiles. Sin nadie que lo escuchara y decepcionado, con los partidarios de Albizzi en contra, había decidido, en aquellos tórridos días de verano, retirarse en su mansión del campo, cerca de Montespertoli, como si quisiera seguir los pasos de Cincinnato.

Cosimo volvió a espolear el caballo. Apretó los flancos de su bayo de brillante pelaje. Sonrió frente al esplendor del campo florentino y al viento impetuoso que le soplaba suavemente en el rostro. Los largos cabellos negros flotaban en el aire azul como una mancha de tinta.

De vez en cuando, asomaba en los campos alguna granja, hasta que, después de tomar un camino estrecho, se encontró frente a una puerta oscura con dos guardias con armadura de cuero tachonado y botas altas. Ambos empuñaban una larga pica y daban la sensación de estar a punto de derretirse bajo el sol ardiente.

Cosimo detuvo repentinamente el caballo, que se encolerizó y se encabritó: luego volvió a caer sobre las patas delanteras en un gran remolino de polvo.

—¿Quién eres? —preguntó un guardia, extendiendo la pica con escasa convicción.

Mientras el caballo resoplaba, soltando espumarajos blancos debido a la carrera, Cosimo fulminó al soldado con la mirada.

—Pero ¿cómo? —replicó lleno de desdén—. ¿No reconoces los colores de los Médici? —Y al tiempo que lo decía señaló el arnés del caballo, con el escudo de armas de la familia: seis bolas rojas en campo de oro. El otro guardia negó con la cabeza, como para disculparse. Se pasó una mano enguantada por los bigotes gruesos y de color marrón.

—Perdonadlo, señor Cosimo. Nuestro señor y patrón Niccolò de Uzzano esperaba veros; por esa razón, esta visita vuestra le resultará todavía más placentera. Avanzad hasta pasar las puertas y seguid el camino pavimentado.

Sin esperar más, Cosimo arreó el caballo a velocidad vertiginosa por el camino. Lorenzo lo siguió. Los cascos resonaron en el pavimento a medida que los caballos galopaban entre arbustos de mirto y laurel, y zarzas quemadas por el sol y negras de moras.

En cuanto alcanzaron la villa, Cosimo saltó de la silla y le entregó el caballo a un mozo de cuadras.

—Que los caballos tengan forraje y agua. Se lo han ganado.

Un sirviente les dio la bienvenida y los hizo entrar en la villa de Niccolò.

—Te ruego, Cosimo, que trates de entender. La guerra contra Lucca no traerá beneficio alguno a nuestra amada Florencia. Rinaldo degli Albizzi está lanzándose a muerte porque su naturaleza belicosa no contempla otro camino que armar la mano hambrienta de botín de Niccolò Fortebraccio. Desde hace ya tiempo conspira con Palla Strozzi para conquistar Lucca. Pero no es así como ganaremos prosperidad y paz, creedme. Hemos aprendido cuán odiosas son las imposiciones de otros cuando combatimos contra Milán. Una guerra que nos ha costado una infinidad de florines y que no ha conducido a nada que no sea la pérdida de los más jóvenes y aguerridos de nuestros hombres. ¿Cuál puede ser la ventaja objetiva de un ataque a Lucca? Eso sin tener en cuenta que en estos días Francesco Sforza está movilizándose contra Fontebraccio. Y tú sabes lo implacable y tremendo que es ese hombre.

El viejo Niccolò da Uzzano dejó caer los brazos a los

costados. Los cabellos de plata bajo el chaperón parecían hablar de su sabia fatiga. La capa morada se mecía sobre sus hombros mientras medía el salón a grandes pasos. Cosimo lo escuchaba con atención; sabía perfectamente cuánto se preocupaba Uzzano por conservar la codiciada paz en Florencia y cuánto hacía Albizzi, por el contrario, para quebrantarla. Primero, Volterra; luego, Lucca. Parecía como si Rinaldo no viviera más que para dar guerra. A costa de la vida de los demás, se entiende.

Cosimo intercambió una mirada con Lorenzo.

Se habían reunido con Uzzano en el más estricto secreto, ya que no habría sido demasiado inteligente dejarse ver en compañía de unos más que de otros, y en Florencia todos sabían que Albizzi quería decir guerra y Uzzano significaba paz. Por otra parte, no podía sino informar de la voluntad expresa de los Diez de Balia; voluntad que, precisamente él, se había encargado de orientar por mediación de sus propios hombres.

—Hicimos todo lo que pudimos, Niccolò. Y los Diez de Balia han decidido ya. Aconsejados por nosotros, naturalmente, y verás que la solución que hemos logrado y de la que soy aval hasta ahora no es como para despreciarla. Son tiempos aciagos y es un hecho que Paolo Guinigi está tensando la cuerda más de la cuenta. Tienes razón cuando dices que es un error atacar Lucca, sobre todo ahora que Sforza ha tomado sus precauciones, pero ¿tendremos que dejarlo correr todo y renunciar a extender nuestra hegemonía? Sabes cuánto detesta a Rinaldo degli Albizzi, pero también es verdad que al aceptar las intrusiones milanesas nos encontraremos muy pronto confinados en un rincón e, incluso, tendremos que rogar que nos respeten la vida en nuestra ciudad.

Los ojos de Niccolò se iluminaron. No se le había escapado lo que aquellas palabras implicaban. Cosimo se asemejaba a su padre pero, además, parecía no renunciar a una doble posición: por una parte llamaba a quedarse al margen, pero, por otra, sugería secundar la guerra.

—Atención, Cosimo. Entiendo bien tu razonamiento y no digo que cuanto afirmas esté falto de fundamento, pero observa que no se puede estar conmigo y con Rinaldo degli Albizzi al mismo tiempo. Por eso, elige bien a tus aliados.

Cosimo advirtió con claridad la irritación que crispaba las palabras del viejo y sabio Uzzano. Sabía bien que tenía que engatusarlo y hacerle intuir cómo pretendía conducirse y por qué. Además, no podía dejarlo al margen de su estrategia.

—Niccolò, me doy cuenta de lo que dices y, créeme, los Médici son aliados tuyos y defensores de la paz. Por otro lado todos sabemos lo peligrosa que puede ser la presencia de Francesco Sforza. Milán ya nos desgastó y concederle Lucca ahora sería un error; y no hay duda de que Sforza liberará la ciudad del asedio de Fortebraccio. Tiene muchos más hombres y van mejor armados, y mientras nosotros estamos aquí conversando es bastante probable que esté desfilando triunfalmente por Lucca.

—Ni siquiera yo tengo dudas al respecto; la contienda es desigual y desproporcionada, y, además, Fortebraccio está a punto de ser desprovisto de autoridad, si no he oído mal.

Aquello hizo que Cosimo abriera bien los oídos, pero para lo que él pretendía resultaba irrelevante.

—Lo que yo creo, Niccolò, y los Diez están de acuerdo en ello, es que podremos liberarnos de Francesco Sforza sin tan siquiera dar un golpe de espada, ¿me explico?

—Admitirás que eso sería una buena ventaja, ¿no te parece? —recalcó Lorenzo que, sin querer romper la línea de pensamiento de su hermano, no pudo dejar de hacer hincapié en las bondades de la solución que estaban a punto de proponer.

Uzzano enarcó una ceja, incrédulo; pero Cosimo continuó.

—No creo que tengamos dudas sobre cuáles son las presas que persiguen estas bestias de rapiña encabezadas por un mercenario. El verdadero problema es que todos nosotros, sin excluir a nadie, hemos abdicado de nuestra formación militar, dejando que lo de las armas se convirtiera en un oficio, con frecuencia bien retribuido, entre otras cosas. Y es eso lo que pretendo hacer.

—¿Pagarlo? —sugirió Niccolò.

—Cómo mantener alejado a Sforza es cosa mía. Lo que quiero haceros comprender es que también yo abogo por la paz e intento evitar derramamientos de sangre inútiles; más aún si los que combaten lo hacen, en última instancia, por dinero. Y es a lo que, sin duda, accederán encantados.

El viejo Niccolò da Uzzano soltó un suspiro.

—Sea, pues. ¡Tenéis mi bendición! —Lorenzo sonrió—. Pero recordad —prosiguió inmediatamente—, no quiero que se suelte ni un solo golpe de espada al poner en práctica vuestro plan.

—Te lo he prometido, ¿no es así? En nombre de la amistad que desde siempre ha unido a nuestras familias.

Niccolò asintió.

—Muy bien, entonces. —El tono de la voz de Niccolò le pareció a Cosimo muy satisfecho—. Mejor que os quedéis a cenar y luego reposéis antes de regresar a Florencia. Ya hice preparar las habitaciones y, con un poco de suerte, probaréis uno de los mejores pasteles de perdices que hayáis comido nunca.

A Lorenzo no hubo que decírselo dos veces.

—Naturalmente —comentó— la carrera al galope me ha dado un hambre tremenda.

—Pero antes de ponernos en marcha, recordad, amigos míos: tratar con Francesco Sforza no va a ser cosa de un segundo. Este hombre está armado de fortísimos apetitos y de increíble ambición. No concederá condiciones de favor: eso sí hay que saberlo.

—No es mi intención infravalorarlo, si es lo que temes, amigo mío —enfatizó Cosimo.

—Y haréis bien al recordarlo. En caso contrario, Dios se apiade de nosotros.

Mientras rodaban en el aire, las palabras de Niccolò da Uzzano resonaron oscuras y amenazantes.

9

El campo de batalla

El humo azul de las armas de fuego se elevaba hacia el cielo. Delante de él, Neri vio la caballería de Francesco Sforza prepararse con la cabeza gacha. A pesar de los golpes de mortero, la mayor parte de aquellos diablos se aproximaba rápidamente y a esas alturas... aquello iba a ser el final. Se preparó para el impacto. Vio el morro de un caballo echar espuma frente a él y, luego, la hoja de una espada hundirse en la cabeza. Alzó su *zweihänder*, la espada a dos manos, sosteniéndola con los dos brazos. En el choque de espadas brotaron chispas azuladas , pero Neri permaneció en pie. Vio caer a muchos de sus compañeros a su alrededor.

El caballero que lo había atacado prosiguió su carrera y, poco después, detuvo el caballo de brillante pelaje de color canela. El animal se había encabritado y se había puesto a remolinear en el aire con las patas delanteras, y luego se había girado para apuntarle de nuevo.

Neri no sabía qué hacer. Estaba muerto de miedo. Sintió

la orina pegajosa empaparle las calzas. Cuando estuvo a pocos pasos de él, el soldado de repente frenó el animal y, con un movimiento perfectamente suave y ágil, levantó la pierna y desmontó de la silla mientras el caballo proseguía, un poco más, su carrera.

El hombre golpeó con los pies en el suelo, levantando una nube de polvo marrón. A continuación, blandió el arma. Fue un único y fluido movimiento que dejó a Neri completamente aturdido. Con los ojos de par en par, el muchacho levantó la espada a dos manos, poniéndose en guardia, y, sea lo que fuere, consiguió repeler el lance.

Cayó al suelo. No obstante, no podía perder tiempo. Se incorporó enseguida, justo a tiempo para ponerse a resguardo de una lluvia de golpes. La espada de aquel caballero era como una maldición y Neri tuvo la límpida sensación de que el hombre estaba jugando con él, como si se divirtiera esperando que él cometiera un error para dejarlo ensartado como un pollo.

No podía imaginar cómo podría salir de esa. En la densa urdimbre de placas, hierro y cuero en que se había convertido el cuerpo a cuerpo, alguien chocó contra sus hombros. Entretanto, su adversario se había recuperado. Neri esquivó otro lanzazo, pero cuando intentó contraatacar, el caballero se hizo a un lado, abortando su embestida, y esgrimió un golpe de espada hacia abajo.

Neri percibió un dolor agudo y venenoso. Parecía que, súbitamente, le faltaba la pierna izquierda. Sintió algo que le inundaba el muslo. Apenas le dio tiempo de darse la vuelta para ver la calza gris oscurecerse como si un río hubiera desbordado sus propias orillas y las anegara. Aquel líquido, sobre el color perla de su indumentaria, tenía el color del vino.

Se dejó caer de rodillas. El tajo en el muslo era tan profundo que, al verlo, el muchacho no alcanzaba a comprender cómo la pierna no se había despegado del resto del cuerpo. Brotó más sangre de la herida escarlata. Lloró de dolor. Quieto allí, impotente, en medio de la tierra ahogada de sangre y sudor, vio la espada del caballero caer sobre él como en el día del Juicio.

Francesco Sforza blandió la espada en movimiento descendiente y oblicuo, de derecha a izquierda. La espada mordió la carne y la cabeza del guerrero terminó arrancada del torso para rodar unos metros más allá. Una fuente de sangre brotó del cuerpo decapitado. Lo que quedaba del guerrero florentino cayó con un golpe seco en la tierra de Lunigiana.

Sforza levantó la visera del casco. A su alrededor los soldados de Niccolò Fortebraccio iban avanzando. Tratando de sustraerse al impacto devastador de sus hombres, huían caballos y soldados de a pie.

Escupió al suelo. Era una guerra sucia. Lo sabía mejor que nadie. No había honor de por medio, solo dinero, y los cuatro duros que el duque de Milán y Guinigi de Lucca le habían ofrecido no valían el infinito sufrimiento que él y sus hombres estaban padeciendo para tomar aquella ciudad.

Pero daba lo mismo, ya que las órdenes eran las órdenes y, habida cuenta el contrato, Francesco tenía que atenerse a ellas, si no más le valía buscarse una nueva ocupación.

Tiró el yelmo al suelo, liberando sus cabellos castaños, relucientes de sudor.

Pensó con amargura que Florencia debía de estar al borde de la extenuación si lo que mandaban a combatir contra él eran chicos jóvenes. El hombre al que acababa de batir no debía de tener más de dieciséis años; también era evidente que no podía tener ningún conocimiento profesional del manejo de armas. Su destino estaba marcado desde el momento en el que había intentado, de manera caótica, resistirse bajo aquel sol de justicia y blandiendo una espada mucho más grande que él.

Aquella maldita cota estaba ahogándolo. El calor no daba tregua y el sudor le caía copiosamente, perlándole el rostro marcado por la tensión de aquel día de batalla campal.

Ya no había respeto, pensó. Y, además, estaba cansado, horrorosamente cansado. Hacía días que no se lavaba y necesitaba un baño. Intentó ver el lado positivo de aquella jornada: ahora, al menos, entraría en Lucca como un héroe y Guinigi lo trataría con todos los honores. Comería hasta reventar y después se tiraría a un par de campesinas entradas en carnes.

Se le escapó una sonrisa. Miró a su alrededor mientras su inmediato subalterno se acercaba arrastrando los pies y abriéndose paso en medio de los muertos que empapaban de sangre el campo de batalla.

—Mi capitán —murmuró Bartolomeo con el jadeo de la lucha cortándole el aliento y la voz—, estoy en camino.

—Lo veo con mis propios ojos, mi buen D'Alviano, y déjame decirte que hemos hecho un trabajo excelente hoy —dijo Sforza—. Ese perro de Niccolò Fortebraccio no se dejará caer fácilmente por estos lares, creo. —Al decirlo no logró ocultar un gesto de satisfacción.

—Estoy seguro, mi capitán.

D'Alviano se esforzó en sonreír y dejó al descubierto una hilera de dientes negros y cariados, consumidos por el vino y el abandono.

—¿Estás todo entero al menos?

—Un par de rasguños, pero nada de lo que preocuparse.

No se puede decir que Fortebraccio haya ofrecido una defensa inexpugnable.

—Es bien cierto, querido viejo. No, en serio, de haberlo sabido ni siquiera me hubiera puesto la cota —se mofó Sforza.

—Ya, hace tanto calor... —Suspiró D'Alviano.

—De cualquier forma, esto ya está hecho. ¿Tienes una idea de las pérdidas?

—Demasiado pronto para decirlo, señor, pero creo poder afirmar que esta escaramuza se ha revelado como un éxito total.

—Yo también lo pienso. Por eso te digo que demos sepultura a los nuestros y que saqueemos lo suyo; al menos lo que ha quedado de ellos. Yo, entretanto, me pondré al frente de la avanzada y llegaré a las puertas de Lucca. Me acuartelaré allí hasta tu llegada, para luego entrar en la ciudad.

Bartolomeo d'Alviano hizo un gesto afirmativo con la cabeza y se despidió. Volvió con los suyos para seguir las órdenes.

Francesco Sforza llamó a su caballo y se subió a la grupa.

Pensaba que, después de todo, la vida no era tan mala. Con un poco de suerte, en dos días más dormiría en una cama con sábanas limpias.

10

El honor de la sangre

—Es que yo quiero combatir, ¿lo entiendes?

—¿Es que no piensas en mí? Sforza se ha movilizado contra Fortebraccio y dentro de poco liberará Lucca. Se dice que quien se cruza en su camino cae como una hoja en otoño.

Piero miró a Contessina, su madre. Tenía el rostro enrojecido. Le surcaban la cara grandes lágrimas como perlas. Los labios, hermosos y colorados, temblaban de miedo y resentimiento. ¿Cómo no lo entendía? ¡Tenía que luchar! ¡Quería demostrarle a su padre y a toda Florencia de qué pasta estaba hecho!

—Soy un Médici como mi padre y su padre antes que él. ¿Lo entiendes? Pero no soy político ni comerciante. ¡No soy como ellos, madre! No tengo el don de saber llevar las cuentas ni tengo talento alguno para el arte o el juego político. Solo tengo estos brazos y este corazón y, créeme, late por nuestra gente.

Contessina estaba sentada al borde de la cama con dosel. Tenía el rostro entre las manos. Sollozó.

Piero se volvió de espaldas. Verla en aquel estado le hacía daño, pero ya estaba decidido. Miró las llamas de color naranja de las velas. Los reflejos le brillaron como lenguas ardientes en las pupilas. Sabía que no era como su padre. Ni como su tío Lorenzo. Y aquella conciencia lo angustiaba. Quería hacerles entender a todos que era un Médici. Y aquella guerra suponía una oportunidad increíble. No quería dejarla escapar. Por ningún motivo.

Al fin y al cabo, nadie de la familia había decidido seguir la carrera militar. ¿Por qué no podía ser él el que emprendiera ese camino? Es verdad que era demasiado frágil de constitución y no era soldado profesional, pero sabía llevar la espada.

En ese momento entró su abuela Piccarda.

Al verla, Contessina pareció animarse. Alzó la mirada como si le hubiera vuelto todo el coraje de golpe.

Por los ventanales de la habitación entraba un aire tibio, llevando perfumes húmedos y cálidos de aquel anochecer de agosto. Piccarda miró a su nieto y a la hermosa nuera con los ojos aún enrojecidos y empapados en llanto.

—¿Qué sucede? —preguntó con voz incrédula y algo sorprendida.

—¡Ay, mi señora Piccarda! —dijo Contessina, que no iba a perder la ocasión de que aquella repentina aparición jugara a su favor—. Piero no me escucha. Pretende abandonarnos para ir a combatir contra Sforza. Pero ¿qué sentido tiene, me pregunto, si el destino de Fortebraccio está ya marcado?

—¿Tendríamos acaso que esperar a ver cómo Milán se hace con Lucca y luego incluso llega hasta aquí?

La voz de Piero sonó llena de desesperación.

Piccarda lo miró como si hubiera querido herirlo con los ojos.

—¿Es verdad, Piero?

—¿El qué?

—Que quieres alistarte en la compañía de Fortebraccio.

—Quiero luchar por mi ciudad —se reafirmó él. Esa vez lo dijo con toda la rabia que llevaba dentro.

Piccarda no pestañeó.

—¿Tienes idea de lo que ha sucedido?

Piero estaba muy lejos de saberlo.

—Francesco Sforza ha bajado al valle del Nievole y está avanzando sin encontrar resistencia alguna, o casi. Se ha establecido por unos días en Lunigiana. Es inútil decir que Fortebraccio tiene los días contados. Y por eso tu padre y tu tío se han movilizado.

Piero abrió los ojos de par en par.

—¿Te sorprende?

—Pero... ¿y dónde han ido? —Fue todo lo que logró decir el muchacho.

Piccarda entrecerró los ojos, que se convirtieron en dos hendiduras claras. Piero tenía que aprender mucho todavía. Su madre tenía que haber sido más dura con él, pero aquello de lo que Contessina no era capaz le podía resultar bastante fácil a ella.

—Cosimo y Lorenzo han marchado juntos a Montespertoli para persuadir a Niccolò da Uzzano, nuestro principal aliado político. Lo convencerán de que los Médici no tienen intención de alentar la guerra pero que, al mismo tiempo, no podemos tampoco tolerar que Sforza se deje caer impunemente sobre Lucca.

—¿Y cómo lo harán? —preguntó cándidamente Contessina, que escuchaba a su suegra como lo habría hecho con la más sabia de las mujeres.

Piccarda la miró fijamente a los ojos. Suspiró.

—Querida mía, lo harán con lo único que para Sforza cuenta de verdad: el dinero. Pero no sabemos si eso será suficiente. Por eso en caso de no tener suerte en Lunigiana, Lorenzo se ha preparado para desplazarse hasta Roma: no solamente para verificar los resultados y la administración de nuestro Banco sino para, si fuera necesario, hacer que lo reciba el papa. Afortunadamente, nuestra familia siempre ha disfrutado del favor del pontífice, por lo menos desde que Giovanni, con altura de miras, decidió ayudar a Baldassare Cossa, que luego ascendió al trono romano con el nombre de Giovanni XXIII, y también con el actual pontífice Martino V. ¿Será suficiente? Me lo pregunto continuamente y de corazón espero que sí. Pero si el plan de Cosimo no funcionara, el pontífice podrá, ciertamente, influir en el destino de este conflicto que tiñe de sangre nuestra tierra.

—¿Y entonces...? —preguntó Piero, vacilante. Bien sabía que con la abuela había que discutir poco. Era ella la que tenía la última palabra, así que toda su audacia parecía derretirse como nieve al sol frente al carácter de hierro de aquella mujer.

—Y entonces, nieto adorado, ¿no ves que todo tu entusiasmo se desperdiciaría en un sacrificio inútil? Las batallas están ganadas bastante antes de combatir en ellas. ¡Recuérdalo siempre! No perteneces a una familia de guerreros, sino de banqueros, políticos y artistas. Sácale partido a la educación que tu padre te ha dado: no todos los días se tiene a un Carlo Marsuppini y a un Antonio Pacini como preceptores. Deberías estar agradecido por la instrucción que te están proporcionando y aprovechar cada instante para aprender y estudiar. Un día, la responsabilidad de esta familia será tuya y, después de haber recibido tanto, tendrás que dar algo a cambio.

Mientras lo decía, Piccarda amonestaba a su nieto con el dedo. Había en ella tal firmeza en sus propósitos y una severidad tan poderosa que hizo callar al chico en un abrir y cerrar de ojos.

Contessina permaneció en silencio, llena de admiración.

Solo hacía unos meses que Piccarda había perdido a su amado marido y, sin embargo, lejos de haberla debilitado parecía que aquel hecho terrible la hacía más fuerte.

—Y ahora prepárate para la noche y vete a la cama —concluyó—. Tu madre y yo vamos a rezar para que las negociaciones de tu padre den fruto.

11

Triunfo

Al entrar en Lucca, Francesco Sforza intentaba parecer radiante. Se puso en pie, orgulloso, sobre su caballo color canela, a pesar de los dolores y las secuelas de las batallas libradas en aquellos días. Los largos cabellos, empapados de sudor, y la brillante armadura, cincelada y decorada con finura, relucían bajo los rayos de un sol implacable. Hubiera querido quitárselo todo y quedarse tan solo con una túnica. Francesco Sforza sufría con el calor, pero le pagarían bien. El oficio de armas exigía espectáculo y la victoria demandaba el preciso tributo de esplendor; y el esplendor comportaba algún pequeño sacrificio. Aquella entrada triunfal en Lucca era necesaria y, por lo tanto, tenía que aguantarse... y sudar.

Según Paolo Guinigi, tirano de Lucca y patrón suyo, el espectáculo era justo lo que la gente más ansiaba ver.

Y el pueblo estaba allá esperándolo: llenaban las estrechas calles de Lucca en largas filas. Atestaban las plazas, tupían los callejones, agitaban con la mano trapos rojos y blancos, los colores de la ciudad. Todo aquel público estaba casi enloquecido.

Bartolomeo d'Alviano, que cabalgaba al lado de Francesco Sforza a la cabeza de la columna, continuaba dirigiendo la vista aquí y allá, sin saber dónde posar los ojos.

Las damas lanzaban flores desde los miradores de las altas casas y murmuraban promesas de amor a flor de labios. Las mujeres del pueblo llano gritaban como posesas ante tanto esplendor, mostrando sus pechos blancos y enviando miradas hechizadas. Los hombres chillaban entusiastas, gritando el nombre de Sforza, que los había liberado del yugo florentino. Los niños, a espaldas de sus padres, miraban fijamente con los ojos de par en par el esplendor de aquel comandante de mercenarios.

«Si supieran siquiera cómo era realmente su trabajo...», pensó Francesco. Agarrar y apuñalar por la espalda, tal era su oficio. Jugar sucio siempre y como fuera. En la guerra no había conductas honorables, solo trucos para salvar la piel. Y él lo sabía bien. Había ganado muchas más batallas con emboscadas y corrupción que batiéndose a campo abierto, lealmente. Pero ahora le importaba un comino. Y cuando se trataba de emprenderla a puñetazo limpio lo cierto es que tampoco se amilanaba.

Nunca lo hacía, a decir verdad.

La gente de Florencia y de Lucca, de Siena y de Pisa, no eran más que una masa de perros rabiosos que vivían únicamente con el objetivo de morderse entre ellos en nombre de una pretendida hegemonía que nadie era capaz de imponer al resto.

Los gritos subían cielo arriba. Las banderas blancas y rojas de Lucca seguían firmes y ondulantes en el calor infernal de aquella jornada de agosto.

Habían accedido por el sureste de la ciudad, avanzando orgullosos y erguidos bajo un sol de justicia y, finalmente, habían llegado frente a la ciudadela: una compacta fortaleza con veintinueve torres y guerreros con los colores de la Señoría en las puertas se destacaba con toda su magnificencia frente a ellos.

—Pero bueno... —se le escapó a D'Alviano—, para ser el señor de esta ciudad parece que viva atrincherado en su casa.

—Ahora ya tiene los días contados —murmuró Francesco Sforza—. ¿Sabes cómo lo llaman?

—Pues no, la verdad —respondió Bartolomeo.

—El matamujeres —replicó Sforza.

—Curioso sobrenombre; ¿y por qué?

—Porque ha tenido cuatro a lo largo de veinte años: Maria Caterina degli Antelminelli, que se casó a los once años y falleció de parto; Ilaria del Carretto, que tampoco sobrevivió al segundo hijo; y después Piacentina da Varano y Jacopa Trinci.

—Dios mío, ¡una masacre!

—Exactamente eso. ¿Entiendes ahora con quién nos las tenemos que haber? Con una serpiente peligrosa, te lo digo yo. Por eso déjame hablar a mí, ya que me temo, amigo mío, que tendremos que pelearnos hasta por el más mínimo ducado. Por esa misma razón te informo de que justo esta tarde espero a los florentinos en nuestro campamento, más allá de Serchio. Tienen propuestas que hacerme. Así que, una vez más, te lo advierto: la boca bien cerrada.

—¿Los florentinos? —preguntó incrédulo D'Alviano.

—¡Cosimo de Médici!

—¡Nada menos!

—Sí.

Y al decirlo, Francesco Sforza se encaminó hacia la entrada de la ciudadela. D'Alviano y los suyos fueron enseguida engullidos por el gran portón de la fortaleza, mientras el pueblo jubiloso quedaba fuera, llenando de gritos de alegría la ciudad de Lucca.

—Queridos amigos míos —los acogió Paolo Guinigi cuando Francesco Sforza y Bartolomeo d'Alviano procedieron a entrar en la Sala de la Señoría. Su voz, que no podía sonar más jubilosa, no se avenía con su rostro hosco, enmarcado por una barba rizada y puntiaguda que alargaba aún más los rasgos rapaces de buitre.

Los esperaba hacía rato. Llevaba una espléndida casaca de color azul oscuro, rica en ornamentos y arabescos de plata, sujeta levemente a la cintura por una refinada faja de seda.

—Mi amado señor, ¿cómo estáis? —preguntó Francesco Sforza.

—Bien, ahora que os tengo en casa. Confío que Florencia se cuidará mucho de dar guerra en estos momentos.

—También lo creo yo —replicó Sforza—. Niccolò Fortebraccio ha sufrido un golpe tan fuerte en Lunigiana que se lo pensará antes de volver, por lo menos mientras yo esté aquí para protegeros.

—¡Eso es! —exclamó Guinigi, señalando con un dedo al cielo, como si acabara de recibir el rayo de la inspiración divina—. Ese es, precisamente, el meollo de la cuestión, puesto que es un hecho constatado, amigo mío, que mientras veléis por Lucca podré dormir tranquilamente. A pesar del entusiasmo que hoy habéis palpado con las manos, ¡el pueblo está bastante lejos de quererme!

—¿En serio? —preguntó Sforza, fingiendo sorpresa.

Paolo Guinigi pareció no darse cuenta de la mueca jocosa que el capitán mercenario había dejado entrever y, de hecho, continuó como si nada hubiera sucedido.

—¡Ingratos! —proclamó, no sin un amago de disgusto—. Me he deslomado por ellos, hice que se crearan obras de arte, pedí construir esta fortaleza inexpugnable para defenderlos... ¡y mirad cómo me pagan!

—¿La habéis hecho construir para ellos o para vos, mi señor?

Sforza no tenía intención de renunciar a la parte divertida de toda aquella historia rocambolesca.

Guinigi captó la ironía de la afirmación, pero era un hombre de honor y no se dejó tomar el pelo sin responder con una intuición ingeniosa.

—Venga, capitán, el señor y su pueblo son lo mismo, ¿no os parece?

—Naturalmente, naturalmente —concedió Sforza; luego fue al grano—. ¿Podríais, por lo tanto —continuó— en el nombre de nuestro pacto y nuestro acuerdo, proceder al desembolso de diez mil ducados y añadir otros tantos como anticipo por la protección futura? He perdido por lo menos cien hombres en estos días y la defensa, como bien sabéis, se paga.

—Una deuda es una deuda —respondió Paolo Guinigi sin titubeos. Mientras lo decía, chasqueó dos dedos y, al instante, dos hombres entraron en la sala llevando consigo un baúl, que depositaron a los pies del jefe mercenario—. Aquí está —dijo el señor de Lucca—. Restregaos bien los ojos, caballeros: diez mil ducados de oro. Os los habéis ganado.

Bartolomeo d'Alviano quedó casi deslumbrado al ver todas aquellas monedas relucientes, embaladas dentro del baúl abierto.

Pero Francesco Sforza estaba hecho de otra pasta y ni de lejos se daba por satisfecho.

—De acuerdo. Se ha saldado la primera deuda. Pero ¿qué me decís del futuro?

—¿Cómo decís?

—Me habéis oído bien.

Guinigi esbozó una risilla de burla que pretendía ser una sonrisa. El efecto fue el de una mueca que no hubiera desentonado en el hocico de una garduña.

—¿Diez mil ducados por hipotecar el futuro de esta ciudad? Venga, capitán, ni siquiera la vez anterior quisisteis tanto y menos aún sin haber liquidado todavía al enemigo. ¿No os parece que exageráis?

—¿Pretendéis entonces regatear, poniendo en peligro vuestra integridad y la de vuestro pueblo? Ya que, lo sabéis mejor que yo, los florentinos se reorganizarán pronto y volverán a sitiar la ciudad. Tal vez no envíen a Fortebraccio. Pero con seguridad encontrarán un hombre capaz de ponerse al frente de un grupo de villanos, dispuestos a molestar a cambio de un puñado de oro. ¿De verdad queréis correr un riesgo tal?

Paolo Guinigi suspiró.

Su mirada valía más que mil palabras y, finalmente, murmuró una cifra y una promesa.

—Cinco mil —escupió entre dientes— y otros quince mil a trabajo hecho. Pero no quiero ver ni un solo florentino pululando por mi ciudad.

Sforza inclinó la cabeza de lado. Sus palabras fueron elocuentes.

—Cinco mil es mejor que nada. Pero es demasiado poco, ya os lo digo. De todas formas, me voy a conformar por ahora.

—Hacedlo, os lo ruego, y subiré hasta veinte mil ducados la cantidad. Sabéis cuán profunda devoción le profeso al duque de Milán.

—Profunda como vuestra bolsa, señor mío. —Y, mientras lo decía, Francesco Sforza miró a su alrededor: frescos en las paredes, de tonalidades vivas, casi brillantes, representando las estaciones, armaduras, bastidores de espadas, desfiles, por supuesto, y, además, armarios y aparadores de factura francoflamenca, con tallas que representaban racimos de uva y hermosos accesorios de hierro forjado. Y también un par de trípticos sobre un panel de madera que llegaban a la imponente mesa del centro de la sala, arreglada de manera impecable, llena de vajillas, cuberterías de oro macizo y magníficas copas, con doce sillas de madera, exquisitamente trabajadas e historiadas, alrededor de la mesa. Del techo con vigas a la vista colgaban unas impresionantes lámparas de hierro forjado con doce luces.

Para ser un tirano odiado por su pueblo, Paolo Guinigi parecía que se lo pasaba bastante bien. Y todo gracias a los jefes mercenarios que, como él, hacían el trabajo sucio y se arriesgaban a terminar ensartados una y otra vez.

—Hermosos esos frescos de Priamo della Quercia, ¿no es cierto? Representan, como bien podéis ver, las cuatro estaciones. —La voz de Guinigi sonaba meliflua y petulante—. Así pues, mientras mis hombres se las arreglan para traeros los cinco mil ducados restantes, como convinimos, os pido que seáis mis invitados en el almuerzo. Espero que queráis uniros a mí.

Sin esperar confirmación, Paolo Guinigi alargó la mano hasta una campanilla de oro, que estaba encima de la mesa, y la sacudió como si fuera a hacerla pedazos de un momento a otro.

Al cabo de unos pocos instantes aparecieron un mayordomo y toda una cohorte de personal de cocina: un cortador de carne, un trinchador, un escanciador de vino, un suministrador de botellas y un responsable de vituallas.

Por turnos, como perros amaestrados, cada uno de ellos ilustró las características de la pitanza que iba a ser servida y, naturalmente, de los vinos: tras una descripción infinita de jamones y embutidos, de pastas rellenas, empanadas y pastel de pasta crujiente y luego asado y guisado, hasta los quesos, fruta y dulces, D'Alviano estaba a punto de sacar la espada y hacer pasar a ese sexteto de sirvientes a mejor vida. Sforza lo miró con afecto y le indicó con un gesto que resistiera.

Cuando los seis terminaron de informar a Paolo Guinigi y a sus dos invitados de las maravillas que les esperaban para el almuerzo, el señor de Lucca convidó a los dos soldados a que se acomodaran.

Francesco Sforza no se lo hizo repetir dos veces y al aproximarse a aquella silla tan similar a un trono en la que iba a sentarse, pensó que, después de todo, arte, atuendo, tejidos, muebles, lámparas, frescos, vinos y alimentos refinados eran ciertamente lujos maravillosos y fascinantes pero, al mismo tiempo, venenos capaces de debilitar a un hombre hasta el punto de transformarlo en un ser castrado, incapaz de cuidar de sí mismo y de defender a su propia gente, y eso, a fin de cuentas, no era lo que quería llegar a ser.

Entonces se sentó a la mesa con doble satisfacción mientras el personal de cocina se apresuraba a servir fabulosas viandas. Bien sabía que aquella comida era solamente un paréntesis dorado en una jornada que concluiría con una importante negociación. Esperó de todo corazón que fuera lo mejor posible. Si Guinigi intuyera siquiera el doble juego, podía tener más de un problema. No quería propinarle un tajo en la garganta a su anfitrión, pero si Guinigi le hubiera gastado alguna broma pesada, no habría vacilado ni un segundo.

12

El campamento

Después de la sangre y el botín, después de haber entrado como un héroe en Lucca y haberse encontrado con aquel perverso de Paolo Guinigi, Francesco Sforza había preferido salir de la ciudad y, una vez pasado Serchio, había acampado en Colle del Lupo, a las puertas de Pescia.

Había sido una larga jornada y todas aquellas zalamerías y el almuerzo infinito lo habían agotado hasta el punto de que hubiera preferido volver al campo de batalla. Le ocurría casi siempre: cuando combatía deseaba la quietud y cuando reposaba quería volver a dar puñetazos. Era verdad que aquellos continuos encuentros con señores y duques que le confiaban encargos y que firmaban contratos era la parte del trabajo que más lo consumía. Estaba feliz de que le pagaran, pero hubiera querido gastar el tiempo en actividades muy distintas y, mejor aún, en compañía bien diferente. Guinigi era un imbécil, pero también lo era su señor, Filippo Maria Visconti. Al menos, a sus ojos. ¿Y de qué le servía, después de todo, acumular dinero con las campañas militares si luego no tenía nunca el tiempo de retirarse en un castillo para invertir su propio tiempo en la caza y en desvirgar doncellas? Para luego un día poder elegir una y convertirla en su favorita o incluso en su amada esposa... ¿Por qué tal expectativa tenía que estarle prohibida? ¿Qué era lo que no funcionaba en su caso? Y aún más: ¿Por qué no podía estar él en el lugar de Guinigi y Visconti? ¿Qué le faltaba? En realidad nada y, es más, estaba incluso en condiciones de defenderse solo. Quizá, bien mirado, lo que le faltaba era justamente el talento político y el amor por el cálculo y la intriga.

¡Aliados! He ahí lo que necesitaba. Hombres con ambiciones y aspiraciones tales como para ayudarle en su tarea, que se beneficiarían de lo que pudiera darles a cambio.

Absorto en esos pensamientos, estaba tumbado en la cama preparada en el interior de la amplia tienda de campaña y esperaba que le llegase la recompensa. En un rincón, algún alma caritativa había dispuesto una mesilla con un par de botellas de chianti.

Y, finalmente, la recompensa llegó.

Eran justo como las había pedido: una joven campesina de cabellos negro cuervo y labios gruesos, alta y de generosas curvas, y una belleza rubia del norte, asimismo voluptuosa y lasciva.

Francesco no perdió tiempo, ya que la espera y las reflexiones lo habían abatido hasta el punto de impacientarlo: se abalanzó sobre la morena, que le hacía bullir la sangre, sin poder contenerse ni un segundo más. Le sacó los enormes pechos oscuros del escote, pellizcándole los pezones con sus dedos rechonchos, hasta que la oyó aullar con un grito de placer. Luego se puso a chupárselos como si fuera un niño hambriento. La chica emitió una deliciosa carcajada cristalina.

Esa complicidad aumentaba en no poca medida el placer, pensaba Sforza.

Mientras el gran capitán estaba colgado de los pechos de la campesina, la otra chica le bajó los calzones. Le agarró el miembro y las uñas le estimularon el escroto, lo que provocó que gimiera de deseo. Luego lo introdujo entre sus labios gruesos y húmedos.

A Sforza le parecía haber llegado directamente al paraíso. Mujeres y armas: esas eran sus pasiones. Y mientras se entretenía en tales asuntos, concluyó que tenía que haberle prestado más atención a esa vena suya, puesto que los años pasaban y él, a fin de cuentas, tendría que pensar en asegurarse una vejez honorable.

El caballo de Cosimo giraba sobre sí mismo, nervioso. Iba con Lorenzo camino a Pescia. Les habían alcanzado una docena de caballeros pagados por Florencia: las corazas brillantes y oscuras, el yelmo ceñido. El campamento de Francesco Sforza no quedaba lejos. El capitán había acampado a las afueras de Pescia, más allá de Serchio, en el Colle del Lupo.

Llevaban el color blanco bien visible, Cosimo y los suyos, a fin de que Sforza estuviera seguro de que su objetivo era el de dialogar y llegar a un acuerdo. En dos caballos negros cargaron algunas sacas, llenas en la parte superior de grano, ocultaban, en el fondo, los florines de oro. El motivo de aquel viaje estaba claro: encontrarse con Sforza para sobornarlo y convencerlo de que dejara Lucca bajo el yugo de Florencia. Así lo habían dispuesto los Diez, presionados por Cosimo, y ahora que Niccolò da Uzzano había sido oportunamente informado, el nuevo señor de la Casa Médici trataba de cumplir con lo que fuera necesario para liberarse de la incómoda influencia milanesa en tierra toscana.

Por descontado, no tenía intención alguna de enemistarse con Filippo Maria Visconti, desde el momento en que era él quien enviaba a Francesco Sforza. Quería proceder de la manera más provechosa para las partes, de modo que no comprometiera un equilibrio que se podía revelar, pese a todo, útil en el futuro. La paz era necesaria para los negocios y, desde que faltaba su padre, todos intentaban comprometerla. Albizzi y Strozzi, incapaces de desarrollar sus propias líneas de crédito como habían hecho los Médici con el Banco, recibían el máximo de beneficios por medio de la influencia política dictada por el miedo y por la guerra.

En eso estaba pensando Cosimo cuando les hizo una seña a los suyos de que lo siguieran.

El sol ya se ponía tras la negra espalda de las colinas, un disco de cobre fundido que inundaba de rojo el cielo.

Tenían que darse prisa.

Cosimo puso al galope a su caballo bayo, seguido por Lorenzo y los doce que iban con ellos. Recorrieron el sendero que cortaba un bosque de suaves pinos, hasta que la vegetación comenzó a escasear. Pronto llegaron a la vista de una explanada. En ese momento apareció ante sus ojos el campamento de Francesco Sforza: las tiendas de campaña que salpicaban la tierra como erupciones caóticas, algún que otro soldado cansado que se arrastraba hasta una fogata donde alguien había puesto a girar un cabritillo ensartado en un espetón, al menos a juzgar por el perfume en absoluto desagradable que desprendía. Antorchas clavadas en el suelo y braseros que proyectaban destellos rojos por el cielo ya entintado por los colores de la noche. Apenas se acercaron, con los caballos al paso, un par de guardias los conminaron a detenerse.

Al verlos tan numerosos, algún que otro soldado llegó hasta los centinelas para reforzar las filas, pero Cosimo expuso enseguida a la luz de las antorchas la banda blanca que lucía en el brazo y eso mismo hicieron el resto de sus compañeros.

—¿Quiénes sois? —preguntó el centinela con la voz ronca de cansancio y de vino. En la tenue claridad de las antorchas, Cosimo vio que tenía los ojos enturbiados por el exceso de bebida y los mechones mugrientos, pegados a las sienes, que se le escapaban como un hilo de araña por fuera del yelmo.

—Venimos en son de paz desde Florencia. Nos espera Francesco Sforza. Es más, si pudieras conducirnos hasta los aposentos del capitán te quedaríamos muy agradecidos.

El soldado tuvo un acceso de tos y se dobló sobre sí mismo hasta casi hacerse pedazos. Rodó por el suelo y luego se recompuso. Cuchicheó con su compadre durante un rato que a Cosimo y a sus acompañantes les pareció infinito. Se sumó un tercer hombre, que muy pronto se separó de los otros dos y se encaminó hacia las tiendas. No ocurrió nada hasta que regresó y habló brevemente con el primer centinela, asintiendo con la cabeza. Cuando el primer soldado estuvo seguro de haber comprendido, dirigió su mirada hacia Cosimo.

«¿Por qué daré siempre con los más inútiles?», pensó.

—Decís que sois florentinos.

—Exactamente.

—Y que venís para hablar con el capitán Francesco Sforza.

—Sí —confirmó Cosimo, sin poder reprimir un punto de exasperación, luego añadió—: vamos a ver si nos movemos, que si no nos vamos como hemos venido y vuestro señor se quedará sin una considerable cifra de dinero y os arrancará la piel a latigazos. ¿Es eso lo que queréis?

—La verdad es que no. Mi compañero de armas os guiará hasta la tienda de Francesco Sforza. ¡Solo vos y la carga! —le ordenó señalando primero a Cosimo y luego a los dos caballos con las sacas.

—¿Cómo osáis? —le interpeló Lorenzo a punto de desenvainar su daga; pero Cosimo lo detuvo haciendo un gesto con la mano.

—Sea —dijo—. Vamos a ver de qué pasta está hecho Francesco Sforza.

Por fin en ese momento el centinela se echó a un lado.

13

Cosimo y Francesco

Francesco Sforza era un hombre verdaderamente imponente, Cosimo tenía que concedérselo. El rostro, franco y movido por la determinación, hablaba de una vida dedicada al arte de la guerra. Una mirada directa que imponía respeto y, cuando era necesario, incluso miedo, Cosimo estaba seguro, ya que en sus ojos había una luz dura, incluso en ese momento, cuando los labios ensayaban una especie de sonrisa. Las espaldas anchas y robustas como las de un toro constituían el resto del conjunto, sin contar con su considerable altura.

Pero no faltaba en su rostro una sombra de cansancio, y la casaca modesta, incluso raída, por no decir andrajosa, de un delicado color salvia, estaba empapada de sudor. Como si eso de guerrear no hiciera, a la postre, otra cosa que consumirlo.

La tienda estaba arreglada de un modo espartano. Una cama que era poco más que un lecho miserable, la reverberación de la luz de los braseros, una pequeña mesa con dos copas de vino y una botella. En un rincón estaba colocada la armadura, arañada y sucia del polvo del campo de batalla.

—Señor mío —inició su discurso el capitán—, ¡qué magnífica visita la vuestra en esta noche ardiente como el mismo infierno!

—Gracias por recibirme, capitán —dijo Cosimo—, puesto que, ya veis, es un hecho que con vuestra conducta, impecable desde el punto de vista de vuestro oficio, habéis puesto en un grave apuro a mi amada Florencia.

—Lo lamento mucho, señor Cosimo, y lo digo de veras. Por otro lado es innegable que Paolo Guinigi de Lucca ha pagado mis servicios; es más: fue Filippo Maria Visconti en persona quien me ordenó que hiciera que Fortebraccio pusiera pies en polvorosa.

—Estoy informado de ello, por supuesto. Sea sincero conmigo, capitán: ¿cuánto os ha pagado Guinigi para ser superior a Niccolò y los suyos, y para resistir a las milicias florentinas?

Sforza pareció vacilar un instante, pero luego sus labios pronunciaron la cifra que Cosimo había imaginado.

—Veinticinco mil ducados: cinco mil de anticipo y los otros veinte mil a trabajo hecho.

Cosimo hizo un gesto de asentimiento.

—Una cifra razonable, pero no es impresionante. Hacía al tirano de Lucca algo más generoso. —Al decirlo no fue capaz de contener una leve sonrisa.

—Francamente, lo he visto en muy malas condiciones, señor.

Cosimo elevó una ceja.

—¿Lo decís de veras?

—Está atrincherado en su ciudadela, con el fantasma de sus cuatro mujeres a las espaldas cubriéndolo de resentimiento. Y a la vista de cómo D'Alviano y yo hemos sido recibidos como héroes en la ciudad hoy mismo, Lucca está lista para una insurrección, me parece a mí.

—¿Qué es lo que os lo hace creer?

—El hecho de que un verdadero señor no tendría miedo de su gente. Miraos vos mismo, señor Cosimo, habéis venido hasta aquí y sabemos bien por qué. Estoy seguro de que mediante el arte del compromiso y de la política obtendréis lo que queráis, legitimado por el apoyo de los Diez de Balia en Florencia ya que, se diga lo que se diga, vos sois Florencia.

Cosimo permaneció impasible. Si aquella afirmación le había gustado o no, no era fácil decirlo. Sin embargo, asintió.

—Estoy sorprendido del profundo conocimiento que tenéis de nuestra situación.

—Soy un hombre de armas, señor mío, y un mercenario a fin de cuentas: doy fe de que estar bien informado forma parte de mi trabajo. —Al decirlo Francesco Sforza se golpeó el pecho a la altura del corazón—. ¿Os place una copa de vino?

—Os agradezco la invitación, pero me urge hablaros del motivo de mi visita.

El capitán se aproximó a la mesita y se sirvió vino tinto en una copa. Lo probó y, a continuación, dio un par de largos sorbos. Chasqueó la lengua y se pasó el dorso de la mano sobre los labios.

—Os escucho.

—He venido para ofreceros la cifra de cincuenta mil florines a cambio de la promesa y el compromiso de entregar Lucca a Florencia. No penséis ni por un momento que la oferta es negociable. ¿Qué respondéis?

Cosimo clavó sus ojos negros en los de Francesco Sforza. Por un instante pareció que ninguno de los dos estaba dispuesto a bajar la mirada. El capitán percibió una voluntad de hierro en el hombre que tenía delante de él y también una determinación de la que no se puede salir indemne. Después de todo, Cosimo de Médici parecía haber heredado la misma noble dureza del padre.

La suma que Florencia le ofrecía era, por otra parte, muy superior a la que le había prometido Paolo Guinigi como anticipo; no había motivo alguno para rechazarlo. Contentaría a sus hombres y él compraría un nuevo caballo y aquel castillo en el que desde hacía tanto tiempo esperaba poder envejecer. Tal vez junto a una hermosa mujer; o, incluso, más de una. A fin de cuentas, ¿por qué no pensar a lo grande? Francesco Sforza no vacilaba: aceptaría. Solamente había algo que le generaba dudas y que tenía que aclarar.

Sin aquella cláusula no se haría nada.

14

El acuerdo

—Podría incluso aceptarlo —dijo el capitán—. Solamente hay un problema.

Cosimo lo miró fijamente a los ojos, a la espera.

—Mi honorabilidad.

—Sed más explícito.

—Mirad, señor Cosimo, aunque pueda parecer extraño, también nosotros los soldados mercenarios tenemos deberes y obligaciones con quien nos contrata y no pueden ser desatendidos en modo alguno.

—¿Obligaciones que os impiden aceptar la suma que os he indicado?

—En absoluto.

—Lo sospechaba. —Cosimo bromeó con un deje de ironía.

—Puedo imaginar lo que estáis a punto de decirme...

—¿De veras lo creéis así? —lo interrumpió el señor de Florencia—. Pues la cosa no es tan simple. Escuchadme. —Respiró hondo y no dejó entrever nada de lo que tenía intención de decir—. Puedo entender perfectamente que el hecho de haber recibido un encargo preciso no os permita aceptar sin más lo que os pido. Me resulta evidente que, aunque diferentes de los míos, también un jefe mercenario tiene unos principios que rigen su conducta y tiene que actuar en consecuencia. Por otra parte, con igual claridad veo que estáis dispuesto a que estos cincuenta mil florines sean vuestros. He aquí lo que pienso: si en vez de entregarme Lucca os limitarais a dejar bajo las armas florentinas a Paolo Guinigi y su ciudad, ¿no sería eso un buen trato y una solución fácil y útil para ambos, por lo que cada uno de nosotros podría sacar un legítimo provecho de esta conversación nocturna nuestra?

Cosimo pronunció aquellas palabras y, sin esperar más, se dirigió a la salida de la tienda. Había dejado el caballo atado a una estaca de madera y fue sencillo para él sacar de la silla de montar uno de los muchos sacos firmemente atados. Lo cogió y volvió hacia la tienda.

Mientras Francesco Sforza permanecía expectante para entender lo que el señor de Florencia estaba dispuesto a cumplir, Cosimo vació el contenido de la saca en la mesa. Primero cayeron las semillas; después, con un sonido tintineante, llovió una cascada de florines.

A la vista del oro, el capitán de mercenarios no logró contener un gesto de satisfacción.

Sus ojos profundos relampagueaban de codicia.

—¿Y ahora qué me decís? Tengo otras cuarenta y nueve sacas como esta en los lomos de dos caballos que pastan ahí afuera.

Sforza tragó saliva: era evidente cuánto lo tentaba aquella oferta. Cosimo había comprendido que lo tenía en sus manos en cuanto detectó aquella luz impetuosa en su mirada. So-

lamente tenía que recordar que debía llevar todas las negociaciones con cuidado, sin dar nada por sentado, puesto que
el capitán no era tonto en absoluto. De hecho, a medida que el
juego se iba desarrollando tal y como lo había esperado, se
abría camino en él una idea nueva. ¿Por qué no mantener
aquella amistad con el capitán que bien podría revelarse útil
en el futuro?

Decidió presionarlo.

—¿Entonces? ¿Habéis perdido el habla, capitán?

Francesco Sforza parecía recuperar el aliento; luego habló.

—Bien, señor mío, lo que afirmáis es tan cierto como sabio y, puestos a decirlo todo, concedo que la solución que
proponéis no es solamente brillante sino que está a la altura
de cuanto he oído decir de vos.

—Por lo tanto ¿aceptáis?

—Acepto.

—¿Mis condiciones? —Cosimo sentía que Sforza estaba
a punto de ceder y tenía intención de no dejar escapar aquella
oportunidad. No había ofrecido poco dinero y, por ello, pretendía tener todas las garantías del caso e incluso algo más.

—¿Y cuáles serían?

—Esencialmente las siguientes: mañana por la mañana
desmontáis el campamento y abandonáis Colle del Lupo sin
más dilación. No os preocuparéis de avisar a Guinigi, por
supuesto, e iréis a donde mejor os convenga, a condición de
que sea lejos de aquí. Por lo que respecta a Florencia, no obs-
taculizaréis ni dificultaréis en modo alguno lo que considere-
remos oportuno hacer. A modo de saldo y liquidación, yo os
entrego por cuenta de la República los cincuenta mil florines,
que están en los lomos de mis caballos pardos, aquí afuera.
¿Os parece suficiente y consideráis que estáis en grado de
hacer honor a estas condiciones?

Francesco Sforza sopesó aquella pregunta, pero estaba claro que ya había decidido.

—Señor mío —dijo—, no solo les doy la bienvenida a vuestras peticiones, sino que añado que estoy convencido de que hoy estamos a punto de inaugurar una larga y provechosa alianza.

—También yo estoy convencido —afirmó Cosimo—; no obstante, ¿estáis seguro de que lo que os he dicho puede ser válido para vos y para vuestros hombres?

—Os lo garantizo, como que me llamo Francesco Sforza.

—Muy bien, entonces.

—Me parece que el acuerdo que hemos alcanzado bien merece un apretón de manos. —El capitán le ofreció su mano derecha a Cosimo de Médici.

El señor de Florencia no se echó atrás. Sentía en el fondo de su alma que aquel día no solo había evitado la toma de Florencia por parte de Milán, sino que había suscrito una valiosísima alianza.

Sforza no era el duque de Milán, los Visconti eran poderosos y estaban bien arraigados en el territorio, y Filippo Maria no era, desde luego, idiota. Por otro lado, aquel hombre de armas no solamente tenía valor y coraje, sino, también, un olfato político y para los negocios que, oportunamente valorados, podría llevarlo lejos; Cosimo esperaba que incluso hasta el punto de representar un importante aliado y amigo en empresas futuras.

SEPTIEMBRE DE 1430

15

La peste

Se dice que a quien se despierta presa de temblores y de repente, la muerte debe de haberle pasado cerca. Schwartz se había levantado aquella mañana sobresaltado. Había sentido que el sudor helado le cubría la piel como un sudario. Debía de ser temprano, ya que por las hendiduras de las persianas no se filtraba luz alguna. Apenas se hubo despertado, percibió el olor acre del sudor rancio de los otros que habían dormido con él. El aire estaba caliente y pesado a causa de la mucha cerveza que habían bebido los soldados. Por eso aquel sudor frío y los temblores parecían tener aún menos sentido,

Hacía ya mucho que no tenía que dormir con sus compañeros, pero Rinaldo degli Albizzi le había recomendado poner su arma al servicio de Guidantonio da Montefeltro para ayudarlo en el asedio de Lucca, defendida por las tropas de Niccolò Piccinino. Schwartz había obedecido. Y así, la noche anterior, había terminado en aquel granero con algunos compañeros de armas después de haber parrandeado hasta tarde.

El mercenario suizo no estaba entusiasmado con el encargo; lo cierto es que echaba en falta, y no poco, las estafas bien pagadas de poco tiempo antes, pero, como Albizzi no había reparado en gastos y el encargo era de duración breve, se había enrolado en las filas de los florentinos con el fin de informar puntualmente del asedio de Lucca, una vez que Francesco Sforza, gracias a los cincuenta mil florines que recibió de Cosimo de Médici, se había ido del valle de Nievole.

Por otro lado sospechaba que aquel trabajo absurdo de espía no le había llovido del cielo por casualidad, sino porque Albizzi había logrado descubrir sus tejemanejes con Laura Ricci. Seguro que lo había puesto allí para castigarlo hasta que quedara satisfecho con su venganza. Laura Ricci era de Rinaldo degli Albizzi y de nadie más; o al menos así lo creía aquella bola de sebo. El hecho de que trabajara para él no significaba que le tuviera miedo o que tuviera que atenerse siempre y a cualquier precio a sus normas.

Ciertamente habría podido largarse, pero aquellas comisiones nefastas de Albizzi no solo le eran gratas, sino necesarias, ya que cambiar de señor no era tan fácil en aquellos tiempos. Había tanta gente diestra con las armas, así como con buena reputación, que sus servicios no eran, por cierto, los únicos posibles.

Por ello se había convencido de que valía la pena sufrir aquella pequeña afrenta y llevar a cabo la misión. Dentro de dos semanas habría vuelto al Palacio Albizzi con las noticias del campo de batalla, a la espera de nuevas instrucciones.

Como quiera que sea, no tenía ninguna intención de perderse la inquietante belleza de Laura Ricci. Aquella mujer lo había ligado a ella muy bien. Tenía que ir con cuidado de no atarla en corto porque si no, huelga decirlo, se ahorcaría a sí mismo.

Así que, tras esas reflexiones, decidió salir de aquella pocilga atestada de cuerpos sucios y amontonados, e ir a beber agua fresca al pozo.

Abrió la puerta, que giró sobre sus goznes, y la cerró tras de sí.

El aire de septiembre era aún más cálido y húmedo que el del granero. El cielo iba llenándose de contrastes dorados y frisos rojizos que anunciaban la aurora. Se soltó la capa negra.

Sufrió un nuevo escalofrío y se encaminó hacia el pozo. Una vez allá, recuperó el cubo de madera y lo dejó caer.

Empezó a tirar con los brazos de la gruesa cuerda que se arrastraba en la polea y, tardando una eternidad, el cubo empezó a subir hacia lo alto. Una vez que lo tuvo entre sus manos, vio el cielo ya palidecido por el alba reflejarse indeciso en el círculo de agua. Sumergió la cara y la sacó, caliente y empapada.

La sensación de aquella agua tibia, casi impregnada de enfermedad y fiebre, fue tan intensa y desagradable que temió caerse. Era como si, apenas hunciendo en ella el rostro, todas las inmundicias de la noche hubieran decidido despertarse en su piel. Nunca se hubiera esperado algo así.

Llevaba con él un trapo con el que se secó lo mejor que pudo.

Luego se llevó el cucharón a la boca y, pese a todo, bebió.

Sea lo que fuere, sintió signos de que se despertaba e intentó congratularse por ello. Era increíble lo que las miserias de la guerra le hacían apreciar las cosas más simples y pequeñas.

Estaba dándole vueltas a cómo hacerse con comida, tal vez unos huevos para poder desayunar, cuando vio que alguien se acercaba. Parecía un soldado. Pero vestía un atuendo andrajoso y exhibía una palidez inquietante.

A medida que, poco a poco, se aproximaba le vio los ojos celestes anegados de lágrimas, acuosos, casi cerrados por un tormento indecible. La espada le colgaba con aspecto desaliñado del cinto como si fuera un cucharón con el cual remover una sopa infernal.

Era extremadamente delgado y aquella mirada clara en su rostro demacrado, devorado por la delgadez y la ictericia, le daba aspecto de calavera. El efecto se amplificaba aún más gracias a una capa con capucha que le cubría la cabeza y hacía centellear aquellos iris que de tan brillantes parecían falsos.

Schwartz tuvo intención de preguntarle de dónde venía, pero lo que vio le estranguló la voz en la garganta. El hombre se volvió hacia él, mostrándole su cuello pálido. Fue en ese momento cuando Schwartz vio aquello que nunca hubiera querido ver.

En medio de su piel clara explotaba, monstruoso, una especie de bubón violáceo del tamaño de un huevo. Estaba inflamado y palpitante y en él parecía anidar la muerte misma.

Schwartz retrocedió vacilante. Pero el otro no se detenía e iba derecho hacia él. Lo miró con aquellos ojos hijos del demonio y se hincó de rodillas.

Luego, sin siquiera proferir una palabra, abrió su manto a la altura del pecho. Entonces Schwartz vio otros signos, otros bubones negros que florecían como plantas monstruosas en la carne de aquel desgraciado.

—Ssssseñorrr —murmuró con voz trémula y articulando sonidos que parecían salir del mismo infierno—, le... le... rrrrueggo que mmmme mate —continuó, señalando la espada de Schwartz.

El mercenario suizo no sabía qué hacer. Pero lo que aquel hombre le pedía estaba estremecedoramente claro.

El soldado comenzó a llorar.

De los pliegues de la capa dejó asomar las manos, reducidas a muñones cubiertos de llagas y goteantes grumos de sangre marrón. Las agitó delante de Schwartz como para darle a entender que no tenía modo alguno de poner fin a sus suplicios por sí mismo.

Por ello, movido por la piedad, Schwartz desenvainó la espada reluciente y, acercándose lo suficiente a aquel hombre, le dio un mandoble que le abrió el pecho desde el hombro derecho hasta el costado izquierdo. Se desplomó hacia delante y falleció.

Schwartz se alejó algunos pasos. Luego la vista se le nubló, sintió que la saliva le subía a los labios. Cayó de rodillas y vomitó el agua que había bebido y la comida de la noche anterior. Sintió que el pecho se le hacía pedazos con el ímpetu de las arcadas.

En cuanto se repuso, se levantó y corrió hacia el establo donde había dejado su caballo. Se encaramó a la grupa. La vista de aquel hombre lo había aterrorizado y le había dejado las piernas como algodones. Al final, logró erguirse con un inmenso cansancio. Luego salió del establo y puso el caballo pardo al galope por las calles de Florencia.

Aquella visión y los escalofríos que sentía le habían llevado a la mente antiguos recuerdos, memorias de días malditos en los que era un hombre diferente, días que hubiera querido borrar para siempre de su mente, pero que todavía de vez en cuando afloraban y le ocupaban los pensamientos.

Creía, o mejor, esperaba, haberse quitado de la cabeza ciertas imágenes, pero los escalofríos que le sacudían los miembros lo reconducían a un tiempo pasado: cuando la enfermedad lo había habitado y consumido.

Se llevó la mano a la frente y se secó el sudor frío que parecía querer anegarlo.

La mente volvió al hombre al que había matado.

Esa visión lo persiguió durante todo el tiempo que duró el viaje.

La peste, pensó Schwartz, la peste se había instalado entre ellos.

16

Carros llenos de muertos

La peste había atacado Florencia como una manada de perros infernales. Había clavado su dentellada en hombres, mujeres y niños, torturando cuerpos, mutilando extremidades y extendiendo por la ciudad terror y depravación. Casi todas las familias nobles se habían refugiado en su casa de campo, con la esperanza de poder evitar el contagio. La epidemia se había extendido a una velocidad increíble, acelerada por el bochorno de septiembre y el mortal calor sofocante.

Florencia se había hundido en el delirio. La población se había diezmado en poco tiempo. Los trabajos en la catedral iban a un ritmo lento, entre muerte y muerte. Las calles se habían convertido en cloacas a cielo abierto y, a pesar de los infinitos esfuerzos por parte de la ciudadanía, la solución al drama no parecía estar cercana.

La plaza de San Pulinari parecía sumergirse en una capa nocturna de humedad.

Cosimo la vio tan llena de gente, a pesar de aquel infierno

en la tierra, que pensó que era mejor mantenerse al margen. Pese a que la enfermedad mataba a sus víctimas a puñados, las personas vagaban como fantasmas. Las prostitutas se movían con más convicción de la habitual. Algunos sepultureros cargaban muertos en los carros. El fuego de los braseros palpitaba, salpicando de rojo todo lo del alrededor. Los cadáveres se amontonaban y formaban pilas negras y hediondas a causa del aire húmedo que amplificaba aún más el olor de la muerte.

Los guardias de la ciudad, con sus uniformes negros, hacían la ronda en patrullas. Los colores de su atuendo añadían horror a aquel laberinto de espectros en que se había convertido Florencia.

Sometida por las luchas intestinas y por la peste, la ciudad parecía ya una sombra de sí misma. Por todas partes se amontonaban piedras y materiales que se habían solicitado para la construcción de la cúpula que aún no se había terminado y se abandonaban allí, al sofocante aire nocturno, en espera de poder proseguir con los trabajos.

Cosimo había obligado a su familia a abandonar la ciudad para refugiarse en la villa de Trebbio. Se habían marchado hacía ya varios días. Solamente él y Lorenzo se habían quedado para tratar de atender los asuntos más urgentes. Pero, a esas alturas, ya había comprendido que era una idea estúpida y había decidido marcharse él también. Antes, sin embargo, había querido hablar con Filippo Brunelleschi, con la esperanza de convencerlo de que se fuera con él. Pero no hubo manera. Aquel loco pretendía quedarse en su puesto. En la cúpula, terminando los trabajos. A pesar de que los obreros iban cayendo como moscas.

Cosimo lo había intentado todo. Si se moría, le había dicho, ¿quién iba a terminar esa maldita cúpula? Le había rogado, implorado, amenazado. Pero Filippo lo había mirado con aquellos ojos suyos inyectados en sangre y su loca determinación, y había negado, del modo más enérgico, cualquier posibilidad de huida.

Por eso Cosimo se encontraba todavía allí.

Junto a la plebe y al pueblo, en definitiva, junto a la gente común, que no tenía más sitio al que ir que no fueran su propia casa o las calles malditas de aquella ciudad, que ya parecía un círculo de los condenados.

Oía como, detrás de las ventanas con las luces apagadas y las puertas claveteadas, familias enteras de desheredados se reunían con las manos unidas para pronunciar palabras de plegaria y de misericordia. Sobre algunas puertas, los guardias habían trazado cruces blancas para indicar que se trataba de casas de apestados. Los cadáveres descalzos yacían a un lado de la calle: con el camisón empapado de sangre negra y de los humores de la peste. Los perros callejeros hambrientos lamían la sangre.

Cosimo miró más allá de la plaza de San Pulinari y, a la luz de la antorcha que llevaba, vio iluminarse súbitamente la gran masa de la catedral de Santa Maria que se cernía sobre la plaza. Llegó enseguida y también allá había más muertos, más carros. Figuras negras que se balanceaban temblorosas, sin saber qué hacer.

Algún miserable la había emprendido a patadas con un viejo al que debían de considerar causante de la enfermedad. Lo vio boquear bajo los golpes que le trituraban los huesos.

El mundo se había vuelto loco.

La epidemia había traído consigo la rabia y la anarquía. Si ya la guerra contra Lucca con la imposición de nuevas tasas había partido a las clases populares por el eje, ahora la peste las privaba de la mano de obra.

No había esperanza, eso era cierto.

Porque en ese caos primordial, incluso salir de casa se convertía en un peligro. Por culpa de la confusión en que había caído la ciudad, los peores ladrones a sueldo y los soldados mercenarios habían planeado introducirse en los callejones y en las casas para agredir a los habitantes y saquear cuanto pudieran, confiando en la imposibilidad de que los guardias de la ciudad ejercieran su habitual control.

Fue como si alguien hubiera oído sus pensamientos.

Y, de hecho, apenas había pasado de largo la catedral para dirigirse hacia la Via Larga cuando un par de matones saltaron frente a él y le cerraron el paso.

No tenía idea de quiénes eran, pero, por la manera en que iban vestidos, no parecían de la mejor ralea.

—Señor... —susurró uno de los dos con delgada y untuosa voz—, qué suerte encontraros en una noche tan hermosa —dijo sacando del cinto una daga afilada. Llevaba un ojo vendado e iba cubierto por una harapienta chaqueta de cuero. Debajo se entrevía una camisa raída que, hacía mucho tiempo, debió de ser blanca.

El otro compadre no pronunció palabra, pero Cosimo vio brillar en su mano un estilete. Era calvo, tenía los ojos amarillos y llevaba una túnica ajada.

Cosimo no sabía qué hacer.

Dio un paso atrás. No estaba lejos de su casa y si lograba cogerlos por sorpresa tal vez podría despistarlos por los callejones. El hombre de la voz fina se acercaba y reducía la distancia. El otro permanecía detrás, en silencio.

Cosimo no llevaba armas. Mientras se preguntaba cómo podría escapar de aquella situación, ocurrió algo inesperado. Alguien gritó su nombre y, al hacerlo, se abalanzó sobre el segundo hombre, tirándolo al suelo: se golpeó la cara en el pavimento y empezó a brotar sangre de un corte profundo.

El primer matón no se lo esperaba y vaciló.

Ese instante de titubeo fue fatal.

Cosimo aprovechó para dar un salto hacia delante y apretarle la antorcha contra el pecho. El hombre intentó parar el golpe levantando la mano en la que empuñaba la daga, pero la antorcha lo golpeó y lo hizo aullar de dolor.

—Rápido —gritó su salvador—. Vámonos de aquí.

Cosimo reconoció entonces la voz de su hermano y se puso a correr sin mirar atrás.

Se metió por un callejón y de ese a otro más. Oía el ruido de sus zapatos golpear el pavimento. El aliento se le cortaba en la garganta por la carrera. Su hermano seguía a su lado. Enseguida vieron el palacio y se dieron cuenta de que los dos atacantes habían dejado de perseguirlos.

Una vez en casa, Lorenzo lo miró a los ojos.

—Menos mal que había ido a buscarte —dijo—. Ahora espero que quieras venirte conmigo mañana y quedarte en el campo al menos hasta que la epidemia se calme. Quedarse en Florencia con este calor y la peste es una locura.

—Ya hemos hablado de eso —replicó Cosimo.

—Sí, pero no parece haber sido suficiente.

—Lo que cuenta es que lo hemos logrado.

—Sí —añadió Lorenzo un tanto exasperado—. ¿Te crees que esos dos estaban allí por casualidad? —Cosimo lo miró atónito—. ¿Qué quieres decir? —preguntó incrédulo.

—Que el encuentro de esta noche no fue casual en absoluto. Lo creas o no, querido hermano, alguien anda detrás de ti y hoy ha intentado liquidarte.

17

Una discusión nocturna

Rinaldo degli Albizzi no daba crédito a sus oídos.

—¿Cómo es eso? ¿Tampoco esta vez habéis sido capaces de dar muerte al usurero?

Los dos sicarios estaban delante de él. El del ojo vendado llevaba un vistoso vendaje en la mano. El otro tenía el rostro tumefacto a causa de la herida que se había hecho al golpearse contra el empedrado.

El primero de ellos trató de defender sus acciones.

—Señor, no es culpa nuestra, creednos. Lo teníamos en nuestras manos, pero acudió alguien en su ayuda y eso nos cogió por sorpresa.

Su compadre hizo un gesto afirmativo con la cabeza.

Rinaldo sonrió, pero no había nada divertido en la mueca que le frunció el labio.

—Y el Mudo está de acuerdo, naturalmente. ¡Pero bien! ¡Bonito trabajo habéis hecho! Empiezo a pensar que igual este trabajo puede hacerlo una mujer sola. —Dirigió la mirada a la hermosísima muchacha que estaba a su derecha, mirando hacia fuera desde la gran ventana del salón.

Ella llevaba un largo vestido verde esmeralda, tachonado de perlas y plata. El amplio escote exaltaba la generosa curva del pecho.

Se rio con una carcajada cristalina.

—A fe mía —continuó Rinaldo— que quizás hubiera sido mejor hacerlo así. Vosotros me habéis decepcionado.

—Pero, excelencia —prosiguió el matón con un lloriqueo—, no nos esperábamos que fueran dos.

—Menuda pareja de idiotas. ¡Pues lo podíais haber pensado! ¡Sabéis que son dos hermanos! Donde está uno, está siempre el otro. Podríais haber ido con otro amigo. Tal vez hubierais sido capaces de llevar a cabo una misión tan fácil. ¿Quién sabe cuándo vamos a disfrutar de nuevo de una buena plaga?

Rinaldo ya estaba gritando. Desahogaba su propia frustración. Y, por lo demás, estaba en lo cierto. La situación era, cuanto menos, propicia. ¿Cuándo volvería a ocurrir? Y aquellos dos imbéciles habían fallado.

Estaba cansado de tanta incompetencia.

¿Cómo podía dar cuenta de los Médici con hombres como aquellos? Había batallado en Lucca y aquel maldito Cosimo se las había arreglado para engatusar a los Diez de Balia con el objetivo de sobornar a Sforza en el intento de llevar la paz. Para suerte suya, aquella maniobra había permitido que los florentinos volvieran a asediar Lucca, tras la muerte de Paolo Guinigi. Sin embargo, incluso el nuevo capitán florentino, Guidantonio da Montefeltro, estaba demostrando ser un inepto, de manera que, una vez más, su adversario de Lucca, Niccolò Piccinino, estaba derrotándolo en todos los terrenos. Eso era al menos lo que le había contado Schwartz, que había regresado del campo de batalla antes de tiempo a causa de la propagación de la peste.

Y ahora que había tenido su gran ocasión, aquel par de imbéciles la habían desperdiciado.

Rinaldo estaba rabioso. Mientras pensaba en todo lo que, en los últimos tiempos, no había funcionado, llamaron a la puerta.

—¡Adelante! —dijo en un tono molesto.

A pesar de que Florencia estaba doblegada por la peste, Schwartz, que también andaba por ahí dando vueltas, parecía peligrosamente en forma. Debían de ser los antepasados germanos, pensó Albizzi. Su atuendo negro junto con la palidez de su rostro, la larga cabellera rubia y los ojos claros lo hacían parecer aún más inquietante. Parecía más un pirata que un soldado de fortuna. Tampoco es que hubiera una gran diferencia. Lo saludó haciendo un gesto con la cabeza, puesto que en ese momento tenía muchas otras cuestiones que atender. Luego pensó que su llegada había sido providencial.

Lo vio acercarse a una mesa. Sentarse. Tomar una manzana de una bandeja y comenzar a pelarla con el puñal que llevaba en el cincho.

Rinaldo degli Albizzi respiró hondo.

Tenía que hacer entender a sus hombres que no podían equivocarse impunemente. Si esa convicción se extendía, todos sus matones a sueldo pensarían que podían cometer errores sin pagarlo.

El hombre de la venda negra pareció comprender sus intenciones.

—No os decepcionaré de nuevo, mi señor, os lo juro.

—A fe mía: soy yo quien te juro que esta es la última vez que os equivocáis.

—¿Qué... qué... quie... quiere decir mi señor?

Pero la voz se le hizo añicos, hasta convertirse en un gorgoteo ahogado.

El filo del puñal de Schwartz brillaba rojo y puntiagudo después de haberle atravesado el cuello y la sangre salpicaba el suelo. El Mudo hizo un intento de levantarse y escapar, pero el puñal de Schwartz lo alcanzó, primero en la pierna, haciéndolo tropezar, y luego el filo le mordió el costado y lo dejó clavado. En ese momento el mercenario suizo se le arrojó encima, lo sujetó por la frente y, tirando de la cabeza hacia atrás, dejó a la vista la garganta. La daga apareció rápidamente y le cercenó la carótida.

Luego Schwartz lo soltó y la cabeza terminó flotando en un lago escarlata.

Rinaldo degli Albizzi se había puesto en pie.

—Bien hecho —dijo volviéndose hacia Schwartz—. Un trabajo sucio, pero alguien tiene que acometerlo. Ahora —añadió— llama a los siervos para que limpien esta pocilga. Más tarde ya veremos cómo hacer para liquidar a estos malditos Médici. Estoy cansado de tener que contentarme con migajas por su culpa y no logro encontrar hombres en condiciones de llevar a cabo la misión que les confío; pero la verdad es que vosotros no me habéis decepcionado nunca —concluyó, señalando primero a Schwartz y luego a Laura.

—Como sabéis, estoy a disposición de vuestra señoría en todo y para todo —dijo Laura—. Todo deseo vuestro es una orden para mí.

—Entonces esta noche te espero en mi dormitorio —le advirtió Albizzi—. Y trae contigo a alguna amiga.

ABRIL DE 1431

18

Nobles y plebeyos

Niccolò da Uzzano sacudió la cabeza en gesto de negación. Después alzó los ojos hacia el techo, ya que lo que oía le producía dolor de oídos.

Los Diez de Balia se habían reunido en el Palacio de la Señoría. Por los amplios ventanales se filtraba una luz cálida y envolvente. Los rayos que se refractaban en todas partes y en los haces luminosos danzaban pequeñas partículas que parecían minúsculas monedas de polvo de oro. La sala lucía vacía, espartana, con una mesa grande en torno a la cual se sentaban los componentes del Tribunal Supremo de Guerra, pero desde el techo artesonado, las cabezas talladas de querubines parecían esperar con curiosidad y esperanza las decisiones de aquellos hombres en cuyas manos se hallaba la República.

Niccolò Barbadori tomó la palabra, puesto que quería dejar claro lo dramático de la situación.

—Amigos —empezó su discurso—, me urge hacer hincapié ante esta junta sobre lo tensa y desesperada que es la situación en nuestra República. Cualquiera puede ver cómo el pueblo de Lucca, lejos de haber sido derrotado y ofendido, se muestra más vivo que nunca, hasta el punto de que Niccolò Piccinino, en cuanto ha entrado a luchar, ha ocupado, tan solo en el mes pasado, Nicola, Carrara, Moneta, Ortonovo y Fivizzano, con un total de ciento dieciocho castillos, de los cuales cincuenta y cuatro pertenecen a los florentinos, a los Fieschi y a los Güelfos locales; el resto a los Malaspina. Yo digo que esta guerra se ha llevado a cabo mal y de manera irreflexiva, y lo peor de todo ha sido la operación de soborno orquestada por Cosimo de Médici sobre el capitán mercenario Francesco Sforza. Ese hecho no solamente nos ha costado la sangrante suma de cincuenta mil florines, sino que no ha conducido a nada, desde el momento en que nuestros hombres andan sumidos en la guerra sin obtener ningún resultado. Si a esto añadimos la peste, pues bien, yo creo que no podemos tener un horizonte más sombrío.

Al oír tales palabras, Niccolò da Uzzano no fue capaz de quedarse callado. A pesar de su edad provecta, quería hacer sentir su voz para evitar movimientos imprudentes o precipitados. Lorenzo de Médici, a su lado, se mantuvo en silencio expectante ante sus palabras.

—He oído las palabras de mi buen amigo Niccolò Barbadori —dijo—, pero debo disentir de todo cuanto ha afirmado, ya que es evidente que la culpa del *statu quo* actual no puede recaer en Cosimo de Médici, ni en su hermano Lorenzo, que está aquí sentado a mi lado. No han hecho nada que difiera de lo que este tribunal les encargó hace unos meses. Es demasiado cómodo echarles la culpa ahora, como si aquella solución, en su momento, no nos hubiera complacido a todos nosotros; y a mí el primero, lo confieso. Fue justamente Cosimo, junto con su hermano, aquí, el que me lo contó. Digo más: aquella decisión se tomó teniendo en cuenta también al pueblo, que vosotros habéis tratado con tanto desdén y que, sin embargo, representa una parte importante de esta ciudad y es el primero que sufre la violencia de una guerra que carece de formas reales de defensa y protección. Otro tanto se puede decir de la plaga que se ha cobrado muchas víctimas, sobre todo entre los más pobres de la población, que, por cierto, no han tenido la suerte de poder refugiarse en el campo y han tenido que agonizar en una ciudad convertida en un laberinto terrorífico asaltado por miasmas infernales.

Niccolò hizo una pausa. Todo aquel parloteo lo agotaba. Ya no era joven y ese tipo de conversaciones lo angustiaban incluso en más de un tiempo a esta parte. Sin embargo, en homenaje y respeto a su edad provecta, todos tenían en alta estima su opinión, que siempre era lúcida y equilibrada, y capaz de captar las implicaciones futuras de las elecciones y los vaivenes de la República. Por eso los otros nueve permanecieron en un silencio sacro hasta que volvió a hablar.

—A mí me parece, a decir verdad, que este ensañamiento contra los Médici se deriva más bien del hecho de que son queridos por el pueblo, más que todos nosotros, ya que están atentos a los cambios de ánimo y a valorar las eventualidades. Sabemos cuán impopular es la reforma del catastro que promovió, precisamente, Giovanni de Médici; no obstante, tenemos que entender que sin el pueblo no existiría la República. Recordadlo, amigos míos, y haced buen uso de ese conocimiento. En lo que respecta a la peste, me parece que ahora se está aflojando la presión. Creo, por lo tanto, que este es el momento propicio para acercarse al menos un poco a los más pobres. Evitar acusar a sus héroes, por motivos fútiles e infundados y por hechos no imputables a ellos, me parece el primer paso en esa dirección.

Tras decirlo, Niccolò da Uzzano se calló, dejando a casi todos sumergidos en sus propios pensamientos, ya que era evidente de qué parte estaba. Tanto a Niccolò Barbadori como a Bernardo Guadagni les quedó claro que las cuentas estaban lejos de quedar saldadas. Con Niccolò da Uzzano vivo, los Médici tendrían un poderoso aliado, tanto es así que Lorenzo se cuidó mucho de añadir nada y se limitó a observarlos con una media sonrisa que le iluminaba la cara.

Le tocó el turno a Palla Strozzi.

Sabía que tenía que medir sus afirmaciones, pero tenía en mente dónde había que golpear.

—Lo que dice Niccolò da Uzzano es plenamente cierto y sería injusto, por nuestra parte, desairar a Cosimo y Lorenzo de Médici por haber cumplido lo que esta junta suprema les había encargado. Yo creo que el verdadero problema es, más bien, el comportamiento reciente de Cosimo. Es un hecho probado que le ha asignado a Filippo Brunelleschi la construcción de un nuevo palacio, para su propia familia, que se prevé como algo nunca visto en Florencia. Yo, naturalmente, no critico el hecho de que un hombre pretenda hacerse una casa, pero a condición de que se respeten los límites del decoro y de la medida. Y, por lo que entiendo, a juzgar por el tamaño y las características con las que se elucubra, me parece que Cosimo de Médici pretende construir un palacio digno de un rey o de un príncipe, con gran pompa y magnificencia, y, sobre todo, de una altura tal que sobresaldrá por encima de cualquier otra familia de Florencia.

Ante esas palabras, Lorenzo hizo amago de intervenir, pero Niccolò da Uzzano lo detuvo, tomándolo por la muñeca, ya que Palla todavía no había terminado.

—También la actitud de Cosimo respecto a la realización de la cúpula de Santa Maria del Fiore ha sido claramente interesada, como si fuera el único mecenas de la obra, que ya es universalmente reconocida como de Filippo Brunelleschi, olvidando que, en su origen, la Obra de la Catedral les encargó la realización tanto a este último como a Lorenzo Ghiberti, al que se ha excluido. Han mantenido a Lorenzo alejado de los trabajos hasta ser relegado a un puesto subalterno, y es claro y evidente que detrás de todo eso está siempre Cosimo de Médici. Lo que quiero decir, y con ello termino, es que al margen de su interés por la gente y el pueblo, Cosimo de Médici, a diferencia de su padre Giovanni, no es, en absoluto, un hombre morigerado y humilde, sino sutilmente arrogante y convencido de poder destacar por encima de todos nosotros, y tal comportamiento, a mi modo de ver, no hace bien a la República puesto que, amigos míos, la transforma de facto en un señorío, un señorío mediceo.

En cuanto Palla Strozzi se calló, brotó un coro de estupor y conmoción, porque los otros miembros de la junta no se habrían esperado nunca una crítica de ese tipo por parte de Palla Strozzi, hombre moderado y atento más bien a las letras y a las artes. Sus palabras, al principio sobrias, habían ido subiendo de tono, y habían llegado al alma y corazón de los presentes. No eran palabras para unir sino para dividir. Algunos estaban de acuerdo con él; otros estaban abiertamente en contra, pero aquella crítica, formulada de manera sutil, había surtido efecto. Y resultaba más sorprendente por cuanto procedía de quien nunca había dejado ver tal irritación, de modo que la mayor parte de los miembros del Tribunal Supremo creían que se le debía haber colmado la paciencia para que hiciera tales afirmaciones.

Lorenzo estaba rojo de ira y, con el rostro colorado, amenazaba con perder por completo los estribos. Se puso en pie, con su jubón granate, y empezó a rebatir las ofensas emitidas por Strozzi y, en el acaloramiento, pareció perder de vista la precisión de los objetivos.

—Estoy impactado tras haber oído tales calumnias —afirmó rotundo— por parte de un hombre al que consideraba amigo. Eso por no mencionar que habéis sido vosotros los que, junto a Rinaldo degli Albizzi, habéis agitado a Fortebraccio con el fin de que atacara Lucca, lo que puso a Florencia en esta difícil situación. Y ahora osáis acusar a los Médici de arrogancia y ambición de poder. ¿No os dais cuenta de vuestra incoherencia?

Pero ya servía de poco. Sus palabras no hicieron más que aumentar el nivel de resentimiento e incomprensión que impregnaba la sala. A todos les parecía claro que, desde entonces en adelante las facciones estarían tan enfrentadas que recomponerlas sería prácticamente imposible. No era una novedad, pero en aquel momento la oposición se había transformado en una guerra abierta: mucho más de lo que había sido hasta entonces.

Niccolò da Uzzano entendió aquella gran verdad: miró a Lorenzo, que no se tomaba la molestia de ocultar su ira y apoyó una mano en su hombro.

—Hoy es un día triste para la República, amigo mío. Confieso, con toda sinceridad, que temo por vuestra vida.

19

La pesadilla

Contessina vio la gran mole de Santa Maria del Fiore desplomarse sobre ella. Por un instante, la catedral le pareció viva y temblorosa, casi como si respirara, como una criatura primigenia que se hubiera convertido, por algún turbio conjuro, en el corazón palpitante de la ciudad.

Levantó la mirada, aunque aquella visión le producía horror. En el aire se arremolinaban copos de nieve roja, que rodaban en molinetes ennegrecidos y dibujaban arcos de color púrpura.

Sintió el corazón latir tan fuertemente en el pecho que temió que se le saliera. Tenía la frente cubierta de sudor y se pasó la mano para secárselo restregando la piel. Luego se la miró y la descubrió embarrada de sangre.

El horror le estrangulaba la garganta. Respiraba con gran dificultad y sentía el miedo dentro como un niño cruel que le comía el vientre con sus pequeños dientes afilados. Lloró ríos de lágrimas azules, pero de nada le sirvió. La visión prosiguió atormentándola hasta que, sobre la cúpula aún en construcción, negra e irregular como una corona apocalíptica de dientes, vio a su amado Cosimo. Contessina no daba crédito a sus ojos. Gritó con la esperanza de que él la oyera, pero él parecía haberla olvidado, a ella y a cuanto estaba sucediendo.

Corrió desesperada hacia su marido, el gran amor de su vida. Los largos cabellos castaños se extendían en el aire como olas despeinadas de un mar oscuro y encrespado de rabia.

Contessina sintió el horror crecer hasta casi ahogarla, para luego apoderarse de ella, pero sin lograrlo del todo. Amaba demasiado a Cosimo y, a pesar del horror de aquella visión, no dejó de correr.

Sin embargo, por más que se afanaba, por más que intentara de todas las maneras alcanzar la base octogonal del baptisterio, no conseguía llegar. Cosimo siempre estaba lejos, demasiado lejos de ella.

Alargaba los dedos desesperadamente con la esperanza de tocar su rostro hermoso, aquella cara dulce, buena, de ojos oscuros, inteligentes, impregnados de una luz negra y pese a todo deslumbrante y capaz de envolver en un manto de fascinación y estupor a quien fuera que se le pusiera delante.

Pero pese a todos sus esfuerzos, Contessina no lograba reducir aquella distancia, que parecía infinita. Sintió la respiración entrecortada debido a la carrera. Le dolían las piernas y los músculos de los brazos. ¿Cuánto había corrido? No tenía ni idea, pero no había sido suficiente, y aquella insuficiencia de sus esfuerzos, de su voluntad, la hacían sentir mal y le recordaban su culpa: era incapaz de proteger a su marido.

¿Era inadecuada? ¿No se merecía a un hombre como él? ¿Tenía miedo de Florencia y de aquella maldita catedral que parecía secar la vida de los hombres de la ciudad y comerse el alma incluso antes que la carne?

Contessina estaba sola con la cabeza llena de preguntas: le llenaban la mente como si pretendieran, por un designio oculto, hacerla estallar. Pero, cualquiera que fuera el sortilegio del que era víctima, una sola cosa estaba clara: su impotencia.

Cosimo la miró desde lejos y, una vez más, parecía no verla, casi indiferente a los reveses del destino y del mundo o, más bien, estaba tan absorto en convertirse en anécdota, un simple oropel, una vida minúscula, que se guarecía de los hados en la catedral fantástica y se dejaba arrastrar, abandonando las armas de la voluntad y de la esperanza.

Lo vio caer.

Chilló.

Pero Cosimo siguió precipitándose.

Abajo, hasta el empedrado.

Contessina cerró los ojos.

Cuando volvió a abrirlos estaba en un charco de sudor. El camisón se le adhería al cuerpo como una segunda piel. Tenía húmedos los largos cabellos y parecía que las almohadas y los almohadones acababan de salir de un río. Se dio cuenta de que estaba gritando: la voz salía ronca a causa de los gritos y de un dolor profundo que le raspaba la garganta.

Cosimo, su Cosimo, estaba intentando calmarla. Le acariciaba la cabeza, susurrándole dulces palabras. Se abandonó a sus manos amantes y se dejó mecer en su abrazo. Les había dicho a los sirvientes y las camareras que se quedaran fuera y que él se ocupaba de ella, como siempre.

Contessina dio gracias a Dios por evitar que aquella pesadilla se hubiera hecho realidad.

—He visto que caías —dijo—, que permanecías lejos de mí y yo no sabía qué hacer para que volvieras a mis brazos.

—¿Qué estás diciendo, pequeña mía? ¿No ves que estás aquí, en tu habitación? ¿No ves que estoy a tu lado? ¿Qué es lo que te aterra, amor? ¿Sabes que haría cualquier cosa por ti, que eres el único amanecer de mi vida, el más sincero y esplendoroso?

Ella lo apretó fuertemente contra su pecho.

—Amor mío, amor mío, ¿qué haría si tú no estuvieras? Pero tuve una pesadilla tremenda: algo nos separaba, y tú caías desde la cúpula de Santa Maria del Fiore y yo no sabía qué hacer para salvarte.

—¡Por todos los dioses! —exclamó Cosimo jocoso—. Bien es verdad que si cayera desde varios metros de altura habría bastante poco que hacer. Será bueno que preste atención cuando vaya a visitar al maestro Brunelleschi para ver cómo van los trabajos.

—Tú te ríes, pero había algo terrible en aquella visión... Tengo miedo, Cosimo, tengo miedo de que alguien quiera separarte de mí, que quiera dividirnos.

—Nada nos va a dividir, Contessina mía. Ahora tranquilízate y verás que el miedo y los temores se irán yendo.

Mientras lo decía, la tomó entre sus brazos y la sujetó como si fuera un pajarito. La arrulló, la cubrió de besos, la hizo sentir protegida y amada. Ella oía a su corazón latir, casi bombear, en su pecho grande y fuerte, y le tocó con los labios el pezón. Luego lo besó con intensidad, hasta que llegó a morderlo.

Él le sonrió, divertido.

—Continúa —le dijo—. No te pares.

Ella sintió que esas palabras le acariciaban los oídos. La piel se le erizaba como espuma del océano. Recorrió con sus pequeñas manos los anchos pectorales. Cosimo era un hombre hermoso y fuerte, y desprendía un buen olor, un vaho amargo que le conquistaba el olfato.

Se divirtió dibujando con los dedos pequeños círculos invisibles sobre su piel. Se deshizo de su abrazo y lo besó con pasión en la boca. Una, dos, tres, diez veces, hasta que su lengua entrechocó con la de él, fundiéndose en un laberinto de pura sensualidad.

Luego volvió a besarlo en el pecho y una vez más en el abdomen, y después más abajo, más abajo, más y más...

Pero él ya estaba explorando el más oculto de sus tesoros. Los dedos grandes y fuertes se movían dentro de ella y la llevaron al desvanecimiento. Fue como una herida deliciosa. Contessina sintió la ola de placer a punto de apoderarse de ella. Se abandonó a él, a aquel tacto maravilloso que la hacía cómplice y esclava de su amor. Se dobló hacia delante mientras la voz se le enronquecía de placer.

Cuando la penetró ya se había corrido dos veces.

20

Muerte de Niccolò da Uzzano

Cuando lo supo, Cosimo sintió la muerte en el corazón.
Porque, habiendo muerto su padre, Niccolò era uno de
los pocos hombres de honor que quedaban en Florencia. Había sido una persona justa y pura, y perder su amistad y su
ejemplo significaba un duro golpe para toda la República.

En eso iba pensando mientras atravesaba la plaza de Santa Lucia de Magnoli. Niccolò era muy querido, ya que había
vivido mucho tiempo en esa zona que tomaba el nombre del
pueblo Pittiglioso. Junto a Cosimo iban su madre Piccarda,
Contessina, Lorenzo y su mujer Ginevra, y también su hijo
Piero. En cuanto entraron en la iglesia, se dirigieron hacia la
capilla mayor, donde el cuerpo de Niccolò estaba expuesto
para darle el último adiós. En la iglesia la gente se reunía en
pequeños grupos y eran numerosos los ancianos y los caballeros que habían acudido a rendirle homenaje al espíritu
grande, en espera de que se celebraran los funerales el día
después.

El cuerpo de Niccolò estaba colocado en un ataúd de fragante pino, en la capilla mayor, con frescos ejecutados por Lorenzo di Bicci. Tenía los brazos cruzados sobre el pecho y un crucifijo sobre el corazón. Lo habían vestido con una túnica de color plateado en la que relucían perlas y piedras preciosas.

Incluso en la muerte su rostro conservaba aquella compostura autoritaria propia de los sabios.

A Lorenzo le recordó a su padre.

La capilla brillaba con las rojas llamas de las velas encendidas. Los frescos de Lorenzo di Bicci parecían virar al color sangre, gracias a los fuegos trémulos y tenues de la cera.

Mientras Piccarda, Contessina y Ginevra se arrodillaban en un banco a rezar, bajo la mirada de Lorenzo y Piero, Cosimo se quedó mirando a aquel que dentro de la nobleza parecía ser su último aliado.

Unos días antes los había defendido de los reproches de Palla Strozzi y de Niccolò Barbadori, que habían arremetido contra los Médici y que habían incitado en su contra a casi todos los miembros de los Diez de Balía.

Cosimo sacudió la cabeza en señal de negación.

Sus aliados caían uno tras otro y las filas de los enemigos se hacían más abundantes y deseosas de aniquilarlos, a él y a los suyos. Incluso el reciente fracaso de Filippo Brunelleschi, en la maldita tentativa de tomar Lucca, y que acabó perjudicando a los florentinos, parecía el enésimo escollo que ratificaba un final anunciado.

Ya veía las miradas cargadas de odio y resentimiento de Giovanni Guicciardini y de Bernardo Guadagni, que parecían querer apuñalarlo de un momento a otro.

Besó por última vez a Niccolò en la frente e invitó, haciendo un gesto con la cabeza, a su madre, a su mujer y a los demás a seguirlo y marcharse.

Piccarda se santiguó y se levantó. Vestía, como siempre, de manera espléndida: la capa, forrada en piel, y el manto negro, bordado con perlas y ornamentos de oro, con la gamurra de color gris oscuro que encarnaba el duelo que la ocasión requería.

Su madre siempre tenía algo de real e inalcanzable en su persona. Era una mujer alta y de porte orgulloso y, junto a ella, también Contessina y Ginevra parecían brillar con una luz singular. Era como, si más allá de la proverbial opulencia de los Médici, Piccarda enfatizara, con su mera presencia, una exquisitez de estilo que trascendía las estirpes y las descendencias.

Ese hecho debía saltar a la vista de las personas que estaban allí. Cosimo tenía la sensación de que todos lo trataban con frialdad, como si no fuera nada para ellos. Nadie fue a su encuentro para saludarle y, una vez que salieron de la iglesia y llegaron a la escalinata que conducía a la plaza, alguien tropezó contra su hombro con cierta violencia, como si lo hubiera hecho expresamente.

En el fondo de su alma, Cosimo tenía que presagiar algo parecido porque aquel gesto no lo sorprendió en absoluto.

Quiso gritarle a Lorenzo que se desentendiera de él y pusiera a la familia a salvo, cuando la voz inconfundible de Rinaldo degli Albizzi lo invocó con un tono ácido de resentimiento y envidia.

—¿Qué has venido a hacer aquí? —le preguntó, con sus ojos negros, salpicados de rojo como chispas dispuestas a convertirse en llamas. Llevaba un jubón de color carmesí y una capa del mismo color. Lucía una barba corta y negra que parecía pintada sobre la cara de un demonio.

Desobedeciendo a lo que le había dicho su hermano, Lorenzo volvió sobre sus pasos y con la mano derecha empezó a acariciar la empuñadura de la daga que ya era común que llevara en el cincho tras recibir el ataque del mercenario suizo.

Cosimo miró a su hermano.

—¿Qué te dije? —La voz atravesada por la ira—. ¡Vete con nuestra madre, con Ginevra y Contessina! —Después, se dirigió a Rinaldo—: He venido a rendir homenaje a un gran hombre. ¿Qué otra cosa te parece que puedo hacer aquí?

Rinaldo escupió al suelo.

—¡Tú! —dijo señalándolo como a un leproso—. ¡Tú trajiste la ruina a esta ciudad! ¡Incluso la peste! Te crees mejor que los demás y no eres nadie, solo un loco arrogante, hijo de un tejedor de Mugello. ¡Debes irte al lugar de donde viniste!

Pero Cosimo no tenía intención de dejarse apabullar, no al menos esa vez. Estaba cansado de las continuas provocaciones de sus rivales y de ese modo de hacer insoportable y lleno de arrogancia, como si fueran depositarios de una verdad que les perteneciera únicamente a ellos.

—Que sepas, Albizzi, que no te tengo miedo. Nunca lo tuve. Sé que eso te vuelve loco, pero no es cosa mía. Continuaré viviendo en mi ciudad como he hecho hasta ahora ya que puedo decir que mi conducta siempre ha estado guiada por el altruismo y el decoro.

En ese momento de la iglesia salía el gigantesco mercenario suizo de largos cabellos rojos y sucios, y de bigote espeso. También ese día llevaba un jubón oscuro y, encima, una casaca con placas de hierro. Se acercó a Rinaldo.

—¿Os importuna este hombre, excelencia?

Albizzi hizo un gesto afirmativo.

El hombre ya estaba echando mano a la espada que llevaba en el cinto, cuando Piccarda se metió entre las dos partes, a pesar del peligro y de cualquier amenaza que pudiera rápidamente pasar a mayores. Sus ojos parecían arder de furia y su rostro hermoso y austero dibujaba una mueca de desdén, como si despreciara no solo la vida de los demás, sino incluso, y sobre todo, la suya propia.

—¡Vosotros, malditos charlatanes, con todas vuestras amenazas y calumnias! ¡Estoy cansada de vosotros! —La voz de Piccarda tronaba delante de la iglesia—. ¡Si queréis desenvainar la espada, decidíos de una vez y hacedme pedazos, que no sois más que unos perros cobardes!

—Madre... —gritó Cosimo, pero Piccarda no parecía oírlo.

Albizzi estaba tan sorprendido que no fue capaz de ocultar una sonrisa jocosa.

—Hete aquí algo que no me esperaba —exclamó en ese momento ya riendo—. Señores, ya sabemos quién le echa valor aquí. Vosotros dos —dijo volviéndose hacia Cosimo y Lorenzo—, vuestros funerales quedan pospuestos. Dad las gracias a esta mujer, ya que ella sola tiene más coraje que vosotros dos juntos.

—Cuídate bien de lo que sale de esa boca, Albizzi. —Lorenzo temblaba de rabia.

—¡Marchaos, marchaos a casa! —ordenó Rinaldo—. Vuestro final solo queda postergado.

Sin añadir nada más, Albizzi volvió a entrar en la iglesia.

Cosimo y su familia se encaminaron hacia la carroza que los esperaba en el centro de la plaza, bajo la mirada gélida de Schwartz, que miraba sus espaldas como si fuera un animal de rapiña.

Mientras estaba allí, con la espada medio desenfundada, se le aproximó Laura Ricci.

También ese día tenía una belleza fulgurante, realzada por un lujo que rozaba lo obsceno. Una estola de piel de zorro blanco le envolvía los hombros. El largo vestido rojo bermellón se abría en un escote vertiginoso que ponía de manifiesto sus senos orondos. Los ojos verdes le brillaban como piedras preciosas en la fría luz primaveral.

—Acabarás por dar muerte a esos dos hermanos —dijo con voz grave y sensual.

—Lo creas o no, estás viendo la espalda de dos hombres muertos.

ABRIL DE 1433

21

Las últimas palabras

Los largos cabellos del cálido color de las castañas se habían veteado de blanco, y aquella belleza altiva que aún animaba su rostro se había desvanecido en gran medida durante el último año. Como quiera que sea, Piccarda Bueri no había sido nunca tan hermosa como en aquel momento, ya cercano a la muerte.

Estaba sentada en su sillón favorito, en la biblioteca. El que estaba al lado de la chimenea. Durante varios años había disfrutado aquella calidez grata, tal vez acompañada de un buen libro y de una de las tantas infusiones que las sirvientas le preparaban. Piccarda era una mujer sobria y de placeres simples.

Había tenido una vida rica y digna de ser vivida, y ahora que se aprestaba a dejar su misión terrenal, no experimentaba ni tristeza ni pesar, ya que había tenido mucho más de lo que hubiera podido imaginar: para empezar, un marido que la había idolatrado y que siempre había mantenido aquel amor y estima que, habiendo sustituido a la pasión al cabo de los años, le habían procurado nuevo placer en la ternura y en la luminosa inteligencia. Y en aquel momento, agradecida y feliz, estaba preparada para su último viaje. Sentía que había llegado el momento y convocó a sus amados hijos, las nueras y los nietos, y en ese abrazo de serenidad y paz había previsto cerrar los ojos.

Miró la sala que tanto había querido y pasó los ojos fijamente por cada uno de ellos, como diciéndoles que estaban a punto de despedirse.

Habló una última vez, mientras Cosimo y Lorenzo, Contessina y Ginevra, y, además, Piero, Giovanni, Francesco y Pierfrancesco la observaban con todo el amor y gratitud de que eran capaces.

—Hijos —comenzó—, puesto que os considero a todos como tales, dado que sois todos sangre de mi sangre o de aquella sangre que incluso habéis decidido elegir, con un coraje y una determinación que es aun superior y más admirable que todo aquello que se hereda. Pues bien: siento que el tiempo que Dios me ha dado está tocando a su fin. No tengo muchas palabras que deciros, pero sí algunas, ya que creo que pueden, pese a todo, depositarse en vuestros corazones como pepitas de oro. Así que lo que os pido para complacerme, para hacerme feliz también en el cielo, donde estoy a punto de reunirme con vuestro padre, es que permanezcáis unidos siempre. No encontraréis en esta vida nada más importante que la familia, ya que es la cuna de los afectos más preciosos y fuente de indecibles satisfacciones y alegrías, y creedme cuando os digo que yo en la vida he tenido muchas, gracias precisamente a todos vosotros.

En ese momento Giovanni no fue capaz de contenerse y sollozó. Las lágrimas descendían saladas y luminosas por su pequeño rostro. Sacó un pañuelito del bolsillo y trató de secarse lo mejor que pudo.

Piccarda lo miró con dulzura.

—Deja que caigan las lágrimas, Giovanni, no te avergüences. Porque no hay nada malo en la emoción y me resulta más grata incluso que el silencio. Se piensa que no llorar es un signo de gran virilidad, pero yo creo que un hombre que teme la emoción es un hombre al que hay que tenerle miedo, puesto que no conoce una parte hermosa de la vida si no es capaz de decirle a alguien que lo quiere. Y un hombre así, adorado nieto mío, no es más que un cobarde.

Giovanni parecía confortado con las palabras de su abuela y, al oírlas, se calmó.

Piccarda asintió con benevolencia.

—La familia es lo más querido que tenemos, ya que hemos puesto a prueba su solidez todos los días. Cada día vivimos juntos bajo este techo y cada día nos enfrentamos a los respectivos y recíprocos miedos, y temores, y dudas, pero también conquistas, éxitos, alegrías y perdón. Y no hay nada más hermoso que vivir junto a aquellos que nacen donde tú o que vienen a ti por elección propia, sin influencias ni presiones, y contigo deciden recorrer el camino de la vida, que es luminoso y bello, pero que puede estar, en ocasiones, no exento de peligros y lleno de dificultades. Por lo tanto, intentad quereros siempre: tú, Cosimo, acuérdate de proteger a la familia con tu aguda inteligencia, tu ingenio y tu altura de miras. Mira siempre hacia delante e intenta por todos los medios que el buen nombre de los Médici permanezca en esta ciudad, tal como os lo confió tu padre a ti y a tu hermano, y aumenta si puedes el prestigio y el poder, ya que este último, si se usa de manera adecuada, o sea, con mesura e inteligencia sensata, le reporta beneficios a la comunidad. Tú, Lorenzo, que siempre estás preparado y eres rápido, que supervisas con tu habitual pasión y diligencia los asuntos del Banco, extiende donde puedas nuestras actividades y procura garantizarle medios a la familia para vivir con decoro y rectitud. Amad a vuestras espléndidas mujeres, hacedlo con toda la pasión y afecto que albergáis en el corazón. Y vosotras, Contessina y Ginevra, sabed perdonar y comprender las debilidades de vuestros hombres y sed para ellos un refugio, sin olvidar demandar respeto y fidelidad, y en vuestro papel de confidentes, no temáis nunca expresar vuestras opiniones, que son valiosas y augurio de soluciones inesperadas.

Piccarda se detuvo. Se inclinó hacia la pequeña mesa que tenía enfrente y alargó un brazo para tomar una taza de té de rosas. Tardó una eternidad en ejecutar ese movimiento, pero todos sabían que no tenían que ayudarla, ya que, si lo hubiera necesitado, lo habría pedido.

Se llevó la taza a los labios y bebió algunos sorbos. Sus ojos profundos parpadearon y Cosimo sonrió al ver que un gesto simple como aquel aún lograba proporcionarle un placer increíble. En cierto modo, era como ver una niña contenta. Con el paso de los años había comenzado a prestar atención, sobre todo, a los pequeños placeres y mimos simples que la vida, en su transcurrir, todavía era capaz de proveer con gran generosidad.

Cuando se sintió lo suficientemente satisfecha, Piccarda levantó los labios y continuó sosteniendo la taza entre las manos. El vapor azul se elevaba desde la infusión y ella entrecerró los ojos, como si prolongara dentro de sí la delicia del aroma que ahora perfumaba incluso el aire del salón.

—Finalmente, vosotros —continuó—, mis amados nietos, sed obedientes y respetuosos con vuestros padres, nunca dejéis de manifestar vuestra gratitud y vuestro afecto, ya que el corazón de un padre y de una madre se llenan de amor con el más pequeño gesto vuestro, y sería realmente una crueldad insoportable negarles el infinito consuelo que puede proporcionar incluso un pensamiento vuestro. Aprended a conoceros a vosotros mismos, aprovechad lo que vuestra familia os da cada día. Vivís en el privilegio y la fortuna gracias al trabajo cotidiano de vuestros padres, pero sed dignos y merecedores, y pagadlo con esmero, ejercicio y estudio, de modo que pronto os convirtáis en un recurso insustituible para la familia.

»Con esto he terminado y ahora creo que voy a dormir. Gracias por haberme escuchado con tanta atención.

Y tal como lo decía, Piccarda cerró los ojos.

Hicieron salir a los chicos, y Cosimo, Lorenzo, Contessina y Ginevra se quedaron velándola. El suyo fue un sueño profundo y lleno de paz. El rostro estaba tan distendido y quieto en aquel silencio dorado que ninguna palabra habría podido hacerle más feliz.

Pasado un rato, Contessina y Ginevra se fueron a dormir.

Transcurrieron las horas.

Cosimo y Lorenzo se quedaron todo el tiempo allí con ella. Cada uno le sujetaba una mano. Apoyaban la suya en la de la madre.

Después, lentamente, la piel se le puso fría como el mármol. El rostro perdió el color y la respiración se detuvo.

Piccarda había muerto.

Cosimo hizo llamar a un cura para que le diera la extremaunción.

Todavía junto a la madre, los dos hermanos se miraron y cada uno de ellos, por un instante, vio en los ojos del otro la mirada de ella.

22

Filippo Brunelleschi

Los días habían pasado. Los funerales de Piccarda se habían
celebrado con un esplendor contenido. Su madre reposaba
ahora al lado de su padre, en la sacristía de San Lorenzo. De
nuevo uno al lado del otro. Cosimo creía que era lo más hermoso que les podía pasar a dos personas que se habían amado
tanto en vida. Esperaba correr una suerte similar. Echaba terriblemente de menos a su madre y sentía un dolor casi metálico
en el corazón con tan solo pensar en ella. El tiempo también
curaría ese dolor, pensaba. No obstante, se prometió a sí mismo
que, si bien no podía oponerse al trabajo incesante del tiempo,
mimaría el recuerdo, al que mantendría atado en un hilo de oro
que correría desde su mano hasta el cielo.

Suspiró.

Se encontraba en el laboratorio de Filippo Brunelleschi.

A pesar de que en el transcurso de su vida había visto
muchos lugares sorprendentes, no recordaba haber tenido
nunca ante sus ojos una cosa semejante. No era tanto la ar-

quitectura del edificio lo que cortaba la respiración, sino, más bien, la infinita acumulación de modelos, dispositivos y máquinas que se alternaban en una única hilera de maravillas hasta el punto de quedar sin palabras.

Su mirada flotaba entre magníficos paneles de bronce, capiteles de mármol claro, bustos de piedra, esculturas de divinidades clásicas y libros abiertos y atestados de dibujos en carboncillo que casi formaban una alfombra de pergamino en el suelo de mármol. Y a continuación, fragmentos de vidrios de colores, magníficas figuras talladas en madera, piezas de marcos, cartones preparados para aquello que bien podría ser un fresco o quién sabe qué otra cosa, cinceles, puñados de cepillos, vasos que regurgitaban polvos de colores y un modelo en miniatura de la cúpula de Santa Maria del Fiore. Filippo estaba entregado por completo a su obra, como si fuera la única razón de su vida, y quizá lo fuera. Cosimo no tenía idea de cómo un hombre podía dedicar su existencia entera al arte, como si fuera una religión, una fe, un amor. Había en ello una devoción que lo atemorizaba, ya que sabía que no existía algo igual en su propia vida.

Filippo era, a sus ojos, un ser único y quizás era eso lo que hacía que los artistas fueran tales: que desobedecían las leyes terrenas, puesto que vivían transportados por una disciplina que perfumaba de infinito, como si fuera una fiebre, una enfermedad que, una vez contraída, no te abandonaba ya más. Filippo había hecho caso omiso de los estragos de la peste, se había aferrado durante meses enteros a aquella cúpula de la que, justo en esos días había bajado para poder efectuar comprobaciones. Si la construcción avanzaba con decisión y tocaba a su fin, estaba cerca el momento en el que se planteaba un problema no menor: el cierre.

¿Cómo hacerlo sin que toda la estructura se derrumbara?

Cosimo no tenía idea de cómo el maestro iba a resolver ese problema, pero lo que lo angustiaba era el hecho de que tenía que comunicarle que el proyecto para el Palacio Médici que se iba a levantar en la Via Larga ya no era factible. Había entendido que las habladurías surgidas en torno a la posible construcción estaban alimentando un ambiente malévolo y venenoso contra su familia. Albizzi y Strozzi hacían correr la voz, con cierto éxito por otro lado, de que la nueva residencia de los Médici que iba a realizar Brunelleschi sería de tal soberbia magnificencia que se parecería demasiado al palacio de un rey, algo en contra del buen gusto y la mesura que incluso las familias nobles florentinas debían cuidar al encargar o ejecutar obras privadas.

Cosimo sabía que a Filippo aquellas razones le sonarían a puro dislate y eso hacía que su cometido no fuera simple.

Estando así de absorto en sus pensamientos, buscando las palabras adecuadas que decir, vio al maestro agachado en el suelo, a la luz de restos de vela, y marcando sin ton ni son líneas oblicuas que a él le resultaban del todo incomprensibles. Cosimo le puso una mano en el hombro y Filippo apenas se percató. Parecía infinitamente absorbido por lo que estaba dibujando. Luego se volvió. La mirada inteligente y aún líquida, casi ebria, heló la sangre en las venas a Cosimo. Estaba en un estado lamentable. Los ojos hundidos, la cara demacrada, los pómulos prominentes. Parecía haber adelgazado todavía más. Cosimo se preguntó si habría comido.

—¿Has probado bocado desde esta mañana? —le preguntó a quemarropa.

—No he tenido tiempo —respondió el artista. La voz le salía ronca, una especie de jadeo inarticulado, fruto probablemente de un silencio que ya duraba demasiado.

—¿Puedo llevarte a alguna parte para almorzar?

—Tengo cosas que hacer.

—De acuerdo.

—¿Qué queréis?

—Me preguntaba si todo iba de la mejor manera posible.

—¿Y habéis venido aquí solamente para eso? Venga, señor, no broméis. No lo soportaría. No viniendo de vos.

Cosimo se encontró una vez más sin saber qué decir. Con Filippo Brunelleschi le pasaban esas cosas, y los torpes intentos de esconder esa incapacidad suya para rebatir se esfumaban en palabras inciertas y medias verdades que eran peor que la realidad. Tendría que haber dejado de hacerlo.

—El palacio...

—¿Cuál?

—El que teníais que ejecutar para mí.

—Ah.

—No podemos seguir adelante.

—Ah.

—Os pagaré el proyecto, naturalmente.

Filippo asintió.

Pareció reflexionar un instante.

—¿Y cómo así? —preguntó.

—Los nobles de Florencia lo consideran demasiado ostentoso.

—No lo es.

—Tenéis razón, pero por desgracia su juicio está en condiciones de determinar la voluntad de mucha gente.

—¿Incluida la vuestra?

—Tengo que proteger a mi familia.

—Entonces ¿renunciáis?

—No... No se trata de renunciar.

—¡Oh!, claro que sí —lo interrumpió Filippo— de eso es de lo que se trata.

—Tengo responsabilidades.

—No son más que mentiras para justificar el acuerdo.

—¿Es eso lo que creéis?

—Exactamente.

—¿Qué tendría que hacer? —preguntó Cosimo, exasperado.

—Lo que tenéis en mente.

—Pero si lo hago así...

—Entonces lo cancelamos todo, no hay problema. Solamente os pregunto: ¿cómo es que habéis venido hasta aquí si ya lo habíais decidido?

—No lo había decidido aún.

—No mintáis de nuevo.

Cosimo resopló. Había vuelto a caer.

—De acuerdo —admitió.

—No hay problema.

—¿Respecto a qué?

—Respecto al palacio. Y a propósito: no quiero que me paguéis por el proyecto.

—Pero no es justo.

—Lo prefiero así.

—Os pagaré de todas formas.

—No os atreváis a hacerlo —le reprendió Filippo con un relampagueo salvaje en los ojos.

Cosimo levantó las manos.

—De acuerdo, de acuerdo; si eso es lo que queréis...

—Señor de Médici, no tenéis que sentiros en deuda conmigo. La elección es vuestra. Vos sois el cliente. Pero yo tengo todo el derecho a rechazar un pago. No soy un parásito.

—No lo he pensado ni siquiera un instante.

—Muy bien, pues entonces respetad mi voluntad.

—¡Pues sea!

—¿Hay algo más?

—No.

—Entonces, continuaré trabajando.

Cosimo entendió que no había ya nada que añadir. Brunelleschi lo invitaba de la manera más elegante que era capaz a que se fuera.

—De acuerdo —dijo—. Buenos días.

—Buenos días.

Filippo le dio la espalda. Volvió a su dibujo, como si no hubieran hablado. Porque aquella conversación era solo un accidente en el infinito proyecto de su arte y no podía tener un espacio más amplio que el que se reservaba a una coma, un susurro, un apóstrofo.

Cosimo estaba decepcionado. Pero no sabía qué esperar. A fin de cuentas era él quien le había negado el trabajo a Filippo. Tuvo la dolorosa sensación de haberlo traicionado. De haber antepuesto las convenciones y las reglas a su amistad.

«Responsabilidades», había dicho él. ¿Y si tenía razón? ¿Si todo aquel cacareo del sentido del deber y del respeto no fuera otra cosa que debilidad? ¿Ceder a la voluntad de una facción de belicosos y ladrones? ¿Tendría que luchar? ¿Una vez más?

Cosimo negó con la cabeza.

Creía haber tomado la decisión más acertada, pero, en el fondo de su alma, algo le decía que no era así.

Cuando salió del laboratorio de Filippo Brunelleschi estaba más triste que cuando había entrado.

SEPTIEMBRE DE 1433

23

La acusación

Cosimo sabía que estaban llegando.

Desde que el nombre de Bernardo Guadagni había salido por sorteo para convertirse en el nuevo confaloniero de justicia, había comprendido que su destino estaba marcado. Bernardo era un hombre de Rinaldo degli Albizzi y este había hecho de todo para mantenerlo aún más cerca. En la ciudad se decía que hasta le había pagado millones de florines en tasas para agradecérselo.

Era solo cuestión de tiempo, de horas, a decir verdad. Había advertido a su mujer. Contessina había tenido miedo al principio, pero luego había reaccionado con rabia y había desatado toda su furia. Dijo que mientras estuviera viva no lograrían llevarlo a la cárcel, pero Cosimo había sacudido la cabeza con gesto negativo. Justamente porque sabían que sucedería tenían que prepararse para lo peor y estudiar un modo de salir; si es que lo había.

Lo suyo no era renuncia, sino simple aceptación de algo

que lo sobrepasaba. Había que comprenderlo y combatirlo con armas y medios que no fueran la violencia y la rabia. Ese sentimiento había cegado la razón y se había revelado, en definitiva, como la más estúpida de las estrategias. Rinaldo degli Albizzi no esperaba otra cosa: sería la excusa perfecta para matarlo.

Cosimo se quedó mirando la salida del sol. El filo claro de luz se iba dibujando en la cortina gris azulada del cielo. Aquella mañana había decidido ponerse un jubón guateado particularmente elegante, de color violáceo: una tintura especial para un día especial. Lo llevaba abotonado hasta el cuello. Era de un adamascado de plata y hacía juego con unos bombachos del mismo color. No llevaba tocado. Hubiera sido un estorbo en el lugar adonde iba. Los cabellos negros le caían hacia delante en rizos rebeldes y oscuros. Iba bien afeitado.

Esperaba en el salón. Alzó la mirada un instante y la detuvo en el imponente techo de madera tallada, con artesonado dispuesto en tres filas de seis compartimentos cada una y adornados con flores de acanto. Las velas brillaban en los candelabros de hierro forjado que descendían, imponentes, desde el techo.

Cosimo resopló porque la espera lo impacientaba.

¿Cuánto tardaría todavía en llegar Rinaldo degli Albizzi?

Le había pedido a Lorenzo que se quedara con Contessina, Giovanni y Piero.

Oyó a través de los ventanales abiertos los pasos de los soldados.

Era casi un repique, sombrío y repetitivo, que parecía no conocer vacilación. Bien. Si esa era su manera de intimidarlo no les iba a dar ni la más mínima satisfacción.

Salió del salón y bajó la amplia escalinata de mármol. Se acercó a la entrada.

Entonces apareció Contessina: el rostro contraído por el dolor y bañado en lágrimas. Llevaba el vestido caído muy por debajo de los hombros, dejando el pecho bastante expuesto. Sollozaba sin cesar.

—Co... Cosimo —balbuceó—. ¿Qué te van a hacer, amor mío?

Corrió hacia ella.

—Te lo ruego, amor mío: sé fuerte —le dijo— nos esperan días difíciles, pero los superaremos y saldremos adelante. Permanece al lado de Piero y Giovanni.

Ella le puso los brazos alrededor del cuello y lloró sobre su pecho. Lloró porque sin él se sentía perdida y temía no volver a verlo.

—Cosimo, no podría soportar perderte. Si te sucediera algo, que sepas que moriré. No puedo siquiera pensar en vivir sin ti.

Él le acarició la cara, sonriendo. Luego le habló con toda la dulzura que fue capaz de hallar en aquella mañana de septiembre.

—Amor mío —le dijo—, no tengas miedo. Antes de que pasen siete días volveré a estar de nuevo en casa. Y seguiremos juntos y continuaremos nuestros proyectos. Nada nos va a separar.

—¿Me lo prometes?

—Te lo prometo.

Entonces la servidumbre anunció la visita que tanto aguardaba.

Entraron los guardias. Los acompañaba Rinaldo degli Albizzi.

En cuanto lo vio, clavó sus ojos en Cosimo. Una sonrisa cruel le pintó el rostro de una alegría salvaje.

—Señor Cosimo de Médic —tronó el capitán de la Guardia—, por orden del confaloniero de justicia, procedo a vuestro arresto bajo la acusación de atentado a la República y tiranía. Los delitos de los que estáis acusado se verán con mayor detalle una vez que se os conduzca al Palacio de la Señoría del confaloniero de justicia, señor Bernardo Guadagni.

—Pero —añadió Albizzi con tono ácido—, por vía amistosa podemos informaros de que la ciudad ya no puede aguantar más vuestra arrogancia y vuestra falsa misericordia. Sabemos del palacio que tenéis planeado construir, poco importa que quien lo lleve a cabo no sea Filippo Brunelleschi, sino que tal vez lo confiéis a Michelozzo o Donatello, tan larga es la lista de los artistas que trabajan para vos. Conocemos vuestras conspiraciones contra Florencia y ahora es el momento de haceros pagar por vuestras malas acciones.

Albizzi debía haber esperado largamente que llegara aquel momento. Pronunció las palabras con tanto brío que se le escapaba la saliva entre los labios como a un perro rabioso.

Cosimo calló. Fulminó con la mirada a Contessina porque quería que en ese momento fuera más fuerte que nunca. No quería darle satisfacción alguna a aquel hombre.

Su mujer había entendido perfectamente su voluntad. Se había recompuesto y, tranquilizada por las palabras de antes, se acercó a él y le dio un beso en los labios.

Después dijo:

—Haz lo que tengas que hacer.

Al oír aquellas palabras, incrédulo y rebosante de rabia, Rinaldo degli Albizzi hizo un gesto al capitán de la Guardia.

Este le puso las esposas a Cosimo.

Luego se lo llevaron afuera.

Fue extraño ir escoltado por la ciudad. Cosimo mantuvo el ánimo firme, pero en Florencia reinaba un ambiente lúgubre. Una parte de la ciudad parecía incrédula ante tanta injusticia; la otra, en cambio, se arrojaba contra él con la fuerza de quien se siente amenazado.

Apenas entraron en la plaza de la Señoría, Cosimo la vio atestada de gente. Los vendedores ambulantes de alimentos y de vino estaban haciendo un buen negocio en ese momento. Era una mañana tórrida. El sol brillaba como un disco de metal en el cielo. El aire parecía líquido. Sentía que el bochorno le cortaba la respiración y le empañaba la mirada. A su alrededor, un mar de personas que hacían vibrar la plaza como si fuera algo vivo, un ser superior, un monstruo, un Leviatán listo para devorar a sus propios hijos. Frente a él, el palacio elevaba su Torre de Arnolfo di Cambio, que se recortaba contra el espejo azul del cielo.

En el centro de la plaza se había montado una tarima de madera.

Encima de ella, esperándolo, Bernardo Guadagni: un rostro entre tantos.

No pocas de aquellas caras abrieron la boca para gritar de rabia. Reflejaban el sonido del odio, de la envidia, del poder y de la corrupción. También él había tenido su parte en esa locura, pensó Cosimo. Los miró, pero no vio en ellos la fría determinación necesaria para meterle el hierro frío en el estómago del enemigo. Y, por alguna razón, no temía por su propia vida, al menos de manera inmediata. Si lo hubieran querido así, los nobles no se habrían apresurado a mandarlo detener por parte de la guardia de la ciudad; y, eso seguro, no lo hubieran hecho a plena luz del día. A esos hombres que lo insultaban y lo cubrían de injurias se enfrentaban sus seguidores; igualmente llenos de ira, igualmente dispuestos a batirse en duelo. Al menos de palabra. Pero en aquel choque, frenado a duras penas por los guardias y las manos del confaloniero que, de manera casi mística, extendía los brazos por encima de la tarima y parecía contener de un soplo los ánimos, Cosimo advertía toda la fragilidad y el delirio de una República al borde del abismo.

Avanzó, intentando desprenderse de las mil sensaciones contradictorias que, como una manada de animales salvajes, parecían dispuestas a rasgarle el corazón.

Alguien le escupió.

Se encontró la ropa cubierta de una mucosidad amarillenta.

Vio mujeres llorando y hombres que juraban que lo matarían. Vio niños con el rostro iluminado por ojos inteligentes y prostitutas con el maquillaje corrido. Caminó en medio de aquel mar bullicioso de cuerpos, incendiado por la luz del sol. La plaza rugía subyugada, como un polvorín a punto de explotar.

Llegó finalmente al pie de la tarima y de allí dos guardias lo condujeron al lado de Bernardo Guadagni.

El confaloniero no se dignó mirarlo, como si temiera acabar apestado. Cosimo contuvo la rabia que ahora le crecía al ver con qué arrogancia lo trataban aquellos hombres, seducidos por el poder y la corrupción.

Volvió a imponerse la calma, ya que perderla en ese momento hubiera sido un error fatal.

—Este hombre —empezó a perorar Bernardo señalando a Cosimo— ha instigado a la gente con sus maquinaciones y sus intrigas contra la nobleza de la República. Lo ha hecho con conciencia y dolo, y hasta con vergonzosa arrogancia, ya que no vaciló en encargarle la construcción de un palacio para sí mismo y su propia familia a Filippo Brunelleschi. Un palacio que iba a elevarse por encima de cualquier otra vivienda de Florencia. Cuando le llegó el rumor de su culpa, dispensó a Brunelleschi del encargo y le pidió a Michelozzo su intervención. Pero no es la identidad del artista lo que nos interesa, sino su obstinada voluntad de considerarse mejor que todos nosotros.

Las palabras del confaloniero resonaron como un acto acusatorio frente a aquella gente, el pueblo y los nobles reunidos en aquella plaza.

—Por esa razón —prosiguió—, yo, Bernardo Guadagni, confaloniero de justicia de esta República, he querido convocar al pueblo a la presencia de Balía con el fin de llegar a una solución que establezca la condena o la absolución de Cosimo de Médici. Hasta que no alcancemos un veredicto, dispongo que el aquí presente imputado sea conducido al palacio y encarcelado en la Torre de Arnolfo, más exactamente en el Alberghetto, donde esperará a conocer la suerte que las instituciones elijan para él. Así lo he decidido, en el pleno interés de la República de Florencia.

Al oír esas palabras la muchedumbre rugió. Soltaron blasfemias y maldiciones, pero también aplausos y gritos de júbilo. No eran pocos los que se preocupaban por el futuro de Cosimo, pero muchos se burlaban, llamándolo traidor y Judas.

Mientras los gritos se elevaban al cielo, Bernardo lo miró casi divertido. Ya hacía tiempo que él, Albizzi, Soderini y Strozzi acariciaban ese momento.

—Llevadlo al Alberghetto y retenedlo allá hasta que hayamos decidido qué hacer. —Fue todo cuanto añadió.

Los guardias asintieron y, agarrando a Cosimo por los brazos esposados, lo condujeron al palacio, entre dos alas de multitud.

24

Contessina

—¿No te queda siquiera un poco de amor hacia tu pobre hermano?

La voz de Contessina sonaba llena de rabia. El rostro era, en aquel momento, de una belleza belicosa. Los largos cabellos despeinados y los rizos rebeldes parecían filos curvados de mil albardas oscuras. Los pechos, temblorosos, subían y bajaban como si el corazón estuviera a punto de estallar. Los ojos profundos y oscuros centelleaban y se clavaban en Lorenzo como no lo habían hecho nunca hasta ese momento.

Contessina estaba hecha una furia. Jamás la había visto así, pero Lorenzo se había dado cuenta bien pronto de que la muerte de Piccarda y la entrada de Cosimo en prisión la habían transformado.

—¡Contéstame! —le instó Contessina.

—Voy provocar la guerra —dijo él—, llamaré a mi lado a los amigos y a todos aquellos que hasta ahora nos han dado apoyo y hundiré Florencia en el infierno si es necesario, la ahogaré en sangre...

Pero ella lo cortó en seco.

—Reunirás a tus hombres, cierto, llamarás a tu lado a los que son fieles y promoverás la guerra contra los Albizzi. ¿Y entonces? ¿Qué puede ocurrir, según tú? ¿Es posible que no lo entiendas?

—Será una guerra, mi querida cuñada.

—¿Y qué otra cosa podría ocurrir, según tú? ¿Y crees que eso liberaría a tu hermano de la torre en la que se encuentra? ¡Razona, Lorenzo! Rinaldo y los suyos no esperan otra cosa.

—¡No importa! Si no esperan otra cosa, tanto peor para ellos. Se batirán mejor. Se batirán con lealtad. Quizás, al menos por una vez, miraremos de frente al adversario en lugar de apuñalarlo por la espalda.

Contessina sacudió negativamente la cabeza. ¿Cómo no podía entender que ese no era el camino? Tenía que existir otra posibilidad y ella la encontraría, al precio que fuera. Lo haría por Cosimo y por sus hijos. Lo haría por su amor.

—De acuerdo, pues —dijo—, lo haremos así: tú intentarás recorrer el camino de la violencia y me dejas a mí la posibilidad de utilizar armas y estrategias más sutiles.

Lorenzo no daba crédito a lo que estaba oyendo. ¿Qué diablos le pasaba a su cuñada?

—¿Qué pretendes decirme? —le preguntó incrédulo—. ¿Crees que se puede razonar con esa gente? ¿Has visto alguna vez a Rinaldo degli Albizzi? En el funeral de Niccolò da Uzzano juró que se las íbamos a pagar. Y si no has perdido el juicio, lo más inteligente que puedes hacer ahora es refugiarte en el campo y esperar el curso de los acontecimientos.

El bofetón llegó repentino y violento. La cabeza se le fue hacia atrás. De repente sintió que el labio le ardía. Las mejillas se le encendieron de vergüenza por haberle levantado la voz a la mujer de su hermano. Nunca había querido pronunciar aquellas palabras. Pero ya era demasiado tarde.

—No te permito decirme que me refugie en el campo. ¿Piensas acaso que podría dejar a mi marido pudrirse en el Alberghetto sin hacer cuanto esté en mi mano para defenderlo? Lo amo más que a nada en el mundo; eso al menos deberías haberlo entendido después de tantos años que hace que me conoces. Y no me encerraré en una villa a esperar que Cosimo acabe en la horca. Ni tampoco lo harán Piero y Giovanni, nuestros hijos, de ello puedes estar bien seguro.

Entonces Contessina dulcificó el tono.

—Está decidido. Haremos lo siguiente: tú intentarás reunir un ejército contra Rinaldo degli Albizzi y todos sus aliados, y yo intentaré sobornar a Bernardo Guadagni.

Lorenzo se quedó sin palabras.

¿A eso era a lo que habían llegado?

Cosimo miró la barandilla.

El Alberghetto medía diez por diez brazas. Una única ventana con barrotes y un tablón para dormir. En un rincón, un cubo con excrementos. Los espesos muros de la Torre de Arnolfo hacían que aquella celda fuera impenetrable. La pesada puerta de hierro de gigantesco perno garantizaba la imposibilidad de cualquier fuga.

Cosimo se dejó caer en el tablón. Enseguida la madera le hizo daño en la espalda. Por la ventana se oía el rugido de la multitud en la plaza a sus pies. Reflexionó sobre su destino, ya que los días pasaban y tenía que encontrar una solución lo antes posible. Por otro lado, si la situación se alargaba quizás era porque no lo habían sentenciado a pena de muerte, como todo hacía presagiar. Pero, ya que no había nada seguro, excepto el odio atávico de Rinaldo degli Albizzi hacia él, tenía que intentar todas las vías posibles para influir en la voluntad de Bernardo Guadagni que, en ese momento, tenía su destino en las manos.

No tenía idea de lo que haría su familia. No descartaba que Lorenzo pudiera usar las armas. Su mujer, en cambio, tal vez habría considerado alguna maniobra más sutil y subrepticia.

Contessina era pura e inocente, pero esas cualidades no hacían de ella una ingenua. En absoluto. Es más, era con ella con quien tenía que hablar. Esperaba poder verla pronto.

Tenía que encontrar el modo de salir de allí. Sabía que la acusación de atentado a la República y tiranía ofrecía solo dos opciones posibles: la muerte o el exilio. Ciertamente, existía también la absolución pero, tal y como estaban las cosas, Cosimo no creía que esa vía fuera practicable.

Volvió a pensar en aquel último año: la muerte de su madre en primer lugar, que, por la naturaleza de las cosas, le había arrancado el alma. Luego la peste y aquel rocambolesco atentado del cual había escapado solo gracias a su hermano, las amenazas de Albizzi en la iglesia de Santa Lucia de Magnoli. Y, finalmente, su diabólica pareja de sicarios: el soldado mercenario y aquella mujer tan seductora como letal.

Su vida había estado constelada de atentados y peligros. Pensó que, después de todo, había infravalorado a Rinaldo degli Albizzi. No creía que estuviera tan obstinadamente obsesionado con la idea de quererlo matar. Siempre había pensado que enfrentarse a él sería suficiente, pero se había equivocado. Aquel hombre quería su sangre. La quería hasta el punto de sobornar al confaloniero de justicia.

Entonces entendió lo que debía hacer.

Tenía dinero.

Tenía hombres y medios.

Tenía que sobornar a Bernardo. Un mercenario como él, que había cedido una vez, podía hacerlo de nuevo. Cualquiera que fuera la suma que le ofreció Albizzi, él la aumentaría. Se decía que Rinaldo le había pagado mil florines en impuestos.

Le propondría dos mil ducados a cambio de un veredicto misericordioso.

Así que la suerte estaba echada; ahora se trataba solamente de instruir a su mujer o a su hermano para que ajustaran el asunto.

Todavía había esperanza, tal vez.

25

Belleza cruel

Estaba cansada de que Rinaldo y los suyos vacilaran. La habían utilizado para sembrar sospechas y hacer una advertencia a los Médici y ahora que, después de tres años, tenían finalmente la posibilidad de librarse de ellos, ¿dudaban? ¿Tan débil era Rinaldo? Aquella historia la enloquecía.

Laura no hallaba reposo.

Había arriesgado la vida, eso era bien verdad. Por enésima vez. Si Lorenzo la hubiera pillado aquel día, quién sabe cómo habría acabado. Cosimo parecía inofensivo, o por lo menos no tan decidido como el hermano, que, muy al contrario, era un hombre resuelto y ciertamente alimentaba el rencor en su contra. A Lorenzo había que eliminarlo.

Al comienzo de aquel asunto había sido el peón de una partida bastante más compleja de lo que podía creerse y lo había aceptado. Especialmente en virtud del estilo de vida que le garantizaba Rinaldo degli Albizzi a cambio de sus servicios. Formaba parte del juego. Pero llegados al punto en el que estaban, se dio cuenta de que ella misma era una diana.

Por eso, por vez primera, no podía aceptar de buen grado el encarcelamiento de Cosimo. Eso por no mencionar que el otro Médici aún andaba libre. Y solo Dios sabía lo que haría. Esos dos constituían un doble filo. Eran hermanos, cierto, pero para ellos el vínculo de sangre parecía ser más fuerte de lo que ella había visto en su vida.

No se trataba de simple afecto. Cada uno de ellos se hubiera dejado matar con tal de defender al otro.

Y una vez más, Rinaldo degli Albizzi lo infravaloraba. No era únicamente una cuestión de poderes e intereses, de dinero y capacidad de soborno. Se trataba, más bien, de algo más atávico. Los Médici eran serpientes, que caían apestados y asesinados. Extirpados como la mala hierba.

Resopló. Sus hermosos labios rojos se curvaron en un pequeño puchero encantador.

Laura se miró al espejo. Estaba sentada frente al tocador.

Era bella. La gran masa de rizos negros enmarcaba un rostro de piel morena, casi color canela. Los ojos verdes, profundos y brillantes, parpadeaban de un modo felino que los hacía más lánguidos por la forma alargada que, pese a todo, no disminuía su extraordinario tamaño. Al mismo tiempo, sin embargo, sabían encenderse con una luz cruel que podía volver esa belleza dura como un diamante. La nariz, sin ser pequeña, creaba una imperfecta armonía que iluminaba de sensualidad la cara, aún más seductora gracias a los suaves labios y a su forma irresistible.

Los hombros asomaban desnudos y deseables entre las telas del magnífico vestido de color verde oscuro, el pecho abundante y redondo parecía explotarle dentro del corpiño y era, sin duda, una de sus armas favoritas.

Sonrió.

Pocos hombres sabrían resistirse a su carga erótica.

Debía usarla. Ahora más que nunca. O se arriesgaba a perder todo aquello que había obtenido con tanto esfuerzo. No era fácil, para una plebeya, llegar donde ella había llegado. La traición y la mentira eran artes que se perfeccionaban con pericia y con cautela, para llegar a dominarlas con maestría. Y en esos años, solo Dios sabía cómo las había usado. Le habían asegurado la supervivencia en esa ciudad maldita, en la que el engaño y las intrigas representaban los nudos de una trama que se tejía con el hilo de la corrupción y el engaño.

Sin embargo, sus venenos y sus mentiras no eran suficientes para protegerla. Por ello había formado una alianza tácita con Schwartz. Sabía que era propiedad de Rinaldo degli Albizzi, al menos mientras él le garantizara lo que necesitaba. De ninguna otra manera podía permitirse vivir en un palacio patricio como aquel, en el centro de la ciudad, con servidumbre y guardias. Por otro lado el *pactum sceleris* sellado con un hombre como aquel estaba sujeto a sus estados de ánimo y aquello la hacía vulnerable.

Rinaldo la consideraba un simple instrumento para su satisfacción sexual, listo y disponible, y en aquello residía su ventaja. Schwartz, en cambio, que también la deseaba con unas ganas fieras y salvajes, en el fondo la amaba. Naturalmente era un hombre violento que intentaba ejercer una forma de poder físico sobre ella, pero si estaba seguro de tener ese dominio, era capaz de hacer cualquier cosa por ella. Porque estaba implicado.

Lo sabía. Lo había leído en las cartas del tarot y, si bien no era capaz de captar las señales hasta ese punto, sus sentidos lo habían percibido con claridad.

Dejó el mazo de cartas, bordadas en oro puro, en un cajón de la consola.

Sobre Rinaldo tenía que lograr ejercer una presión particular, al menos por cierto periodo, para garantizarse mayor seguridad. Quería llevarlo a desear ardientemente y con todo su ser la muerte de esos dos Médici para que los matara; o bien le otorgara a ella un salvoconducto para lo que habría de hacer.

Al mismo tiempo, puede que incluso se librara de él utilizando a Schwartz. Pero no era el momento.

Detestaba a Rinaldo, pero, sobre todo, detestaba a los Médici. Odiaba todo lo que representaban: ya que, a diferencia de Albizzi, no se manifestaban por lo que eran, sino que se afanaban, de modo hipócrita y desagradable, en aparecer como benefactores y mecenas. Y si bien era cierto que procuraban ingentes sumas de dinero ayudando asimismo, en apariencia, a los que pertenecían al pueblo llano e incluso a la plebe y financiaban generosamente la realización de maravillas, no era menos cierto que lo hacían con el solo objetivo de aumentar su propio prestigio social y su poder político y, sobre todo, para esconder el hecho de que eran como los demás e, incluso, peores.

No había honradez en esa conducta; es más, en algunos aspectos hasta era más desagradable y repugnante que la de ella, a la que juzgaban como impropia y licenciosa quienes la conocían.

Pero los nobles que rechazaban sus maneras ciertamente no habían conocido las privaciones y el hambre, la de verdad, la que te cierra el estómago y te despedaza las vísceras. Ni imaginaban los puñetazos de un padre cobarde y siempre borracho y sus atenciones indecibles. ¡Su padre, que la había vendido a los diez años, como un trozo de carne cualquiera a un vendedor ambulante!

Y eso había sido solo el comienzo de su pesadilla.

Aquel hombre la llevaba en un carro, atada con cadenas, como si fuera una bestia. Dormía en el establo, al lado de los animales. Y en los establos, entre paja mojada y estiércol, recordaba hombres monstruosos: los ricos y los pobres, los falsos y los cobardes, los violentos, ya que cada uno de ellos lo era a su modo y de una forma que le cortaba el aliento.

Pagaban por montarla.

Sin excepción.

Entre todos ellos, el que más se le había grabado, el que la había marcado a fuego de por vida, era el hombre de los ojos amarillos. En realidad eran verdes, pero con unos reflejos de oro viejo que a la débil luz del carro parecían de aquel color terrorífico, como si fueran consumidos por la fiebre. Se estremeció en cuanto lo vio. Era un hombre grande, musculoso, con un rostro de niño, de piel clara.

Aquel hombre no la había poseído en absoluto, pero le había enseñado el significado del miedo y del horror. Había llegado por la tarde, venido de quién sabe dónde. Parecía arrastrar una manada de perros a sus talones y tenía la boca llena de saliva. Había subido al carro en busca de algo. Tenía que ser un ladrón y cuando ella lo vio, superando el terror que aquellos ojos le infundían, le había pedido que la liberara de la cadena. Con lágrimas en los ojos se lo había rogado, pero él, lejos de ayudarla, la había golpeado hasta hacerla sangrar, hasta que ella creyó que moriría. Cuando intentó defenderse, él le hizo un corte en la pierna con el filo de la daga. Luego volvió a golpearla y, entonces, Laura se había derrumbado, boca abajo.

Él había revuelto en el carro bastante rato.

Mientras se ponía los viejos atuendos del vendedor, se había quitado una casaca extraña: seis bolas rojas en campo de oro.

La dejó allí y se fue. Desaparecido en la nada, tal como había llegado. Cuando el vendedor volvió del pueblo, donde había ido a proveerse de mercancía y vio cómo había quedado el carro, se puso furioso.

Laura tardó dos meses en curarse, temiendo todo el tiempo quedarse coja y desfigurada.

Pero día tras día, año tras año, había crecido y cada vez se había vuelto más hermosa. A pesar de todo. Ni siquiera ella se lo explicaba. Parecía como si su belleza succionara el dolor que experimentaba y se lo escupiera de nuevo en la cara de la mejor manera posible. Pero la rabia nunca se había calmado. La había cultivado, la había alimentado, la había criado. Había amamantado la ira y la había dejado subir, como una marea.

Y en la mente permanecía aquella imagen terrible, borrosa, diabólica: las seis bolas rojas en campo de oro. Se había convertido en una obsesión, una advertencia, el símbolo mismo del horror.

El tiempo había pasado. Y además de ser cada vez más hermosa, Laura era más alta y fuerte, y su voluntad se había exacerbado. Su amo, al ir envejeciendo, la controlaba cada vez menos. Y ella había congelado su corazón y lo había transformado en un punzón de cristal.

Recordaba todavía las primeras hierbas, los polvos y las setas maléficas: espumosos, de pelambre roja o anaranjada, salpicados de escamas blancas, y tallos carnosos e hinchados e indescriptiblemente níveos. Eran tan hermosos como peligrosos: estaba obligada a devorarlos si quería matar a los niños que crecían dentro de ella. Porque los hombres la montaban continuamente. Hombres como los Médici y como los Albizzi. Hombres que la condenaban a una maternidad que rechazaba, porque criar hijos en aquel infierno hubiera sido peor que impedirles nacer.

Recordaba los delirios, inducidos por el consumo de hongos, las pesadillas, la locura, aquella dimensión del mal que se añadía pesadilla a la pesadilla, rabia al horror. Había sido moldeada en esos dos elementos, hasta el punto de convertirse en compañeros fieles de su existencia.

Pero con el tiempo había comprendido el efecto extraordinario que producía en los hombres; y ese efecto era un arma.

Un buen día, cuando ya era lo suficientemente grande y fuerte, le había dado de comer al vendedor ambulante setas maléficas. Le había puesto tantas en la sopa que le devoraron el vientre. Y aquella noche, cuando lo vio sacar espuma por la boca y poner los ojos en blanco, fue fácil coger un cuchillo y darle un tajo en la garganta hasta cortarle la cabeza.

En aquel momento se había convertido en una mujer libre.

Y había comprendido aquello por lo que viviría. Tras un largo viaje, había llegado a Florencia y había comenzado a sacarles partido a sus conocimientos de las plantas y las flores, y los había usado para preparar perfumes.

Luego, un día descubrió que aquellas seis bolas rojas en campo de oro eran el escudo de armas de la familia Médici.

Los colores del hombre de los ojos amarillos.

Cuando se halló frente a esa verdad, pensó que se moría; pero luego el horror se volvió ira. Y se había prometido a sí misma que haría todo cuanto estuviera de su mano para exterminar a aquella familia de inmundos bastardos.

26

Los pormenores de un plan

El carcelero era un hombre alto y de mirada franca. No parecía en absoluto un ladrón y eso, después de todo, era un alivio. De acuerdo: las apariencias a menudo no significaban nada, pero había una luz en sus ojos que parecía iluminar un rostro sincero.

Contessina esperaba que fuera realmente así.

Él le pidió, de manera amable, que le permitiera controlar que no llevaba encima nada sospechoso. Ella consintió.

Luego, Federico Malavolti, así se llamaba, la dejó irse y la condujo por una infinita escalinata de escalones empinados y resbaladizos.

Contessina sintió un escalofrío al percibir el frío húmedo de la Torre de Arnolfo. Los gruesos muros de piedra eran gélidos, por no hablar de las corrientes de aire que se colaban por la puerta que daba al camino de acceso.

Después de una subida que parecía que iba a romperles las piernas, saturada por los globos rojos palpitantes de las antorchas en las paredes, llegaron a la puerta de hierro del Alberghetto. Malavolti sacó de su cinturón un gran mazo de llaves y, eligiendo una de las más largas, la metió en el ojo de la cerradura. Tras un instante, el mecanismo saltó con un oxidado sonido metálico. Malavolti abrió la puerta e hizo un gesto a Contessina con la cabeza. Era de pocas palabras.

—Podéis quedaros cuanto deseéis, señora. Cuando estiméis oportuno salir no tenéis más que golpear el hierro de la puerta. Yo estaré aquí esperándoos.

Contessina asintió y, sin perder más tiempo, entró en la celda.

En cuanto se encontró en el interior de aquella estancia estrecha y devorada por la humedad, oyó el pestillo cerrarse tras ella.

La celda estaba débilmente iluminada por algunas velas que resplandecían en la oscuridad espesa y densa que parecía llenar el espacio. Contessina vio a Cosimo tumbado en el tablón. Al verla, se puso en pie de un salto y al instante estaba junto a ella.

Contessina dejó que la abrazara y mientras se estrechaba, con el fuego y el tormento que esa situación desesperada le encendía en el pecho, murmuró las primeras palabras desde que llegó a la torre.

—Cosimo, amor, ¿cómo estás? Pienso siempre en ti y he venido enseguida. No puedo estar sin ti.

Él la miró a los ojos. Ella lo vio pálido y cansado. Habían transcurrido apenas dos días, pero parecía ya marcado por la prisión.

—Contessina mía, tenemos que actuar rápido —dijo él—. El tiempo es escaso y cualquier vacilación puede resultar fatal.

Pero ella quería tomarse al menos unos instantes para saber cómo había podido adelgazar hasta ese punto en apenas dos días y dos noches.

—¿Te hacen pasar hambre, Cosimo? Porque si así fuera, tengo muy claro lo que voy a decirle a tu carcelero.

Él la miró y no logró reprimir una ola de admiración a la vista, entre las sombras, de aquella mirada suya belicosa que sorprendía en un rostro tan amable y elegante.

—No tengo ninguna duda, amor mío. Pero la verdad es que soy yo el que rechaza la comida que me ofrecen.

Contessina enarcó una ceja.

—La razón está ya dicha. Temo que puedan envenenarla.

—¿De verdad? ¿Crees que ese hombre...?

—No, no lo creo. Pero ese hombre, como tú lo llamas, se limita a ser mi carcelero. Y ninguno de nosotros sabe quién prepara la pitanza, pero, por lo que puedo suponer, me parece difícil creer que no sea alguien cercano a Rinaldo degli Albizzi, tal vez bien pagado por él.

—Pero no puedes continuar así —prorrumpió ella. La voz se le quebraba de preocupación.

—No puedo siquiera correr el riesgo de tener razón.

—¿Y entonces? ¿Qué propones hacer? Sabes que no puedo venir con comida a la torre. Y si lo intentara la encontrarían, puedes estar bien seguro.

—Por eso tenemos que actuar rápido, decidamos lo que decidamos.

—Lorenzo está formando un ejército. Pretende reunir el mayor número posible de hombres y atacar la ciudad.

—¿Estás de broma? —preguntó Cosimo sorprendido. Sabía que, por temperamento, Lorenzo había podido pensar en la vía de las armas, pero no hasta el punto de formar un ejército completo. No se esperaba algo parecido. Pero su hermano era un hombre de palabra y si se había prometido a sí mismo liberarlo, haría todo lo posible para cumplir su compromiso. Cosimo no estaba aún seguro de que aquella fuera la mejor solución.

—En absoluto —respondió Contessina—. Le he dicho que es una locura. Si bien está de acuerdo en sacarte de aquí, creo que hay que encontrar otro procedimiento.

Cosimo asintió. Era lo que pensaba también él.

—No solamente creo que tienes razón; también pienso que tendremos que poner en marcha de inmediato un plan que pueda garantizar, si no mi liberación, por la que me desespero, sí, al menos, mi exilio.

—Mejor lejos de Florencia que muerto.

—Eso es exactamente. ¿Cómo está Piero? ¿Y Giovanni? —Por un momento, Cosimo pareció quererse abstraer de todos aquellos pensamientos.

—Giovanni está bien. Dentro de lo posible. Piero ha querido seguir a su tío. Ya sabes que tiene manías guerreras. Este chico acabará por romperme el corazón.

Cosimo sacudió la cabeza, en señal de desaprobación.

—Un motivo más para intentar un camino menos sangriento. Tenemos todas las de perder y nada que ganar en una guerra contra Florencia.

—Yo también lo creo, pero ¿qué piensas hacer? —preguntó finalmente Contessina con la voz quebrada por la emoción.

Cosimo dejó vagar la mirada por el espacio oscuro de la celda. Parecía buscar los pormenores de un plan, como si hubiera tomado notas sobre un pergamino imaginario que, a decir verdad, era justo lo que había hecho en todas aquellas horas de espera.

—En estos días he pensado largamente mientras escuchaba los gritos de la gente ahí abajo, en la plaza. Sé que Bernardo ha convocado al Consejo de los Doscientos y que los Ocho de Guardia tendrán que elegir, pero la decisión final depende del confaloniero, puesto que es él el que tiene más capacidad de influir o, mejor dicho, de dirigir la voluntad de las instituciones. Y entonces, me he dicho: si un hombre ya ha orientado una vez sus ideas y su voluntad siguiendo al dinero, ¿no volvería a hacerlo?

—Entonces ¿quieres sobornarlo? —le preguntó ella.

—Creo que es la única posibilidad que tenemos y te necesitaré para hacerlo.

—Lo que sea, amor mío. Y, para serte sincera, esa era mi intención desde el principio.

—No debería resultar demasiado complicado de todos modos. Ya ves, Contessina mía, que estoy convencido de que el carcelero, Federico Malavolti, es una buena persona.

—Yo también tuve la misma impresión cuando lo conocí.

—Créeme: lo es. Se trata de un hombre estimado y digno en cuyos planes no entra verme muerto, eso lo doy por seguro.

—Pues me alegro doblemente, pero ¿cómo puede ayudarte él? —Le salía un hilillo de voz, a punto de romperse. Estaba hablando con su marido de cómo salvarle la vida y eso la aterrorizaba hasta hacerle rozar la locura, porque todo lo que quería hacer era cogerlo de la mano y llevarlo a casa.

—Pues bien. Se da el caso que Malavolti conoce muy bien a un tal Farganaccio, pariente de Bernardo Guadagni.

—Creo entender —dijo Contessina, mientras una sonrisa le fruncía el labio—. Pretendes llegar a Farganaccio para sobornar a Guadagni.

—Eso es —confirmó Cosimo—. Así podré comprar mi exilio.

27

Nocturno de fuego y sangre

Lorenzo había cabalgado dos días enteros. Había desatado las intrigas en la ciudad y ahora, fuera de Florencia, iba reuniendo algunos centenares de hombres, entre nobles armados y soldados. Las tiendas de campaña salpicaban la llanura. Miró el sol fundirse en el cielo rojo del atardecer. Los fuegos de las fogatas y los braseros brillaron rápidamente en la noche.

Estaba en su tienda de campaña sabiendo que dos días más tarde iba a movilizarse contra su propia ciudad. La situación se había precipitado. Era consciente de que tenía que actuar pronto. Sus espías le habían contado que Cosimo estaba todavía vivo, pero seguramente no por mucho más tiempo.

El Consejo de los Doscientos se había dividido en dos partes, entre quienes querían su condena a muerte y quienes pedían para él el exilio. Teniendo en cuenta toda la situación, la segunda posibilidad se parecía mucho a una absolución. Por supuesto sería un gran problema, pero también desde otra ciudad, tal vez Venecia, la familia podría seguir ocupándose del Banco y de las múltiples actividades comerciales en paz. Pero no había ninguna garantía de que las cosas fueran a ir de ese modo.

Lorenzo estaba profundamente convencido de que declarar la guerra era el último recurso: ¡él era banquero! Sabía llevar las cuentas, preparar una letra de cambio, hacer un presupuesto, crear una filial: no era, por lo tanto, un soldado profesional, ni, de ningún modo, un asesino. Sabía defenderse si era necesario, pero eso era todo. Esperaba, más bien, que el confaloniero de justicia eligiera el exilio en cuanto tuviera conocimiento de que un ejército se estaba formando a las puertas de Florencia y que tendría que enfrentarse a él si la decisión fuera la de la pena capital. Y Bernardo Guadagni debía haber sido ya informado de sus movimientos y de las posibles consecuencias de sus decisiones.

En definitiva, Lorenzo esperaba más del poder disuasorio de la amenaza que de la intervención en sí. Bien era verdad que no pocos nobles florentinos habían llegado al campamento, en las últimas horas, para brindar su apoyo a Lorenzo y a Cosimo. Entre ellos se encontraban Piero Guicciardini, Tommaso y Niccolò Soderini, y, además, Puccio y Giovanni Pucci. Algunos de ellos habían tomado parte por los Médici por envidia y odio hacia sus propios parientes y, por lo tanto, con el único propósito de obstaculizar, pero eso a Lorenzo le importaba poco, ya que, al margen de los motivos, cualquiera que odiara a Rinaldo degli Albizzi y a los suyos era un aliado.

Estaba reflexionando sobre ello cuando unos gritos de amenaza llegaron a perturbar la quietud que se había extendido por el campamento. Sin esperar ni un instante más, Lorenzo salió de su tienda. Guiado únicamente por el instinto, metió una antorcha en el brasero de la entrada de la tienda, y oyó el chisporroteo de la madera y vio las chispas que ascendían en una claridad roja hacia el cielo negro. Los hombres, cubiertos con jubones de cuero y escudos de hierro, corrían sin aliento en una única dirección, la parte opuesta al punto del campamento en que se encontraba él. Sintió cómo el sudor frío le corría por la espalda y se dio cuenta de que tenía un terrible presentimiento.

Empezó a correr intentando alcanzar lo más rápidamente posible el punto del que procedían los ruidos. Entre los gritos desesperados de los hombres, lo que se elevaba hacia el cielo, nítido e implacable, era el grito de los animales.

Relinchos.

Alguien estaba robando los caballos.

En aquel momento, se materializó delante de él un espectáculo inquietante.

Había hombres vestidos de negro llevándose los caballos fuera del recinto, con la idea de obligar a ir a pie a los soldados para ralentizar el avance y privarlos de buena parte del impacto que tendrían al entrar en la ciudad.

Lorenzo sacó la espada del cinto. Vio que los enemigos no habían conseguido del todo sus objetivos. Los centinelas habían intuido justo a tiempo sus movimientos. No habían podido impedir que abrieran la primera valla ni que salieran los caballos barriendo con ellos en su loca carrera al menos una veintena de tiendas de campaña, pero de todas formas habían sido capaces de impedir las acciones de los agresores. Habían matado a los que intentaban abrir las otras vallas y se batían contra algunos caballeros que estaban a punto de conducir los caballos al galope fuera del campo.

Alguien había desparramado los braseros por tierra. Los cuerpos yacían boca abajo. Los cadáveres presentaban grandes incisiones de color rojo bermellón. La sangre empapaba el suelo y, en cualquier lugar a su alrededor, se veía el mismo cuadro de palos caídos, tiendas hundidas, madera negra y quemada, espadas rotas. Lorenzo no sabía dónde mirar, pero en cualquier dirección que dirigiera la mirada, la visión era, invariablemente, la misma.

Vio algunos caballeros correr en estampida ante él. Uno de ellos hacía molinetes con la espada. Vestía de negro y llevaba un casco sin visera. Tenía el rostro manchado de sangre. Atacó con violencia a un soldado en la espalda mientras avanzaba en su caballo bayo. El jubón negro y la capa del mismo color, los dientes apretados en una mueca: era Schwartz. Lorenzo lo vio elegir cuidadosamente los golpes que propinaba, tomarse todo el tiempo para perseguir al soldado y luego, con un único golpe de espada reluciente, separarle la cabeza del tronco. El hombre cayó de rodillas y la cabeza rodó lejos.

Schwartz tenía pleno control de sí mismo. Frío como el hierro de la daga.

Hasta que lo vio.

Sonrió. Lo saludó, incluso, como si quisiera burlarse. Estaba humillándolo. Se le echó encima otro soldado, pero Schwartz actuó con destreza y, haciendo girar el caballo repentinamente, lo golpeó directamente en el pecho y le hundió dos palmos de filo en la carne. Dejó la espada dentro del cuerpo del adversario y extrajo una segunda con la cual ejecutó un movimiento creciente oblicuo.

El soldado se llevó las manos a la garganta de la que le salía la sangre a borbotones. Cayó de rodillas y luego hacia delante, con el rostro contra el suelo.

Mientras los caballos se alejaban al galope, Schwartz le dedicó una última mirada y Lorenzo sintió que un invierno inexplicable le invadía el cuerpo. Se quedó quieto, inmóvil, como si aquellos ojos le hubieran congelado para siempre. A la luz de las antorchas resultaban de un color extraño. Por un momento, le pareció que se habían vuelto amarillos. No podía dejar de temblar.

Había algo en aquel hombre que revelaba una crueldad sobrenatural.

Permaneció mirándolo mientras se sumaba a los últimos palafrenes y ponía su bayo al galope para abandonar, imperturbable, el campamento.

Lorenzo se sintió cobarde por no haber sido capaz de mover un dedo.

Antes o después, por más que aquel hombre le diera miedo, tendría que enfrentarse a él.

OCTUBRE DE 1433

28

Cambiar el curso de los astros

Laura no tenía intención de dejarlo correr. Tenía que reaccionar de inmediato o sería demasiado tarde. Y no se perdonaría nunca haber desaprovechado la ocasión que el destino le había ofrecido tan generosamente.

Encontró a Rinaldo degli Albizzi sentado a la mesa, dispuesto a degustar una buena copa de vino tinto. Le gustaba cenar solo. Aquel hombre era temido por todos y no tenía amigos. Solo aliados, y todos atemorizados por él, lo que les hacía poco fiables y listos para la traición.

Una pésima perspectiva, para ser sinceros.

Se había preparado con infinito cuidado, pues quería producirle buen efecto. Había elegido una gamurra de color gris perla, de amplio escote y particularmente provocativa, que resaltaba su pecho grande y moreno. Llevaba las cuidadas y largas uñas pintadas de color rojo fuego. El denso maquillaje le enmarcaba de negro los ojos verdes, lo que le proporcionaba una nota de misterio y seducción. Finalmente, se había puesto unos manguitos de hilo tejido, negro y escarlata, con incrustaciones de monedas de plata, que jugaban a cubrir y descubrir sus hermosísimos brazos.

Cuando llegó a su lado, Rinaldo no pudo no hacerle caso y abrió de par en par los ojos por el asombro y el deseo.

Ni siquiera abrió la boca. Se levantó de la mesa y la llamó. Le metió las manos ávidas por el escote y agarró los enormes senos perfectos como si fueran un tesoro largamente codiciado. Los tomó entre sus manos y mordisqueó los pezones con una avidez indómita. Laura se aprestó a meterle la mano derecha en la bragueta y a cogerle el miembro hinchado y ya listo. Le dejó el glande al descubierto y se lo estimuló con la punta de los dedos. Rinaldo jadeó, casi abrumado. Ella se ofreció levantándose la túnica. No llevaba nada de ropa interior, excepto unas largas medias negras. Se puso de rodillas, como una gata, luego elevó las nalgas invitándolo a que se fundiera con ella. Él la cogió por la larga cabellera negra y se enrolló los cabellos en la mano, luego le empujó la cabeza contra una almohada, hasta casi ahogarla. Quería dominarla. Ella gemía de placer, lo que aumentaba el deseo de él. Sintió la punta de su miembro contra ella, las primeras gotas de esperma que mojaban los muslos y las caderas. Él le abrió los labios de la vagina y jugueteó con los dedos; primero metió dos, luego tres, hasta que ella lo inundó con su flujo. Él perdió definitivamente el control y la penetró con violencia, lo que la llevó a gritar con un placer salvaje.

Mientras estaba dentro de ella, Laura le hablaba.

—Castígame —dijo—. Hazme más daño aún.

Rinaldo temía enloquecer de placer.

La insultó, agarrándola por las caderas como si quisiera partirla en dos: estaba profunda y perdidamente subyugado.

—Hazme feliz, Rinaldo —murmuró entre gemidos—. Mata a Lorenzo y a Cosimo de Médici por mí.

—Lo haré —jadeó con la voz ronca de deseo—. Te juro que lo haré.

Contessina miró largamente a Federico Malavolti a los ojos. Él no experimentó incomodidad. Le aguantó la mirada.

En cuanto salió del Alberghetto, sintió que tenía que hablarle de la cuestión de Farganaccio. Ese asunto no podía esperar, así como no podía esperar el problema de la comida, tanto si estaba envenenada como si no.

Y decidió que iría directamente al grano.

—¿Por qué envenenáis la comida de mi marido? —le preguntó.

Federico se sorprendió. Abrió los ojos de par en par, aunque fue tan solo un instante.

—¿Por qué decís eso, señora?

—Mi marido sostiene que la comida está envenenada. No cree que la culpa sea de vos, en absoluto, pero teme que Rinaldo degli Albizzi haga manipular en la cocina las comidas que vos le traéis.

Federico sacudió la cabeza con gesto negativo, incrédulo.

—No es posible, señora.

—¿De verdad? —preguntó ella.

—Os lo puedo jurar.

—¿Y cómo es que estáis tan seguro?

—Porque tengo a un hombre de mi confianza a cargo de la preparación de la pitanza.

—¿Y os fiáis hasta el punto de estar seguro de que no os miente?

Federico Malavolti suspiró.

—Escuchad, señora, puedo jurar que no he sido yo el que quería que el señor Cosimo acabara preso en el Alberghetto.

No podría decir que esté del lado de los Médici pero, al mismo tiempo, tampoco soy un acólito del adversario. Soy un hombre de honor, o al menos intento serlo, y no me perdonaría nunca que al señor Cosimo le ocurriera algo. Por lo que a mí respecta, guardo la secreta esperanza de que el confaloniero de justicia se decante por el exilio. Tenéis que comprender que mi única intención y finalidad es supervisar la reclusión de Cosimo de Médici a fin de que no tenga que sufrir más de lo que debe, y que rechace la comida que le traigo representa para mí, tanto como para vos, motivo de angustia.

Contessina sintió que las palabras de Federico Malavolti estaban dichas de corazón y no obedecían al beneficio personal. Con no poca sorpresa se sorprendió tocándole un brazo con la mano. Después de todo, de alguien habría de fiarse y en aquella situación, ¿qué más podían perder los Médici que no hubieran ya perdido?

Contessina albergaba fe en aquel hombre pero, dadas las circunstancias, no podía conformarse con una simple explicación.

—¿Qué estaríais dispuesto a hacer para demostrarme que lo que decís os sale del alma y no está viciado en modo alguno?

—De ahora en adelante probaré cada día el plato que le traiga al señor Cosimo y lo haré delante de sus ojos de manera que, si lo hubieran envenenado, yo moriré antes que él. Espero que eso sea suficiente.

—¿De verdad lo haréis?

—Como es cierto que veo en vos a una mujer enamorada.

Contessina guardó silencio por un momento.

—¿Tanto se nota?

—No hay razón alguna para que os avergoncéis.

—No me avergüenzo en absoluto, solo que al actuar así

soy débil y vulnerable. Mis enemigos podrían usar mis sentimientos para herir a Cosimo aún más profundamente.

—No es verdad —prosiguió Federico—. No hay mujer más fuerte que la que está enamorada de su propio marido.

Contessina suspiró.

—Pues sea —dijo—. Vos, Federico, me parecéis un hombre de verdad sensato y sincero. Gracias por lo que vais a hacer por Cosimo. A propósito de ello, tendría otro favor que pediros.

—Os escucho.

Contessina buscó las palabras. Lo que estaba a punto de pedir no era un asunto nimio. Y aunque Federico fuera un hombre de buen corazón, tenía todo el derecho a no querer hacer lo que iba a proponerle.

—Sé que sois amigo de un hombre que tiene fama de óptimo orador y anfitrión. Me refiero al señor Farganaccio. Conoce bien a mi marido y creo que podríais organizar una cena aquí: vos demostraríais misericordia por mi marido y para él sería un modo de pasar una velada agradable. Y en esa ocasión...

Y a partir de esas palabras Contessina dejó entrever más de lo que enunció.

—Y de esa manera Cosimo podría empezar a alimentarse de nuevo.

—Conozco al señor Farganaccio y es de verdad un hombre de honor. Creo que entiendo el motivo que hay tras vuestra petición, sobre todo pensando que Farganaccio es amigo de Bernardo Guadagni. No me opondré. Como ya os he dicho, no estoy de parte de los Médici, pero tampoco de la de Rinaldo degli Albizzi, y si puedo contribuir de alguna manera a evitar que se emita una condena a muerte, por supuesto, no voy a vacilar.

Al oír aquellas palabras, Contessina casi se marea.

—Entonces ¿lo haréis?

—¿Por qué no habría de hacerlo? A fin de cuentas se trata solo de cenar junto a Farganaccio y Cosimo de Médici.

—Gracias, gracias, gracias. No sabéis cuánto significa esto para mí —murmuró Contessina en el séptimo cielo.

No pudo evitar abrazarlo; tal era la alegría que le explotaba en el corazón.

Federico Malavolti casi se asustó al ser objeto de un ímpetu así. Correspondió al abrazo. Luego se soltó y guardó la compostura lo mejor que pudo.

—Soy yo quien ha de daros las gracias, señora: por haberme dado la oportunidad de demostrar mi honor y mi buena fe. Ahora que hemos sellado nuestro acuerdo, y si no tenéis nada en contra, me vais a permitir que os conduzca de nuevo a la entrada de la torre para poder despediros. La visita ha sido larga y ciertamente beneficiosa, pero no querría suscitar demasiadas quejas por parte del confaloniero de justicia. Tenemos que mantener una conducta irreprochable, mientras podamos.

—Por supuesto —convino Contessina—, lo entiendo bien. Pero os agradezco infinitamente lo que habéis hecho.

—Yo todavía no he hecho nada, señora, y tampoco está dicho que nuestra idea nos lleve a parte alguna. Esperemos, sin embargo, que contribuya a salvar la vida de vuestro marido. No me perdonaría que aconteciera lo contrario.

Y apenas dicho eso, y dejando que esas palabras de esperanza flotaran en el aire frío de la torre, Federico Malavolti continuó bajando las escaleras, abriéndole paso a Contessina hasta la entrada para luego despedirse de ella.

La situación no se había solucionado en absoluto, pero el destino de Cosimo de Médici estaba teñido por una luz menos sombría. Eso por no mencionar que Lorenzo estaba preparándose para asediar la ciudad. También por esa razón cabía esperar que las negociaciones apenas iniciadas pudieran dar sus buenos frutos. Quién sabe qué diría Piccarda de su conducta. Seguro que ella habría reaccionado de la misma manera. Si en ese momento hubiera podido verla, ¿se habría sentido orgullosa? Contessina esperaba que sí.

Un motivo más para luchar hasta el final. No solamente por su marido y por el amor que unía sus corazones, no solamente por sus hijos, que esperaban en casa, sino, también, para no traicionar la memoria de aquellos que habían hecho grandes a los Médici y que tanto les habían dado.

Había actuado como debía.

Ahora lo único que podía hacer era confiar en Dios y en su misericordia.

¿Sería suficiente?

29

La conjura

—Muerte: esa es la única condena posible para ese hombre.

Rinaldo degli Albizzi estaba más decidido que nunca. Su odio por los Médici era atávico. Detestaba lo que representaban y, más aún, sabía que, si no morían, tarde o temprano volverían a ser un peligro. Había que acabar con ellos, tal como había dicho Laura. Aquella mujer lo había sorprendido. Había en ella una rabia tal, casi una avidez de muerte, que lo había perturbado. De todos modos, ese hecho tan sorprendente representaba un motivo más para desear el fin de los Médici.

—Entiendo las razones que subyacen en una elección como esta —intervino Palla Strozzi—, pero debemos tener cuidado, ya que esos dos hermanos todavía son muy poderosos. Si condenamos a muerte a Cosimo por tiranía, nos encontraremos con el pueblo en contra, y también la plebe y parte de la nobleza. Mientras nosotros hablamos, Lorenzo

de Médici anda reuniendo un ejército a las puertas de Florencia para atacarnos. Conviene no olvidar ese hecho.

—Por ello tenemos que matarlos a los dos —aulló Rinaldo.

Palla Strozzi resopló. ¿Sería posible que aquella fuera
siempre, para su compañero, la única solución posible?

—No estoy diciendo que no tenga que ser así, pero no
olvidemos que muchos nobles están del lado de los Médici.
Piero Guicciardini, Tommaso y Niccolò Soderini, Puccio y
Giovanni Pucci ya se han unido a Lorenzo. Yo creo que la
solución más correcta es el exilio.

—¡Por supuesto que sí! —explotó Rinaldo degli Albizzi—. ¡Qué idea más buena! ¿Crees acaso que lejos de Florencia los Médici dejarían de ejercer su influencia nefasta
sobre esta ciudad? ¡Tienen amigos en todas partes! Los tienen
en Venecia, donde existe una filial de su Banco, un hecho que
les ha permitido estrechar lazos con el duque en persona.
Y luego en Milán, si es que Cosimo puede contar con Francesco Sforza en el grupo de sus amigos. Y Sforza parece destinado a subvertir el orden del Ducado bien pronto. Muchos
dicen que los Visconti tienen los días contados. Quizá solamente Roma en este momento es su enemiga, y tampoco de
ello estoy seguro en absoluto, desde el momento en que el
Banco Médici es depositario de la Cámara Apostólica: estamos hablando del tesoro pontificio. Entonces ¿os dais cuenta de lo peligrosos que resultan para nosotros los Médici?
¿Y seguís considerando que mantenerlos con vida es, sinceramente, la solución más idónea?

Rinaldo estaba cegado por la ira, pero ello no le impedía
distinguir los peligros con sorprendente lucidez; Bernardo
Guadagni tenía que reconocérselo. Sin embargo, no era seguro que pronunciar una condena a muerte contra Cosimo

de Médici fuera buena idea. El Consejo de los Doscientos se había dividido en dos y, a decir verdad, se decantaba ligeramente a favor de una sentencia no violenta. Bernardo no podía pasar por alto la importancia de ese hecho. Por eso se había encerrado con Rinaldo y Palla a discutir en la Cámara de Armas, con vistas al patio del Palacio de la Señoría. Si alguien los hubiera visto los habría tomado por conspiradores. Y eso es lo que eran, la verdad sea dicha. El Consejo de los Doscientos se había tomado un respiro y el palacio estaba en ese momento, si no vacío, sí al menos inmerso en una relativa quietud, después de las infinitas reuniones que habían animado esos días, en el intento de lograr directrices claras sobre la suerte de Cosimo de Médici.

—No creo que condenarlo a muerte sea una buena idea —dijo. Vio la mirada de Rinaldo inyectada de sangre y se apresuró de inmediato a añadir—: Con ello no estoy diciendo que no deba morir. Pero sería importante que ese acontecimiento tuviera lugar de una manera fortuita, accidental, no por efecto de una medida condenatoria.

—Querido Bernardo —enfatizó gélidamente Rinaldo—, espero no tener que recordarte cómo te has convertido en confaloniero de la República florentina.

—No lo he olvidado, pero eso no puede justificar la imprudencia. Tendré mucho cuidado antes de condenar a muerte a un hombre como Cosimo. Las intenciones originarias eran liberar a la ciudad del tirano. No creo que la pena capital tenga que ser la solución más conveniente. No está en discusión mi lealtad a vuestra causa, señor Rinaldo, pero, justamente como vos muy bien habéis dicho, los Médici tienen amistades poderosas; por eso tenemos que actuar de modo que no desatemos la ira.

—Por no mencionar —añadió Palla Strozzi sibilinamente— que Florencia está en guerra contra Lucca en este momento...

—Una guerra que, para suerte nuestra —lo interrumpió Rinaldo— hemos logrado achacarle a él gracias a unos hábiles oradores.

—Lo sé bien —prosiguió Palla con irritación—. Yo he sido uno de ellos. Pero ahora la guerra contra Lucca se va a juntar con una guerra civil si Lorenzo entra en Florencia.

—Razón de más para eliminar a los Médici —advirtió Rinaldo.

—Ya. Pero alguien puede pensar que este segundo conflicto lo hemos causado precisamente nosotros y, a decir verdad, no estaría muy lejos de ser cierto.

—¡Vale! Entonces ¿qué me sugerís? —preguntó Rinaldo—. Porque os aviso que no tengo intención alguna de dejar escapar una ocasión como esta. Ya hemos dejado pasar muchas otras.

—Esperemos unos días más —observó Bernardo—. Intentemos orientar el Consejo mediante nuestros hombres, pero sin dar la impresión de que estamos tratando de forzar una acción. Entretanto, preparémonos para aguantar un ataque por parte de Lorenzo. Reuniré a los Diez de Balía esta misma noche para redoblar las rondas y los turnos de guardia. Pondré a todos los hombres disponibles a las puertas y las murallas de la ciudad. No podemos hacer mucho más. Estemos preparados. Dos días más y entonces decidiremos en uno u otro sentido. Si por azares funestos del destino tuviera que marchar al exilio, intentaremos ponérselo bien difícil.

Rinaldo resopló, pero, finalmente, hizo un gesto afirmativo con la cabeza.

—De acuerdo —dijo—, pero tratemos de no esperar demasiado. Si no, os juro que a esos dos hermanos los mataré con mis propias manos.

Cosimo había permanecido despierto toda la noche. Había dado vueltas y vueltas sobre el tablón en el intento de coger el sueño, pero la madera le castigaba la espalda. Era su lecho de Procusto. Una luz cálida penetraba por la ventana y envolvía con un aire tibio el Alberghetto. Oyó la llave girar en la cerradura. No tuvo ni tiempo de levantarse del tablón cuando Federico Malavolti ya había entrado.

También esa mañana, su rostro franco y distendido hizo que Cosimo se sintiera un poco menos perdido. Como si fueran una confirmación de esa sensación, Federico dijo unas palabras que lo confortaron.

—Señor Cosimo, hablé ayer noche con vuestra esposa Contessina. Yo no imaginaba que rechazabais la comida por miedo a que estuviera envenenada. Así que esta mañana comeré con vos del mismo plato, de modo que podáis confiar en mí. No odio vuestra causa y creo que es profundamente injusto consideraros responsable de las desgracias de nuestra República y, si bien no tengo idea si lo que se dice respecto a vuestra supuesta tiranía es verdad, pienso que al menos mereceríais que os salvaran la vida.

Sin añadir nada más, Federico puso el plato en la mesilla. Troceó el pan y comió un bocado. Luego otro. Tomó la jarra y vertió el agua en un vaso de madera. Bebió.

Miró a Cosimo a los ojos y esperó.

Pasó algún tiempo y ambos permanecieron en silencio. Federico Malavolti sabía que lo que había ocurrido había dejado a Cosimo muy postrado. No tanto por la prisión, puesto que llevaba en la torre apenas unos días, sino por el desgaste infinito al que su malograda suerte lo estaba exponiendo. El pueblo se reunía en Balia cada día. Aquella mañana tampoco era una excepción y, de hecho, atestaba la plaza que estaba justo debajo. Desde el Alberghetto se oían gritos y ruidos, puesto que la ventana de la celda daba justamente a la plaza. El Consejo de los Doscientos no acababa de dictar veredicto y el confaloniero de justicia lo posponía. Todo iba como goteando. Aquel hombre debía tener un ánimo bien templado si era capaz de soportar una tortura de ese tipo.

Sin añadir palabra, Federico le tendió la mano.

—¿Os fiáis de mí, señor Cosimo?

—Me fío de vos —le respondió— y gracias por esta hermosa demostración vuestra de sinceridad. —Después lo abrazó.

—No tengo muchos amigos en estos tiempos, por desgracia —continuó Cosimo—; por eso vuestra cercanía me resulta tan cara.

Al deshacerse del abrazo, Federico Malavolti estaba casi emocionado.

—No es verdad que tengáis pocos amigos, señor Cosimo. Son muchos los que os apoyan, dentro y fuera del palacio. Debéis tener confianza y veréis que las cosas se arreglarán de manera pacífica, no tengo ninguna duda al respecto. Asimismo, con el fin de propiciar una tal eventualidad quisiera traer conmigo esta noche al Alberghetto al señor Farganaccio, que es persona cortés y de carácter. Lo considero uno de mis amigos más queridos y sé que os tiene en gran estima. Si a vos os parece bien, podríamos cenar juntos.

—La posibilidad de cenar con vosotros sería un regalo inesperado —dijo Cosimo.

—Muy bien, entonces. Haré que el cocinero prepare algo bueno, de manera que, después de vuestro largo ayuno, podáis recobraros, si no de ánimo, al menos de cuerpo. Y quizá, después de haber recuperado las fuerzas, tal vez también la suerte os sonría —concluyó Federico con aire críptico.

—No sé, la verdad, cómo agradecéroslo —respondió Cosimo.

—Esperad antes de hacerlo. Todavía no hay nada seguro.

—Esperaré, entonces. Al fin y al cabo, no tengo otra cosa que hacer.

—Hasta esta noche, pues, y ya veremos qué ocurrirá.

30

Reinhardt Schwartz

Reinhardt Schwartz acababa de despertarse. Se desperezó, degustando cada instante de su propia indolencia. ¡Se había ganado una noche de sueño!

El día anterior había cabalgado mucho tiempo. Luego se había encontrado cortando cabezas y atacando el campamento de Lorenzo de Médici. Nada excepcional, ciertamente. Solo que ya no podía seguir desempeñando el papel de instigador de Rinaldo degli Albizzi. Necesitaba una pausa. La verdad es que Lorenzo de Médici no era un gran soldado: imaginaos... ¡era un banquero! Pero tenía agallas, había que reconocérselo; y él se lo seguía encontrando frente a frente.

Albizzi le pagaba: esa era la justificación para que Schwartz continuara batiéndose, pero cuando se repetía a sí mismo que hacía lo que hacía porque le pagaban, y, sin embargo, lo hacía de mala gana, algo no iba bien. Y ya hacía dos años que Schwartz se debatía en ese mar de dudas. Por no mencionar que si continuaba trabajando para Albizzi se encontraría, tarde o temprano, con una daga clavada en el pecho. Era solo cuestión de tiempo.

En definitiva, tenía que impedir que siguieran utilizándolo. De acuerdo, podía sacarles las castañas del fuego. Pero, si tenía que hacerlo, necesitaba alguna garantía añadida. Tendría que comentarlo a la primera ocasión con su señor, ya que así no se podía continuar.

Miró a su alrededor: la estancia era simple, pero no le desagradaba en absoluto. La noche anterior, tras salir del campamento de Lorenzo de Médici, había encontrado cobijo en una posada de la campiña florentina.

Y así, esa mañana, después de, por fin, haber dormido en una cama, quizá no forrada de plumas, pero sí al menos con sábanas limpias, se levantó sin prisa y, cuando el sol estaba ya alto, se lavó en la jofaina de hierro llena de agua fría. Se vistió, bajó la escalera y llegó a la cocina de la posada.

Además de la luz del sol, se encontró con Laura que estaba esperándolo. Y su jornada empezó de la mejor manera.

En cuanto la vio, se inclinó y le besó la mano.

—Casi no puedo creer lo que veo. ¿A qué debo tan insólita galantería, Reinhardt? —Schwartz se fingió molesto.

—¿De verdad estás sorprendida, *mein Schatz*? ¿No es acaso este brazo mío el que sabe ser sostén en los momentos más sombríos?

Laura sonrió. Aquella mañana estaba radiante.

—De acuerdo, de acuerdo —dijo con insólita complacencia.

—¿Cuánto tiempo tenemos?

—Puedes tomártelo con calma. Aquel pastel parece delicioso. —Señaló una magnífica tarta de codorniz fría que se mostraba tentadora en la mesa. Al lado, Schwartz vio una cesta de pan crujiente, una bandeja hasta arriba de fruta de temporada, jamón de jabalí y quesos. Faltaba el vino.

—¿Vernaccia de San Gimignano? —propuso él.

—¿Vernaccia a esta hora de la mañana? ¡Qué vulgaridad, mi impetuoso Reinhardt! —se burló ella.

—¿Sugieres algo diferente?

—No creo que te acompañe en esta comida suntuosa, pero, si tuviera que sugerirte un vino, entonces elegiría un chianti. Así que podrías optar por un vino tinto, ya que tienes ante ti ese pastel de codorniz.

—Excelente —dijo él, alisándose el espeso bigote rubio.

Llamó entonces a una camarera haciéndole una seña con la cabeza y le pidió que le llevara inmediatamente una botella del mejor chianti. Laura se limitó a pedir una infusión de manzanilla con miel aparte.

Mientras esperaban las bebidas, Schwartz empezó a hacerle los honores al pastel. Era una verdadera delicia.

—Rinaldo está decidido a ir al fondo del asunto, pero por lo que me confesó anoche, sus aliados no parecen dispuestos a hacer lo mismo —le espetó Laura.

Schwartz elevó una ceja.

—*Wirklich?*

—Así es. Bernardo Guadagni, tras convertirse en confaloniero de justicia gracias a él, ahora se muestra reticente. Palla Strozzi, como sabes, es un contemporizador nato. Así están las cosas en Florencia. Cambiando de tema, ¿has cumplido tu tarea?

—Hasta el más mínimo detalle. Gracias a la incursión de la pasada noche, Lorenzo de Médici necesitará por lo menos dos días más para ponerse en movimiento.

—Muy bien. Esto nos dará un tiempo para retirarnos a mi propiedad del Véneto.

—¿A hacer qué?

—Albizzi no nos quiere en su camino.

—¿Prefiere evitar que se pueda deducir que hemos sido nosotros?

—Exactamente. He venido a buscarte en una carroza sin insignias. Cuando te hayas saciado, tendremos que tomar el camino hacia Padua, sin más dilación.

Schwartz esbozó una mueca. No le gustaba ir en carroza. Le parecía un medio de transporte afeminado y, además, él no apreciaba la lentitud. Mucho mejor a caballo. Pero, por otro lado, una carroza sin insignias podía garantizar mejor el anonimato.

—De acuerdo —asintió, cortando con el cuchillo algunas lonchas gruesas de jamón de jabalí. Degustó su forma compacta y el sabor intenso.

Llegaron las bebidas.

Probó el chianti. Era delicioso.

—Este vino es un auténtico néctar. Te agradezco el consejo, mi hermosísima amiga. ¿Por qué a Padua?

—Allí vive un querido admirador mío.

—¡Naturalmente! Ha sido una pregunta estúpida...

—De todos modos, Albizzi nos quiere lejos de aquí y, al mismo tiempo, disponibles para alcanzar a Cosimo donde quiera que se encuentre, en el caso desgraciado de que salve la vida y se le condene al exilio fuera de Florencia.

—¡Ah! —exclamó Schwartz—... Entonces es ese su plan.

—Prefiere jugar siempre con ventaja. No puedo culparlo. Confieso que me disgusta no haberte pedido que mataras por mí a ese maldito Lorenzo de Médici.

Schwartz no fue capaz de contener una carcajada.

—Ese tipo... —dijo—. Anoche lo tuve ante mis ojos. Si lo

hubiera sabido lo habría abierto en canal, como a un ternero. Lo habría hecho por ti, *mein Kätzchen!*

—Si pienso en que me ha seguido los pasos y me ha espiado todo aquel tiempo... Casi me atrapa. Siento hasta escalofríos. Lo odio. Él y su hermano son la peste de esta ciudad.

—No me hables de peste, te lo ruego.

—¿Por qué?

—Bueno, se trata de una larga historia. Te la contaré por el camino.

—Trato hecho.

—Y, por cierto, ¿cómo es que se la tienes jurada de ese modo a los Médici?

—También es una larga historia la mía, pero no creo que te la cuente nunca.

—*Ach Schade!* —exclamó Schwartz con un deje de desilusión.

Mientras iban conversando, unos hombres se sentaron a la mesa de detrás de ellos. Parecían borrachos ya a esa hora, aunque faltaba aún un buen rato para la hora del almuerzo. Hablaban en voz alta y, a tenor de sus afirmaciones, parecían ser partidarios de los Médici.

—Los mataría a todos, si por mí fuera —dijo Schwartz bajando el tono.

De repente, Laura abrió de par en par los ojos.

—¿A quién te refieres?

—Tanto a los Médici como a los aliados de los Albizzi. Al señor Rinaldo le faltan agallas.

—¿Estás seguro?

—¡Vaya que sí! Esta historia de las diferentes facciones está destruyendo una ciudad espléndida. Rinaldo haría bien en aniquilar a sus adversarios. Si estuviera en su lugar, mandaría cortarle la cabeza a Cosimo y aniquilaría a Lorenzo y a su ridículo ejército. Una vez eliminado el enemigo, procedería a matar a algunos de sus principales aliados.

—Sería un baño de sangre.

—Sí, pero al menos transformaría la República en un señorío y lo haría a plena luz del día. No tendría que volver a enfrentarme a parásitos que vacilan y tomaría el poder definitivamente. A su vez, al mostrar una guía segura, también el pueblo me seguiría. La plebe necesita un jefe y también el pueblo llano. El resto son sandeces.

—La verdad es que no se trata de una estrategia sutil.

—Rara vez coinciden eficiencia y refinamiento.

—Naturalmente, sin embargo... ¡Qué cabrón! —El rostro de Laura enrojeció de cólera.

—¿Qué sucede, *mein Schatz*?

Los ojos de Laura se llenaron de odio.

—Uno de los hombres de detrás me ha hecho un gesto obsceno.

Al oír esas palabras, Reinhardt Schwartz se puso en pie. Se volvió y vio tres hombres sentados a una mesa que, al verlo, se rieron de modo grosero. El mercenario suizo los escudriñó: no eran más que perros, que se envalentonaban cuando estaban en manada. Sabía que no era un paladín y sus modales no eran corteses, pero estaba dispuesto a dejarse matar por defender a una mujer como Laura. También él, a veces, era duro con ella, pero con el tiempo había aprendido a quererla y, sobre todo, nadie podía tocarla o faltarle al respeto, excepto él. Ni siquiera Albizzi.

—Que me digan los señores de qué se ríen y así reiremos juntos.

Uno de los tres, el mejor parecido, se puso en pie.

—Nos reímos porque no comprendemos cómo un cerdo mercenario como vos puede estar con una mujer tan hermosa. Y la conclusión a la que llegamos es que debe tratarse de una puta.

Sus amigos volvieron a reírse.

Schwartz no dijo ni una palabra más.

—Os espero en el patio, señor. Con vuestra espada. La ofensa infligida a esta mujer solo se puede lavar con sangre; si os parece bien.

El otro se encogió de hombros. No parecía particularmente impresionado.

—Ningún problema —respondió con aire de suficiencia.

Cuando Schwartz se dio la vuelta, Laura lo miraba. Sus ojos ardían de deseo.

—Nadie se ha batido nunca en un duelo por mí.

—¿En serio? —Ella asintió—. Bien. En ese caso me siento feliz de ser el primero. Y espero que también el último.

Laura sonrió.

—Mientras te ocupas de ese patán, le pagaré a la cantinera con el dinero de Albizzi. Hay que moverse.

—Me encontrarás en el patio —añadió Reinhardt—, no tardaré mucho.

Aquel día de octubre el sol brillaba en el cielo. La tierra del patio era blanda y Reinhardt se sentía particularmente a gusto. Se puso en guardia, desenvainando espada y puñal.

El hombre que tenía enfrente hizo lo mismo. Luego atacó.

Amagó un par de movimientos e intentó clavar a fondo. Schwartz lo detuvo con destreza. Le tocó a él hacer un movimiento certero, para después asestar un golpe decreciente de retorno. No sorprendió a su rival. Las cuchillas se enfrentaron de nuevo y saltó una lluvia de chispazos, pues el golpe había sido propinado con fuerza. Schwartz no se detuvo.

Asestó otros dos golpes, sin dar tregua al adversario. Sabía que no debía tener prisa, pero tampoco quería dedicarle demasiado tiempo a aquel zarrapastroso. El hombre volvió a esquivarlo, pero ya estaba en serias dificultades. Schwartz amagó un golpe haciendo cruces con la espada y al final cortó en horizontal, lo que sorprendió al adversario. La hoja penetró e hirió al hombre. Una salpicadura de sangre hizo arabescos en el aire y dibujó un arco bermellón. El florentino se llevó a la mejilla la mano derecha, que se le tiñó de rojo.

Laura había salido al patio.

Sus ojos ardían de pasión. Miraba el duelo, devorando a su campeón con la mirada.

Schwartz esperó a que su oponente fuera a su encuentro. Paró el golpe con la espada en alto y luego, con un movimiento fulminante, atravesó el pecho del florentino de lado a lado.

Su rival soltó la espada, que cayó en la tierra marrón. Después él mismo cayó de rodillas. Schwartz se le acercó y, tras volverle el rostro, con el puñal le rebanó la garganta. Mientras la sangre salía a mares, desclavó la espada del pecho del florentino, que se precipitó al suelo en medio de un lago rojo que se extendía debajo de él.

Schwartz miró a los dos compadres del muerto.

—Esto es lo que le pasa a quien le falta al respeto a esa mujer.

Los florentinos los miraban con los ojos atónitos. Sin respirar.

Cogieron el cadáver del amigo y se fueron. A nadie le importaba saber dónde.

Laura sonrió. En cierta manera, adoraba a Schwartz. Sabía que había algo de locura en ese sentimiento suyo, porque era una extraña mezcla de dolor, amor y humillación. Ella y Reinhardt eran, ambos, perros al servicio del mismo amo. Entre ellos podían darse placer o tormento, o las dos cosas juntas. Y quizá, para ella, lo uno no existía sin lo otro, no podía existir después de lo que había pasado.

Sabía, asimismo, que Reinhardt era un hombre sujeto a repentinos cambios de humor; era dulce y sanguinario, elegante y áspero, y en él convivía un raro caos de elementos opuestos que se parecía mucho al suyo. Sin embargo, era un hombre capaz de saltos extraordinarios: en lo bueno y en lo malo. Y en esa oscilación bizarra y extrema Laura encontraba su esencia más profunda. En los tres años en los que se habían visto a menudo, las veces que habían terminado en la cama no eran más de dos o tres.

Pero ella no las había olvidado. Se sentía herida y protegida cuando hacía el amor con él, percibía el instante preciso en que se perdía en él, para luego sentirse completamente aterrorizada. Pero en lugar de preocuparse, experimentaba un escalofrío de placer salvaje.

Y así, en ese momento en que había visto a Schwartz bajo el sol, con la sangre de aquel hombre que había osado faltarle al respeto goteando en el filo de su espada, la había invadido una pasión tan ardiente y lasciva que hubiera querido entregarse a él allí mismo, sin esperar ni un minuto, en la tierra inundada de muerte de aquel patio.

En el fondo de su corazón se alegraba porque por primera vez en su vida un hombre se había batido por ella. Y lo había hecho a sangre y fuego. Sentía que en ese momento habría hecho cualquier cosa por él.

Incluso matar a Albizzi, si era necesario.

31

Farganaccio

Estaban terminando aquella cena agradable.

Cosimo estaba sorprendido de cuán generoso había sido Federico Malavolti con él: no solamente se había convertido en el garante de su seguridad sino que había llevado a Farganaccio a la Torre de Arnolfo y hasta el Alberghetto. Exactamente como le había pedido Contessina. Quizás había aún esperanza.

Cuando comprendió que había llegado el momento adecuado, Cosimo le hizo una seña con la cabeza a Federico.

Al captar sus intenciones, Malavolti se alejó con la excusa de ir a buscar otra botella de vino.

En aquel rato, Cosimo iba a insinuarle a su interlocutor lo que tenía en mente.

Era, Farganaccio, un hombre alto, de anchas espaldas y con rostro bueno y sincero. Tenía las mejillas sonrosadas, ojos claros y vivaces, y eran muchos los chistes y bromas que habían compartido aquella noche.

Por esa misma razón, Cosimo había decidido hablarle, con total sinceridad, sin afectación de ningún tipo, ya que no tenía nada que perder.

—Señor Farganaccio —dijo—, me permito haceros esta petición, puesto que habéis sido tan amable de venir a este lugar oscuro y sombrío para traer un viento sereno y alegre, hasta el punto de que casi me olvido del motivo por el que me hallo aquí.

Luego se quedó en silencio, reflexionando sobre cuán explícito debería ser en su petición.

Farganaccio, que al parecer se sentía intrigado a causa de ese preámbulo, lo animó a proseguir. Así que Cosimo no esperó más.

—Bueno. Vos sabéis perfectamente la razón por la que me encuentro aquí. Rinaldo degli Albizzi y sus partidarios han considerado que yo era culpable de tiranía y por ello han obligado a Bernardo Guadagni a meterme en prisión y condenarme a muerte. Piensan que así harán que Florencia sea mejor de lo que es ahora. Ahora quisiera hacer hincapié en que no considero a Bernardo responsable de lo que ha pasado, puesto que sé que es amigo y porque es evidente que al encontrarse en la posición en la que está, como confaloniero de justicia, y vistas las acusaciones contra mi persona, no podía más que proceder como efectivamente lo ha hecho.

»Por otro lado, debo observar que, aunque con certeza mi conducta no habrá estado exenta de errores, nunca he tenido la intención de perjudicar a mi ciudad ni a mis adversarios, ya que lo que siempre he querido, probablemente sin conseguirlo, es proporcionar beneficios y esplendor a Florencia. No es un misterio que mi familia disfruta de comodidades, pero también es cierto que aquello que teníamos de más se invirtió en aumentar la belleza de la ciudad.

Farganaccio asintió. De repente se había puesto serio.

—Sin embargo —prosiguió Cosimo—, también es verdad que si mi persona es considerada enemiga de la República, es evidente que en algo debo de haber fallado y, por ello, no puedo excluir que mi deseo de hacer más bella y esplendorosa mi ciudad no haya coincidido con un exceso de celo que me ha hecho culpable de vanagloriarme. Por esa razón no tengo motivo alguno para oponerme y estoy preparado para recibir la decisión que Florencia, en la figura de su confaloniero de justicia, quiera imponerme como sanción por lo que he hecho. Lo único que pido es un poco de clemencia, que sería la de no aplicarme la pena capital.

—Señor —intervino Farganaccio—, coincido plenamente con vuestra narración de los hechos y también con la conclusión a la que habéis llegado. Me siento obligado a haceros notar que yo no tengo nada en contra de vos; de hecho yo también sostengo que la vía del equilibrio es la que debe prevalecer. En estos días los de los Doscientos han debatido largamente y la decisión, pese a todo, no está clara todavía. En ese sentido, creo que todavía es posible que la balanza se incline hacia el lado más favorable a vos.

—Entiendo... Y, además, no tengo ninguna duda de que el señor Bernardo podría influir fácilmente en la decisión pero que, por otro lado, él debe, puesto que se lo impone su propio papel, actuar por el bien de la República, y estoy seguro de que así lo hará.

—Naturalmente.

—Y, sin embargo, puesto que es también mi intención no solo no constituir obstáculo alguno para la República, sino que, además, quiero el bien a toda costa, y puesto que mi actitud puede resultar para algunos soberbia y llena de vanidad, no pretendo en ningún caso tratar de oponerme a la sanción y estoy plenamente disponible y dispuesto a decantarme por la solución del exilio lo antes posible. Con tal fin, os pediría que le contéis a Bernardo mis intenciones y mi plena voluntad en ese sentido. *Ad adiuvandum*, si el confaloniero de justicia pudiera considerar esta posibilidad la solución para todo este asunto, yo estaría dispuesto a pagar, como muestra de mi eterna devoción, la contrapartida que sea necesaria.

En ese momento de la conversación, Cosimo miró directamente a los ojos de su interlocutor: había formulado la oferta de manera sutil, para no ofender de forma obvia la integridad de Bernardo. Sabía que estaba incluso demasiado dispuesto a sacar beneficios de la corrupción, pero por otro lado no podía decir abiertamente que lo consideraba un hombre que se vendía al mejor postor.

—Por supuesto —concluyó—, mi gratitud se extendería a vos por el impagable servicio que me habéis prestado.

Farganaccio lo había escuchado con gran atención. A decir verdad, desde que Federico Malavolti le había propuesto aquella cena, había presagiado que el motivo podría estar vinculado a alguna petición por parte de Cosimo de Médici y, al margen de la extraña diversión que le había procurado cenar en la Torre de Arnolfo, sabía que aquella posibilidad no iba a desagradarle en absoluto. Ni a él ni, en última instancia, a Bernardo Guadagni. Por otra parte estimaba a Cosimo y le tenía simpatía, y aunque sabía del juego de alianzas que en aquel momento favorecía a Albizzi, era un hombre con bastante mundo como para tener presente que aquellos equilibrios estaban sometidos a continuas oscilaciones.

Después de todo, ¿qué mal podría sobrevenirle por la amistad con un Médici?

—Y, entonces ¿vos consideráis que esa contrapartida podría ser incluso dinero? —preguntó.

—Cualquiera que sea la forma que Bernardo considere oportuna, esa será la que elija yo también.

Farganaccio suspiró. En sus grandes ojos azules se encendió una luz bienintencionada. Luego fue directo al grano.

—¿Cuánto?

—Dos mil doscientos ducados deberían ser suficientes, de modo que vos podríais recibir una décima parte.

32

La sentencia

El 3 de octubre Cosimo fue conducido ante el confaloniero de justicia. Bernardo Guadagni, frente a él, parecía tener mucho que pensar y, en efecto, así era. Alrededor se hallaban los Ocho de Guardia.

La Junta representaba el Tribunal Supremo en materia penal. Elegidos cada cuatro meses, decidían sin escrúpulos y con desapego la suerte de los ciudadanos acusados de crímenes contra Florencia.

Vestían espléndidas togas rojas con cuello de piel de armiño. Dispuestos en círculo, coronaban la sala sentados en sillas de respaldo alto en madera tallada. En el centro estaba Bernardo. Su toga, del mismo color rojo carmín, era, a diferencia de las otras ocho, la única que lucía las siete estrellas doradas, lo que confirmaba los supremos oficios que se le conferían.

Cosimo sabía que habían aceptado su propuesta, por ello aquel veredicto debía seguir un guion muy preciso. Por otra parte no había certeza de ninguna especie en aquella Florencia hija de familias que estaban en guerra entre ellas. Y, aparte de los efectos que pudieran tener la suma ofrecida, Bernardo no podía haber dejado de considerar, en el momento en que la había aceptado, las consecuencias de una traición a Rinaldo degli Albizzi.

De todos modos, habían llegado a ese punto y ahora Cosimo descubriría qué iba a ser de él.

Miró a sus jueces con firmeza, preparado para recibir cualquier decisión.

Bernardo levantó la mano, como para pedir silencio, aunque nadie efectivamente había osado pronunciar palabra.

—Cosimo de Médici —empezó a perorar—, hoy, 3 de octubre del año 1433, tras varias reuniones del Consejo de los Doscientos en funciones consultivas, con el fin de ahondar más en la voluntad del pueblo y atentamente examinada vuestra conducta, de la que había derivado la sospecha de delito de tiranía, esta Junta Suprema, que me precio de presidir, ha decidido declararos culpable del delito ya mencionado. Sin embargo, no pensamos condenaros a la pena capital sino que, a la vista de vuestro comportamiento antes, durante y después de vuestro arresto, consideramos justo condenaros a confinamiento en la ciudad de Padua, de modo que no os será posible regresar a la ciudad de Florencia, salvo que las instituciones florentinas dispongan lo contrario. La presente sentencia se extiende también a Lorenzo y Averardo Médici, y a Puccio y Giovanni Pucci.

Bernardo se interrumpió por un instante. Estaba visiblemente emocionado. La expulsión de los Médici de Florencia, pues de eso se trataba y no de otra cosa, constituía un hecho histórico.

La suerte estaba echada. Ahora Albizzi y Strozzi no po

dían zafarse de sus responsabilidades. En un cierto sentido no tendrían más excusas: tendrían que gobernar.

Al escuchar la sentencia, Cosimo asintió.

Bernardo terminó de pronunciar la decisión del Tribunal Supremo.

—Para que la orden se respete efectivamente y no os ocurra nada malo, esperaremos a que caiga la noche y, al llegar ese momento, os veréis de inmediato conducido en una carroza hasta los confines de la República y se os asignará una escolta armada que garantice vuestra seguridad hasta allá. Vuestros familiares serán informados de la medida de manera que puedan ocuparse de vuestra salud, siendo siempre firme que, como habéis ya escuchado, la disposición se aplica también a vuestro hermano y a otros que con vos han conspirado y perjudicado a la República florentina. Así se ha decidido, pues, y en las próximas horas se ejecutará la orden como se ha dispuesto.

Lorenzo cabalgaba a la cabeza de los suyos. A su lado, Piero no esperaba más que el momento en que declararían la guerra a la ciudad. Los mensajeros que había enviado ya habían vuelto y contaron que Ginevra y sus hijos, Francesco y Pierfrancesco, y también Contessina y Giovanni, y todos los demás parientes, ya se habían ido a la villa de Cafaggiolo, donde vivirían hasta que ese asunto se solucionara.

Se habían movilizado con las primeras luces del alba y ya veían recortarse a lo lejos las murallas de Florencia.

Lorenzo no tenía intención de atacar: le bastaba con que le entregaran a su hermano. No quería sacrificar a los amigos y a todos aquellos que, en el momento culminante, habían estado a su lado. Esperaba, sin embargo, que Florencia viera su ejército y que ese cerdo de Bernardo Guadagni osara tan solo mostrarse. Sabía, por otro lado, que su hermano había intentado sobornarlo y esperaba, a decir verdad, que lo hubiera conseguido.

Cuando se encontraban a no más de trescientos pasos de la imponente Puerta de San Giorgio aparecieron ante él y sus hombres los Ocho de Guardia y el capitán de la Guardia de la ciudad.

Lorenzo indicó mediante una seña a los suyos que se detuvieran. Los caballeros frenaron sus caballos y se colocaron en filas. Las nubes de vapor flotaban en el aire cuando los caballos iban formando las hileras con estruendo de cascos.

Lorenzo hizo una seña a Puccio Pucci, que espoleó el caballo hasta acercarse a él.

—Hasta aquí hemos llegado —le oyó decir.

—Escuchemos lo que nos tienen reservado —le respondió Lorenzo.

—De acuerdo.

—Diles a los mensajeros que transmitan la orden de esperar. Después reúnete conmigo en el centro del campamento y veamos qué sucede.

Mientras Puccio se entregaba a la tarea, Lorenzo se encaminó, solo, al centro de la lengua de tierra que lo separaba de los Ocho. Hizo avanzar su yegua hacia delante.

Era un día frío. Parecía que, de repente, hubiera llegado el otoño y hubiera helado el aire. Había empezado a caer una fina lluvia que hacía la tierra pegajosa. Gotas grandes que rebotaban, obsequiosas, sobre las corazas y los cascos, expandiendo un sordo tintineo que añadía una nota oscura a esa jornada ciertamente no muy satisfactoria.

Vio que dos caballeros se separaban del grupo: uno de los dos era el capitán de la Guardia de la ciudad, seguro. El otro parecía ser alguien conocido. Estaban ya muy cerca cuando Puccio llegó a su lado.

—Si Neri de Bardi, de los Ocho de Guardia, acompaña al capitán Manfredi da Rabatta, entonces es que debe de haber sucedido algo importante.

—Sí —se limitó a decir Lorenzo, que no se atrevía a esperar una solución pacífica a todo ese asunto, pero que en el fondo de su alma no había dejado de abrigar la esperanza.

Así se detuvieron a mitad del recorrido, a no más de cien pasos de la puerta. Lorenzo distinguía de manera inequívoca el doble arco en la parte superior con un bajorrelieve en la bóveda con lunetos, en el que se representaba la figura de san Jorge a caballo matando con su lanza al dragón.

Tiraron de las riendas e hicieron que pararan los caballos. Los cascos salpicaron barro en ráfagas. Lorenzo tranquilizó a su yegua. Parecía acusar cierto nerviosismo y continuaba girando en círculos. Le acarició el cuello, susurrándole al oído.

—No temas, querida vieja, verás que todo va bien —le dijo.

Como si de verdad hubiera comprendido el sentido de sus palabras, el corcel se calmó. Resoplaba vapor por las fosas nasales.

Entretanto Neri y Manfredi habían llegado frente a ellos.

El capitán de la Guardia llevaba la armadura de batalla, finamente cincelada. El acero emitía brillos iridiscentes bajo los hilos del agua de la lluvia, que se mezclaban con los rayos de un sol pálido que había empezado a abrirse paso entre las nubes.

Lorenzo les dio la bienvenida. Dibujó una sonrisa franca, ya que siempre había tenido gran estima por ambos.

El capitán no parecía compartir ese sentir.

Neri de Bardi, en cambio, se mostró más complaciente.

—Lorenzo de Médici, habéis llegado con vuestros hombres, veo —dijo señalando las líneas de caballeros y soldados que se perfilaban, negros, ante ellos.

—No he tenido elección —respondió.

—Pues bien. Nos complace comunicaros que el Tribunal Supremo, al tiempo que condena a vuestro hermano por el delito que se le atribuye, ha dictaminado la pena de exilio.

Cuando oyó esas palabras, Lorenzo sintió que el hielo de su corazón empezaba a disolverse. No era estrictamente una victoria, pero tal y como estaba la situación, era como si lo fuera. Dio gracias a Dios por aquella decisión. Por otro lado comprendió, en el mismo momento en que sonaron, que las mismas palabras también estaban condenándolo a él.

—Por otra parte —continuó Neri—, la medida punitiva se extiende también a vos.

—Me lo esperaba —dijo Lorenzo.

—Puedo imaginarlo.

—La orden os afecta también a vos, Puccio Pucci —añadió el capitán Manfredi.

—Esto no es un problema en absoluto —comentó Puccio sin pestañear.

—Ahora lo que os pido es que comuniquéis a vuestros hombres el pronunciamiento de la Junta de los Ocho y del confaloniero de justicia —prosiguió Neri de Bardi—. Deshaced filas y entregaos al capitán de la Guardia, que se ocupará de trasladaros a los confines de la República. Allá os espera vuestro hermano Cosimo. A partir de este momento, todo lo que puede aconteceros no es asunto nuestro. Estáis condenados a confinamiento en la ciudad de Padua.

Lorenzo cerró los ojos.

Lo condenaban a abandonar su ciudad.

Para siempre.

Pero era un precio que estaba dispuesto a pagar si ello le permitía salvar la vida. La suya y la de su hermano.

—Sea —aceptó—. Haré como decís.

Sin añadir nada más, se despidió haciendo un gesto con la cabeza y se movió con el caballo hacia las filas de sus hombres.

Puccio se mantuvo detrás.

No podía decirse que estuvieran felices, pero al menos habían logrado salvar la vida de Cosimo y no malograrían la vida de sus compañeros en un enfrentamiento fratricida. Pero Florencia, habiendo llegado a ese punto, acabaría directamente en manos de sus acérrimos enemigos.

¿Qué le aguardaría, pensó Lorenzo, a su amada ciudad?

ENERO DE 1434

33

Venecia

Mi gran e infinito amor:

Hoy ha nevado y los copos han cubierto los campos y los árboles desnudos. El frío aquí, en Cafaggiolo, es realmente penetrante y el invierno parece haber congelado la vida toda. Te echo de menos, como siempre, y como solo se puede echar de menos a un trozo de corazón, pero hoy todavía más. Todo está en silencio, no se oye ni respirar, y la campiña parece hundirse bajo un manto. Hay un silencio de muerte que se cierne alrededor, y no solo por el invierno, sino porque las cortezas oscuras y las ramas retorcidas parecen contar, en cierta manera, la pesadilla en que se ha sumido Florencia.

Desde que tú y Lorenzo os marchasteis, de hecho, Albizzi y Strozzi se han vuelto incluso más prepotentes. El pueblo está conociendo la miseria más cruel y la humillación más negra. La gente muere de hambre en las calles. Los nobles no hacen más que hacer pagar impuestos al pueblo para financiar esta maldita guerra contra Lucca y para mantener un ritmo de vida que es descaradamente opulento, desdeñando así la pobreza y el dolor. Parece como si les complaciera el surco profundo y sanguinario que van creando, pero lo hacen de manera absurda, ya que no parecen conscientes en modo alguno de cómo eso influye, día tras día, en su pérdida de consenso.

Giovanni de Benci ha estado por aquí algún tiempo para asegurarse de que todo transcurriera de la mejor manera posible. Es tan gentil... y verlo me ha ayudado a soportar un poco mejor el dolor de esta separación. Dice que los asuntos del Banco no se han resentido ni lo más mínimo con vuestro exilio y que, además, gracias a la confianza forjada con el tiempo, los clientes desean, por el bien de Florencia, que vosotros podáis regresar pronto.

Yo sé que tengo que aguantar y, de hecho, intento en la medida de lo posible ser un ejemplo para todos aunque, a decir verdad, no creo que sea demasiado buena en esto. Ginevra es mucho más fuerte que yo y pienso que si en esta espera de ti y de Lorenzo no morimos, será únicamente mérito suyo.

De todos modos, Giovanni sostiene que la política de Rinaldo degli Albizzi y Palla Strozzi es perfecta para precipitar vuestro regreso. Prevé incluso que se puede verificar en el margen de pocos meses a contar desde hoy.

Espero que tenga razón, aunque el solo pensamiento de no verte en los próximos meses me mata. Sé que por mi bien y el de Ginevra tenemos que estar aquí y esperar, pero esa espera se parece cada vez más a una tortura insoportable.

Espero que en Venecia todo vaya de la mejor manera posible. Sé, por tu última carta, que estabas trabajando con

Michelozzo en el diseño de una nueva biblioteca para el monasterio de San Giorgio. Estamos todos muy orgullosos de ti y no tenemos dudas de que también en Venecia te prodigarás con la ciudad.

A veces me sorprende tu generosidad de espíritu y tu gran disposición. Creo que esas son las virtudes que me hacen volver a enamorarme de ti cada día que pasa. Sí, has leído bien, amor mío: a pesar de los días infinitos y el gélido invierno, cada mañana mi amor por ti florece de nuevo.

Sé siempre como eres y te ruego que le digas a Piero que no se meta en líos.

Giovanni te saluda y te abraza. Cada día es mejor en aritmética y sobresale en la caza.

Ahora te dejo, pero confío en escribirte otra vez la próxima semana.

Te amo.

Infinita y perdidamente tuya,

CONTESSINA

Cosimo se secó una lágrima con el dorso de la mano. No era proclive a emocionarse, pero Contessina parecía conocer las palabras exactas para llegarle al corazón. Y si no ella, ¿quién, entonces? La sentía tan cercana, gracias a esa manera suya de escribir tan intensa y apasionada, al punto que, aunque ese enero parecía haber transformado la laguna de Venecia en una única losa de hielo, su corazón viraba al rojo fuego tras aquellas líneas y el coraje florecía en todo su cuerpo.

Miró las llamas: las largas lenguas anaranjadas temblaban inquietas en la chimenea. Sintió un escalofrío y se reacomodó mejor sobre los hombros la capa bordada de piel. Se levantó, mirando por el amplio ventanal.

Vio el Gran Canal, las góndolas negras que surcaban lentas las frías aguas manchadas de láminas de hielo, los faroles de las barcas que punteaban de luces rojas el espejo líquido que se iba coloreando con las sombras de la noche. Las balizas afloraban, a juego con ese paisaje, entre los muelles.

Los palacios patricios, con sus fachadas maravillosas que se elevaban sobre el agua, lo hacían casi enmudecer. El cielo del color de una tinta de hierro y lejos de los tejados rojos de las casas más bajas y las callejuelas estrechas que daban al canal y que componían un laberinto infinito, unido por las espaldas de los puentes, diseminados en una composición de placitas y pozos...

Cosimo había aprendido a amar esa ciudad como a la propia Florencia. El duque Francesco Foscari lo había acogido con afecto y generosidad a modo de confirmación de que la Serenísima República era una impagable aliada para la familia y estaba más que preparada para apoyar a los Médici en su posible regreso a Florencia y, además, deseando aquel renacimiento como confirmación de una alianza que, después del exilio, temía que se rompiera. Quizá para siempre.

Lorenzo entró.

Se había dejado barba y el pelo largo. Llevaba un jubón de color añil y una capa del mismo color, bordado en piel. Tenía el rostro colorado por el frío.

—¡Por todos los santos! —dijo al entrar—, qué calor tan agradable después de tanto frío. La laguna se está helando y si sigue así se convertirá en un gran problema para la Serenísima.

—Te ha llegado una nota y una caja de vino.

—¿En serio?

—Dichoso tú —dijo sonriendo Cosimo—. Ginevra te mantiene con el sincero espíritu de un buen chianti más que con las palabras.

—Contessina es más dada a la poesía y a los informes —bromeó Lorenzo.

—Bien puedes decirlo, también hoy una carta. Me siento entusiasmado, naturalmente, pero no me desagradaría recibir, de vez en cuando, alguna botella o jamones directamente de nuestra amada tierra.

—No tendrás algo de envidia, ¿verdad?

—En absoluto, porque lo que es mío es tuyo —respondió Cosimo y, al decirlo, sacó una botella de la caja y se dispuso a descorcharla.

—Maldito —continuó Lorenzo en tono de chanza—. ¿Has olvidado la fiesta?

—¿Cuál?

—La de Loredana Grimani. ¡No me digas que no te acuerdas de la invitación!

—Por supuesto que sí. Pero no tengo ganas de ir. Preferiría degustar este buen vino...

—¿Estás de broma? Estarán todos los patricios venecianos y parece ser que también Francesco Squarcione...

—¿El coleccionista y pintor paduano?

—Exactamente. —Lorenzo lo había dicho aposta, ya que sabía que a su hermano le gustaba su compañía, desde los días de su estancia en Padua.

—De acuerdo, entonces. Pero antes bebamos al menos una copa —insistió Cosimo antes de servir el chianti en dos copas de cristal.

—No tenemos tiempo; ya vamos con retraso. Ánimo, pues, ponte cualquier cosa y vámonos. Nos llevará algo de tiempo, pues todavía no soy muy ducho en esta ciudad.

—De acuerdo: has ganado. —Se rindió Cosimo, levantando las manos.

—Parece que habrá también mujeres hermosísimas.

—Sabes que eso no cambia nada.

—Ya lo sé, ya sé que eres un marido fiel. De todas formas me llevo las máscaras, puesto que aquí es tradición no revelar abiertamente la propia identidad en las fiestas...

—Como durante el carnaval, que en Venecia parece que dura un año entero.

—Tienes toda la razón. Aquí están. —De una bolsa sacó dos grandes máscaras blancas.

—¿Qué es?

—Las *bautte*, las famosas máscaras venecianas.

—Se parecen a las de los médicos de la peste.

—¡Jesús!, estás de pésimo humor, Cosimo.

—Vamos a dejarlo estar. Es solo que tengo un mal presentimiento al ver esas máscaras.

—Está bien, está bien...Venga, movámonos.

—De acuerdo. —Se abrochó la pesada capa y se apresuró a seguir a su hermano mientras este le entregaba aquella extraña e inquietante máscara.

—Pruébatela —insistió él.

—Está bien, está bien.

Antes de salir, Cosimo se la puso para ver qué efecto le producía. La figura que le devolvió el espejo no le gustó en absoluto.

Había algo de malo y horrible en aquella visión: no sabría decir de qué se trataba, pero tenía casi la impresión de que aquella máscara blanca iba a acarrearle desgracias.

Pero, puesto que no quería arruinarle la velada a Lorenzo, se calló.

34

El accidente

Laura estaba satisfecha: la peluca de largos rizos color caoba era perfecta y el lunar que se había pintado junto al labio subrayaba la curva de su sonrisa.

Llevaba un magnífico vestido de color aguamarina que contrastaba de manera perfecta con la peluca. Se había asegurado de que el escote fuese amplio y profundo, de forma que no dejara nada a la imaginación. El corpiño estrecho tenía un forro interno en el que guardaba un afilado estilete, perfecto para lo que tenía en mente.

Para esconder el rostro llevaba una *moretta*, la pequeña máscara negra de las damas venecianas.

Dejó que sus ojos abrazaran encantados los espléndidos salones de aquel palacio de arquitectura perturbadora. Las paredes estaban cubiertas por tapices que podían competir con los más hermosos de los de las residencias florentinas y los techos de artesonado en madera tallada, estuco y adornados en oro eran exquisitos.

La sala estaba atestada por la flor y nata de la aristocracia veneciana. Resonaban las charlas de las damas, sus risas claras respondiendo a las bromas de los caballeros entre los que no faltaban las personalidades más ilustres. Francesco Barbaro, Leonardo Bruni, Guarino Veronese eran todos invitados de Loredana Grimani, una dama noble a la que gustaba rodearse de los más cultos humanistas y filósofos. Su salón para intelectuales era bien conocido y, como para las otras artes, se revelaba como un singular y fascinante lugar de encuentro y terreno común para intelectuales venecianos y florentinos. Las dos ciudades vivían en ese periodo una sólida alianza y por ello la estancia véneta se había manifestado como divertida y despreocupada, y también por encima de toda sospecha.

Sin embargo, tenía que prestar atención a las trampas, ya que aquella magnífica pátina de esplendor y opulencia ocultaba una realidad de cálculos e intrigas políticas destinados a obtener favor y preferencias en la conquista del poder ducal. Si en Florencia el enfrentamiento por el dominio de la República se había convertido en un asunto entre Médici y Albizzi, en Venecia la cuestión era más compleja, con más familias aristocráticas comprometidas en luchar a muerte para obtener los favores del duque y la esperanza de ocupar puestos clave en el poder político y judicial. Laura tendría que cuidarse de todos aquellos espías que poblaban aquella sala y que estaban listos para intervenir y reportar a los Diez, esos magistrados supremos de la Serenísima República, legendarios por su crueldad y falta de escrúpulos, sin exagerar.

Desde algún lado, Reinhardt Schwartz velaba por ella y la protegería en caso de tener que huir. Al menos eso era lo que esperaba.

—He olvidado una cosa —dijo Cosimo.

Ya habían recorrido un par de callejones. Los bancos de niebla flotaban en el aire y a Lorenzo le costaba entender. La noche llevaba un aura de misterio y presagio.

—¿Tienes idea de cómo volver atrás y llegar al Palacio Grimani?

—Yo iré con Toni en góndola.

Lorenzo sacudió la cabeza en señal negativa.

—¿Pero qué diablos has olvidado?

—Un regalo para Francesco Squarcione.

—Maldito el momento en que lo he mencionado —dijo Lorenzo—. De acuerdo, haz lo que creas oportuno. Te esperaré en la fiesta.

—Iré rápido, te lo prometo.

—Cuento con ello.

Lorenzo prosiguió hacia el palacio de Loredana Grimani. Odiaba llegar con retraso y la fiesta ya había comenzado. No alcanzaba a entender el motivo, pero parecía como si Cosimo hiciera todo lo posible por arruinarle aquella velada.

De todos modos, tenía ganas de divertirse y no iba a dejarse influir por el humor sombrío de su hermano. Que se fuera al infierno, pensó. Habían trabajado duramente desde que habían llegado allí. La filial de Venecia del Banco Médici lo había absorbido del todo. Con Francesco Sassetti, administrador de la filial veneciana, Lorenzo había pasado revista a los planes de inversión, se había apresurado a actualizar y en parte a cambiar el formulario y había contribuido de manera determinante a recuperar créditos por valor de más de cuatro mil ducados de plata.

Aquella noche solo tenía ganas de entregarse a frivolidades, buen vino y, por qué no, alguna conversación picante con una dama fascinante. Divertimentos inocentes, nada serio o comprometedor. No tenía intención alguna de meterse en líos.

Rebecca había visto el vino tinto que habían dejado en las copas. Los dos hermanos habían bromeado hasta el punto de olvidarse de beberlo.

Estaba cansada. Había trabajado todo el día y tenía sed. Le apetecía probar algo fuerte.

Sabía que no debía, pero si hubiera bebido un sorbo del vino de una de las copas no se habría dado cuenta nadie; y si fuera posible que alguien se enterara, paciencia, correría el riesgo.

Hacía ya un rato que miraba embrujada aquel líquido de color rubí en las maravillosas copas de cristal.

Se acercó a la mesa y cogió una.

Se la llevó a los labios.

Bebió un trago largo.

Luego otro y otro más.

Era realmente exquisito.

Pasó la lengua por los labios sin ningún decoro, pero en ese momento estaba sola en casa. ¿Quién iba a notarlo? Sintió el sabor dulce y fuerte. No se había dado cuenta enseguida, pero al cabo de unos instantes percibió una nota extraña en aquella melodía de aromas, un indicio de algo equivocado, agudo, que no casaba con lo demás.

Después de un rato el aire a su alrededor parecía temblar.

Sintió que estaba perdiendo el equilibrio.

Trastabilló y con los brazos se abrazó a la mesa. Cogió el mantel de lino de Fiandra y al rodar por el suelo lo arrastró con ella.

Cayeron al suelo hechas pedazos las copas y la botella.

Resonó, siniestro, un sonido de cristales rotos. El vino empapó el terrazo veneciano. Rebecca alargaba los brazos, pero no lograba levantarse. Había perdido por completo el control de sus manos y acabó metiendo los dedos entre los trozos de cristal. Se cortó y la sangre empezó a fluir y se mezcló con el vino.

Sintió que la vista se le nublaba, justo en el momento en que alguien entraba gritando su nombre.

Levantó las manos como para protegerse porque sabía que la habían descubierto. Algo parecía morderle las vísceras. Sintió un dolor agudo. La boca se llenó de sangre y percibió el sabor amargo. Tragó. Tuvo la sensación de algo denso, incluso sólido, que estaba ahogándola. Tosió y escupió. Intentó levantarse una vez más, pero se dio cuenta de que no sería capaz de hacerlo.

Alguien la tomó por los hombros y la alzó en un abrazo.

Rebecca se volvió para ver quién era aquel hombre, pero no logró distinguir sus rasgos. Tenía la visión borrosa y, además, cualquier pequeño movimiento le producía un dolor indecible.

No debería haber tocado nunca aquel vino, pensó. Era el castigo justo por haber faltado a sus obligaciones.

Ese pensamiento le hacía tanto daño que empezaron a caerle las lágrimas.

Lloró.

Porque era la primera vez en su vida que desobedecía. Y morir con aquella sensación de inconveniencia y mentira hacía que ese momento fuera todavía más amargo y terrible. Pero ahora ya era demasiado tarde y no podía hacer nada.

Porque estaba muriendo.

De eso estaba segura.

35

Muerte en Venecia

—¡Rebecca! —gritaba Cosimo.

Vio como los ojos de la mujer se volvían vidriosos. Todo alrededor de ella era un delirio de cristales despedazados. Rebecca apretaba las manos contra el estómago como si algo estuviera devorándola. Los dedos arañaban la tela del vestido, como los de un ciego. Estaban ensangrentados a causa de algunos trozos de cristal que se le clavaban en la carne.

—¡El vino! ¡El vino de Ginevra!

El que ellos no habían bebido.

La botella se había roto en mil pedazos y también las copas de cristal de Murano. Y en ese torbellino de astillas y fragmentos, el chianti color rubí que encharcaba el suelo llevó a Cosimo a pensar en la única cosa posible.

—¡Veneno!

Estaba demudado.

—¡Rebecca! —gritó una vez más. Repitió su nombre una, dos, tres veces. Pero la mujer ya no respondía. Los labios llenos de saliva espumosa mezclada con sangre y los ojos apagados decían más que mil palabras.

Cosimo la posó suavemente sobre un sofá.

Entonces entendió.

Y cuando entendió se lanzó hacia la puerta, que cerró violentamente tras de sí.

¡Lorenzo! Los querían matar a él y a Lorenzo. Albizzi no había perdonado el hecho de que su hermano y él hubieran salvado la vida, por lo que sus sicarios los habían perseguido hasta allí, hasta Venecia. Desde el momento en que no logró condenarlos a muerte había pensado en quitarles la vida de otro modo.

Aquellos dos malditos individuos, de los que no recordaba el nombre. Aquel hombre y aquella mujer. Los había visto en el funeral de Niccolò da Uzzano. Debían de haberlos espiado. Lo sabían todo de ellos. Habían creído que estaban seguros, que nadie se aventuraría a llegar a Venecia con el único objetivo de matarles. Sin embargo, se habían equivocado una vez más. Eran un par de idiotas. ¿Cómo habían podido ser tan ingenuos?

Si le hubiera sucedido algo a Lorenzo, Cosimo no hubiera podido perdonarse.

Recorrió la imponente escalinata de mármol en un abrir y cerrar de ojos, llegó al final de un salto y alcanzó el portón.

Al salir del palacio, se dirigió a la carrera hacia el embarcadero.

—¡Toni! —gritó—, ¡Toni! —Corría como si estuviera borracho, a causa de la niebla—. ¡Al Palacio Grimani, rápido!

—Señor Cosimo, estoy aquí.

Cosimo vio a Toni en el embarcadero. Llegó hasta él corriendo y, sin más preámbulos, saltó dentro de la góndola.

—¡Tenemos que darnos prisa! ¡Tenemos que darnos prisa! —repetía como si fuera un sonámbulo atrapado en la más cruel de las pesadillas.

Sin tener que repetírselo, aunque no entendía del todo lo que le decía su amo, Toni se había puesto a remar.

—¡Rebecca, Dios mío, Rebecca está muerta, Toni! Alguien la ha envenenado. El vino...

—¡Aquella era una fiesta!

Lorenzo se hallaba en el séptimo cielo. Aquellas filas de copas de cristal de Murano con formas finas y sutiles, sobre los manteles de lino de Fiandra y los espejos con marcos de oro que multiplicaban los espacios: eran maravillas que dejaban sin aliento. Posaba sus ojos sobre los maravillosos tapices de tamaño extraordinario y de los colores más diversos que iban desde los matices del mar hasta los tonos encendidos del rojo y del naranja, que recubrían las paredes de dibujos exóticos. Se quedó estupefacto con la joyería brillante y las extrañas formas, plasmadas por maestros orfebres venecianos, observaba obnubilado el resplandor producido por la luz de las velas en grandes candelabros que colgaban del techo.

Las damas llevaban vestidos de extraordinarios tejidos, incrustados de perlas y pedrería, lucían peinados audaces y pelucas increíbles, y parecían representar la esencia misma de la seducción.

El ambiente era magnífico y fascinante, y Lorenzo se encontró hablando con un par de nobles venecianos amigos de su hermano.

Lo divertía la idea de ocultar su propia identidad detrás de la máscara. Sabía que en Venecia el arte de camuflarse alcanzaba su máximo esplendor, hasta el punto de que existían muchas tiendas dedicadas a la confección de trajes y disfraces.

La Ribolla amarilla, servida totalmente a punto de hielo, que había degustado como el más exquisito de los néctares, le había dejado una ebriedad agradable que, sin ser exagerada, le procuraba una sensación de alegre nebulosa.

—Habéis llegado, mi buen amigo —le dijo uno de los dos nobles—. Aquí en Venecia no se habla de otra cosa en los últimos meses que de vos y vuestro hermano. Soy Niccolò Dandolo, diplomático de la Serenísima República. —Se quitó la máscara, revelando un rostro de rasgos elegantes, iluminados por unos ojos negros de aire especialmente vivaz e inteligente.

—¿De verdad? —preguntó Lorenzo. Fingió incredulidad, pero se imaginaba perfectamente que la presencia de los Médici tuviera notoriedad, si bien no acababa de comprender cómo podía ser que aquel hombre lo hubiera reconocido detrás de la máscara.

—Se podría jurar —añadió el otro—. Permitidme: soy Ludovico Mocenigo, teniente del ejército de la República de Venecia. —Mientras lo decía también él se despojó de la máscara.

—Si os estáis preguntando cómo os hemos reconocido, sabed que aquí en Venecia incluso los callejones tienen ojos. Desde que salisteis de casa hemos sabido que veníais y cómo ibais vestido. Naturalmente, solo lo hemos hecho por vuestra seguridad. En Venecia circulan varios espías y sicarios de la peor ralea. Me siento honrado de conoceros, señor Lorenzo. Mucho he oído hablar de vos y no sabéis lo vergonzoso y horrible que me parece lo que os ha ocurrido. Conozco vuestro confinamiento.

—Sí —dijo Lorenzo y, quitándose a su vez la máscara, no pudo evitar, al menos por un momento, que se le oscureciera el rostro.

Mocenigo debió percatarse de ello porque se apresuró a añadir de inmediato:

—Pero estoy seguro de que durará poco.

—Os agradezco la preocupación que mostráis por mí, pero no tenéis que sentiros en la obligación de dulcificar la realidad. Puedo convivir con ella con serenidad.

—No tengo ninguna duda —respondió Mocenigo—, pero creo que también es cierto lo que os digo. Nuestros informadores nos confirman que el señorío de Rinaldo degli Albizzi está desplomándose. No me sorprendería que de aquí a unos meses pudierais regresar a vuestra magnífica ciudad y que fuerais recibido con honores.

—Sería realmente hermoso —dijo Lorenzo, y ese pensamiento le arrancó una sonrisa.

—¿Echáis de menos Florencia? —le preguntó Dandolo.

—Inmensamente.

—Me lo puedo imaginar. Es una ciudad maravillosa.

—¿La conocéis?

—He estado allá por negocios.

—Y, por otra parte, la alianza entre nuestras repúblicas es cada vez más fuerte —añadió Mocenigo—. Ahora hasta compartimos los mismos capitanes del ejército.

—¿Perdón?

—Tenéis razón, he sido un tanto críptico. Justamente en estos días el capitán del ejército florentino, Erasmo da Narni, ha presentado su dimisión y ha acogido con entusiasmo el mando del de Venecia.

»Estoy disfrutando del último día de permiso antes de volver al servicio.

—¿Os referís a Gattamelata? —preguntó Dandolo.

—Sí —confirmó Mocenigo—, qué nombre curioso. Se dice que tiene que ver con esa manera suya de hablar, seductora pero implacable: según algunos, recuerda el modo de actuar de un gato.

—Una teoría absurda —comentó Dandolo—. Yo, en cambio, he oído decir que deriva del hecho de que luce en el yelmo una cresta en forma de gata de color miel.

—Sea como sea —cortó rápido Mocenigo—, lo que cuenta es que es conocido por su habilidad en la batalla. —Y al decirlo un rayo atravesó sus ojos verdes.

—Yo creo, sin embargo, que Venecia es fascinante —dijo Lorenzo, cambiando de tema—. La idea de una ciudad construida enteramente sobre el agua es increíble. Y, además, el comercio ha traído tal fusión de culturas... hasta convertirla, por vocación, en la cuna de artes y maravillas que ello conlleva.

—Bueno. Yo creo que nuestras ciudades tienen mucho en común. Y, además, gracias a vosotros los Médici los vínculos se están reforzando. Sé que Donatello se ha quedado en Padua estos días —confirmó Dandolo.

—Otra ciudad extraordinaria. Lamento que mi hermano, que es todavía más sensible que yo a temas como la escultura y la pintura, no esté aquí en este momento. Se le ha olvidado algo y...

—Pero vendrá, ¿verdad?

—Naturalmente.

Mientras la conversación transcurría distendida e interesante, Lorenzo vio que se le había acercado una dama con coquetería y un toque de misterio.

—¿Pretendéis pasar toda la velada charlando con estos deliciosos caballeros o estáis buscando algo más?

Las palabras brotaron roncas y cargadas de promesas. Lorenzo se quedó impresionado por lo atrevido de la pregunta, pero el asunto, por descontado, le atrajo especialmente.

—¡Ah! —exclamó Mocenigo—, no seremos nosotros quien os privemos de tamaño placer. —Lo dijo haciéndole una seña a Dandolo, que desapareció.

—Amigo mío, buena suerte —concluyó—. A fe mía, creo que habéis hecho diana en la mujer más atractiva de la fiesta.

36

La dama roja

—Es usted el hombre más solicitado de la fiesta —continuó la dama del magnífico vestido color aguamarina.

Lorenzo se sentía deslumbrado por tanta belleza fulgurante. Con la complicidad de los vapores del vino estaba completamente hechizado y subyugado.

Había una luz especial en aquellos ojos magníficos: tenían los colores de un bosque nocturno inundado por la diáfana luz de la luna. Por un momento a Lorenzo le pareció reconocerla, pero luego sacudió en gesto negativo la cabeza: no era capaz de recordar y creyó que la habría confundido con otra. Pensó que de una mujer así se habría acordado.

—En absoluto, señora. Soy todo vuestro —se apresuró a decir.

—¿Os burláis de mí? —preguntó arrugando en un puchero irresistible sus hermosísimos labios. Sus largas pestañas eran pétalos de lujuria.

—¿Cómo podría? —preguntó él—. Solo un loco osaría ir tan lejos. Vuestra belleza me ciega.

La bella dama no fue capaz de contener una sonrisa desarmadora.

—Sois demasiado generoso.

—En absoluto. ¿Acaso todas las damas venecianas son como vos? Yo no lo creo.

—No lo sé, pero es verdad que Venecia está llena de magia y sus mujeres son famosas por embrujar a sus hombres. Yo, en la medida de lo posible, intento aprender ese arte.

—¿Puedo conocer el nombre de una mujer poseedora de tanta belleza?

Laura se llevó el índice a los labios.

—Solo si sabéis mantener el secreto —susurró.

—¡Os lo juro!

—¿Estáis seguro?

—Como estoy seguro del corazón que me late en el pecho. Os lo ruego. Decídmelo.

—No aquí —respondió ella—. Vayamos a un sitio menos concurrido.

Sin añadir palabra, se dirigió con gran frufrú del vestido hacia otra sala. Había en ella un porte tan regio y seductor que Lorenzo no pudo hacer otra cosa que seguirla. La mujer parecía conocer muy bien aquel palacio. Se movía con seguridad y ponía cuidado en mantener alejados a los invitados indeseados, para lo cual se limitaba a hacer relampaguear aquella mirada verde brillante detrás de la máscara.

Después de pasar por otro par de salones increíbles, decorados de la manera más suntuosa y en los cuales se servían platos exquisitos y vinos deliciosos, la mujer llegó a los pies de una amplia escalinata que llevaba al piso superior. Prosiguió sin detenerse. Una vez en el primer piso, giró a la derecha y, recorriendo un largo pasillo, abrió una puerta que también quedaba a la derecha.

Lorenzo se encontró, así, en lo que sin asomo de dudas era una biblioteca. Se cerró la puerta tras ellos.

Las paredes estaban cubiertas por un mueble biblioteca de madera labrada. Las estanterías parecían custodiar verdaderos tesoros: raros y preciosos manuscritos de clásicos griegos y latinos, fruto de un amor desmedido por los estudios humanísticos. La familia Grimani tenía que sentir una extraordinaria pasión por la literatura y la filosofía.

—Impresionante, ¿no es cierto? —preguntó la hermosa dama, como si le hubiera leído el pensamiento. Se apoyó en un escritorio de madera, con la superficie delicadamente tallada y ricos frisos e incrustaciones, y se inclinó ligeramente hacia delante. Al hacerlo, Lorenzo se encontró los ojos colmados por sus senos temblorosos. Subían y bajaban al ritmo de la respiración—. ¿Os habéis quedado mudo, señor? —lo presionó ella.

—No... no... —afirmó él vacilante. Lo que experimentaba era muy diferente de las palabras que se esforzaba en pronunciar. Ya que, a diferencia de aquella aparente seguridad, se sentía en una trampa; como si, de repente, los vapores del vino se hubieran evaporado de improviso y él se encontrara con ella en aquella sala sin haberse dado cuenta. De golpe se percataba de que el juego amenazaba con llegar demasiado lejos.

La hermosa dama no parecía querer echarse atrás.

—¿Os puedo pedir un favor?

—Naturalmente.

—¿Os acercaríais un momento? ¿O tenéis miedo de mí?

Sin mediar palabra, y de manera casi involuntaria, Lorenzo se encontró junto a ella. Aquellos ojos suyos expresaban una voluntad firme a la que no era capaz de resistirse.

—Oh... —dijo ella, mientras una pulsera de oro se le deslizaba por la muñeca.

Lorenzo se agachó para recuperar la joya que había caído sobre una blanda alfombra oriental.

Al inclinarse, la mujer se quitó la máscara y sacó del corpiño el puñal. Aprovechando que él estaba de espaldas, y que no se esperaba un gesto así, hizo el ademán de clavárselo a Lorenzo por detrás. Pero cuando estaba a punto de asestar el golpe fatal, se abrió la puerta de la biblioteca.

Cosimo había llegado a la fiesta. Había saludado a los amigos y a las autoridades secamente: no había tiempo que perder. Tenía que encontrar a su hermano. El caballero Grimani no tenía idea de dónde estaba. Y tampoco Jacopo Tron, avogador de Comun, igualmente invitado a la fiesta. Sin embargo, cuando se encontró con Ludovico Mocenigo, el teniente estaba en condiciones de indicarle el camino que llevaba a la escalera y se ofreció a acompañarle. Lo había visto seguir a una dama de particular belleza y exuberante cabello rojo hasta el primer piso.

—Si quisierais acompañarme, os estaría agradecido —le dijo Cosimo—. Temo que esté en peligro de muerte.

Ludovico asintió. Llamó a un par de guardias de Sestiere que se habían entremezclado con los invitados, con el fin de supervisar la seguridad del lugar, y fueron juntos rápidamente hasta la escalinata que llevaba al primer piso. Subieron los peldaños a la carrera. Después de lo que le había ocurrido a Rebecca, Cosimo no se hubiera atrevido a apostar ni un florín a que encontraría a su hermano vivo; y ese pensamiento lo atormentaba desde que había visto a esa mujer morir entre espasmos de dolor.

Cuando llegaron al primer piso, encontraron frente a ellos un gran salón vacío. Desde ahí mismo se bifurcaban dos pasillos. Se dividieron. Los dos guardias tomaron el de la izquierda. Cosimo y Ludovico el de la derecha, y muy pronto se toparon con la puerta que conducía a la biblioteca.

Cosimo reconoció inmediatamente al hombre de guardia: era aquel maldito mercenario suizo. ¡Aquel que había visto delante de la iglesia de Santa Lucia de Magnoli en el funeral de Niccolò da Uzzano!

—¡Vos! —le increpó—. ¿Dónde está mi hermano?

Por toda respuesta, Reinhardt Schwartz desenvainó la espada y el puñal, y se puso en guardia.

—Me ocupo yo de él —dijo Ludovico Mocenigo—. Vos ocupaos de entrar a ayudar a vuestro hermano.

Al decirlo, desenfundó espada y puñal a su vez y gritó:

—¡En guardia, señor! —Y luego, dirigiéndose a los dos guardias de Sestiere que estaban volviendo del fondo del otro pasillo—: ¡Hombres, a mí!

Mientras Mocenigo y Schwartz comenzaban a intercambiar los primeros golpes de espada y las cuchillas entrechocaban entre siniestros chirridos, Cosimo accionó la manija, pero la puerta no se abrió. Le dio un empujón y la escena que apareció ante sus ojos le quedaría grabada en la memoria para siempre.

Vio a su hermano intentando recoger algo del suelo. Sobre él se inclinaba la figura de una mujer de belleza impresionante que blandía un puñal en la mano, listo para clavarse en la espalda de Lorenzo.

Cosimo no tuvo tiempo de pensar.

Solamente gritó con toda la fuerza de sus pulmones y se dejó caer a plomo hacia su hermano, sacando un puñal que desde hacía un tiempo llevaba siempre consigo.

—¡Lorenzo! ¡Lorenzo!

Aquel grito debió de producir algún efecto, ya que la mujer, sobresaltada, dirigió su mirada hacia él.

Vaciló un instante, pero suficiente. De repente le clavó el cuchillo a Lorenzo, que, por puro instinto, aunque torpemente, pudo rodar por el suelo. No fue bastante para impedir que aquella furia de cabellos rojos pudiera herirlo, pero la cuchilla del estilete alcanzó la espalda de Lorenzo ya tarde y solo llegó a herirlo en un costado.

Se le dibujó en la carne un arco carmesí y el jubón se le desgarró como si fuera mantequilla. Lorenzo gritó.

Cosimo se enfrentó a la mujer empujando la hoja del puñal hacia ella. La miró bien: tenía algo familiar, aunque no fuera capaz de decir de inmediato el qué. Los ojos... Aquellos ojos verdes y anegados de una luz febril... ¿Dónde los había visto? Pero aquello que llevaba era una peluca, sin duda. En aquel momento comprendió: ¡era aquella maldita perfumista! ¿Cómo se llamaba? No se acordaba, pero lo que sabía seguro es que los acosaba desde hacía mucho, demasiado tiempo.

¡Laura Ricci!

Ese era el nombre. Cosimo no sabía por qué la había tomado con ellos, pero estaba al servicio de Albizzi. Eso al menos le quedaba claro.

Tenía los ojos inyectados en sangre.

—Vos, ¡maldito! —dijo con desdén—. Os mataré como a un perro.

Y sin mediar palabra, levantó el cuchillo y dibujó un arco descendente con él. Pero Cosimo fue más veloz: se hizo a un lado y, al mismo tiempo, giró la mano izquierda y le paralizó la muñeca de la mano en que blandía el arma. La sujetó lo más fuerte que pudo mientras con la derecha la amenazaba acercándole el filo del puñal a la cara.

Los hermosos dedos se abrieron y el cuchillo cayó en el suelo con un tintineo.

Entretanto, Lorenzo se había puesto en pie. Mantenía una

mano en el hombro y la sangre se le escurría entre los dedos. Recuperó el estilete.

—¡Basta! —gritó Cosimo—. ¡Deteneos o como que hay Dios que os estropeo para siempre vuestro bello rostro!

—Hacedlo —dijo ella. Su voz era ronca como la de una fiera y saturada de veneno—. ¿No es lo que hacéis vosotros, los Médici? ¿Arruinarlo siempre todo? Me dais asco, señor, hasta lo más hondo.

Cosimo no entendía. La miró incrédulo, pero también con algo de admiración. Aquella mujer era de una belleza deslumbrante. Pero no tenía que dejarse sugestionar. Acababa de intentar matar a su hermano.

—Maldita —dijo Lorenzo—. Desde que ha muerto nuestro padre que andas siguiéndonos los pasos.

Mientras hablaban escucharon, por la parte de fuera, un ruido de cristales rotos.

—¿Qué diablos sucede? —preguntó Lorenzo.

—No tengo idea —respondió Cosimo.

Un instante después, Ludovico Mocenigo, teniente del ejército veneciano, entraba en la biblioteca. Tenía un rasguño sangrante en la mejilla.

Laura no pudo ocultar un gesto de triunfo. Sus ojos de color verde oscuro brillaron de satisfacción y sed de sangre.

—Veo que Schwartz os ha dejado un regalo, señor.

Ludovico no entendía.

—Y vos, señora, ¿quién sois?

—A pesar de la peluca puedo decir que la persona que tenemos delante es Laura Ricci, al servicio de Rinaldo degli Albizzi —dijo Cosimo, con la voz medio quebrada de cansancio.

—¡Ah! —Es todo lo que atinó a exclamar Ludovico, no sin sorpresa.

—Y casi con certeza la responsable de la muerte de Rebecca, nuestra sirvienta. Confesad: Sois vos la que habéis hecho que nos entreguen el vino envenenado, ¿no es verdad?

—¿Vino envenenado? —preguntó Lorenzo turbado.

—Exactamente eso. Y si no hubiera vuelto a casa, no nos habríamos enterado a tiempo, eso por no hablar de que estamos vivos de milagro. —Luego se volvió hacia Laura:

—Entonces, señora, ¿no tenéis nada que decir?

—No tenéis ninguna prueba —respondió ella y pronunció esas palabras como si fueran un insulto.

—Bueno, eso lo determinarán los Diez. Señora, estáis arrestada —anunció Ludovico Mocenigo—. Yo mismo me aseguraré que os entreguen a la justicia y que os encierren en los calabozos del Palacio Ducal.

—¿Qué ha sido de ese hombre? —preguntó Cosimo, aludiendo a Schwartz.

—Ese bellaco ha matado a uno de los guardias y ha herido al otro —dijo Mocenigo—. Por no hablar del tajo que me ha hecho a mí. Al final ha acabado cayéndose por la ventana. No nos molestará más.

—Eso es lo que pensáis vosotros —replicó Laura con una sonrisa cruel.

—Antes de volar al canal, desde más de treinta brazas de altura, me apresuré a plantarle mi espada en el pecho. Por eso a estas horas, si no se ha muerto desangrado, lo habrá matado el hielo de la laguna.

Una sombra pareció cruzar los ojos de Laura, pero luego volvió a ocultar su mirada aquella luz extraña e inquietante.

—Lo creáis o no, en esta vida o en la próxima, me lo pagaréis caro —afirmó.

—Lo dudo —concluyó Mocenigo—. De la prisión del Palacio Ducal no hay regreso posible.

SEPTIEMBRE DE 1434

37

Plaza de San Pulinari

Rinaldo estaba esperándolo.

La situación se había precipitado. Paradójicamente, el confinamiento de Cosimo acabó beneficiándolo, pensó Palla Strozzi mientras a la cabeza de los suyos avanzaba al trote hacia la plaza de San Pulinari. Había escogido una escolta de tamaño discreto, ya que no tenía intención de quedarse en la batalla. Solo quería sortear el asunto sufriendo el menor agravio posible.

La gente estaba en su contra.

El pueblo estaba en su contra.

Y hasta el papa Eugenio IV, que esos días se encontraba en Santa Maria Novella y no en Roma, había hecho de todo para evitar aquel desastre.

Cosimo de Médici, por otro lado, estaba tranquilo y bien arropado en Venecia. Se rumoreaba que vivía en los apartamentos del duque Francesco Foscari disertando de arte y filosofía, mientras su hermano Lorenzo ampliaba aún más la red financiera de la importante filial veneciana del Banco. En pocas palabras, se daban todos los elementos como para decir que su gobierno y el de Rinaldo y los otros aliados se había convertido en una derrota absoluta. No habían sido capaces de obtener el poder y, si en algún momento lo fueron, aquella victoria se había probado tan efímera y lábil que hubiera sido mejor no haberla obtenido nunca.

Lo cierto era que estaban cayendo de la manera más dura y ruinosa desde alturas inconmensurables a los abismos de la codicia y al fracaso estrepitoso y Palla tenía demasiada experiencia en el terreno político como para no saber que aquello era el principio del fin.

Por eso él y Rinaldo estaban allí, a la intemperie, haciendo la guerra y exponiéndose a que los mataran. Palla pensó que se habían equivocado en todo. Que el exceso de acritud de Rinaldo los había cegado y les había impedido entender la más obvia de todas las ecuaciones: que sin el dinero de los Médici, Florencia se hundiría en la miseria. Y eso es lo que había ocurrido: la guerra con Lucca, los últimos estragos de la peste, y la política de austeridad y muerte de Albizzi se asemejaban a las plagas de Egipto. Él estaba intentando zafarse de esa situación que amenazaba con desbordarlo. Tenía un hermoso verbo Francesco Filelfo, quien tronaba desde su cátedra de Elocuencia de la Universidad que había que condenar a muerte a Cosimo. Porque, cuanto más se mantenían en posiciones extremas, más parecía fortalecerse Cosimo a los ojos de todos. Venecia estaba en contra, la Francia de Carlos VII también estaba en contra y hasta Enrique VI de Inglaterra estaba en contra. ¡El papa estaba en contra!

Habían logrado la oposición del todo el mundo civilizado. Inútiles, eran un puñado de inútiles.

Al llegar a la plaza, vio a Rinaldo con todos sus hombres

como manchas negras en aquella mañana de otoño. Albizzi llevaba un jubón gris oscuro y una larga capa de color violeta, bordada en piel. Calzaba unas botas que le llegaban a las rodillas y en el cinto portaba espada y puñal. Un sombrero de terciopelo completaba aquel atuendo marcial de desfile. Pero eso era y no otra cosa: una mascarada de soldado sin serlo realmente. Y cuando se intenta ser lo que uno no es, el resultado no puede ser más que uno: la derrota.

Rinaldo se hacía ilusiones: creía que todavía podía encauzar la situación, pero ya era demasiado tarde.

Cuando Palla lo vio, asintió.

Fue a su encuentro. Los caballos golpeaban con los cascos el empedrado de la plaza de San Pulinari. El frío viento silbaba y los hombres armados parecían diablos esperando a batirse con el enemigo.

—Finalmente, has llegado —dijo Rinaldo—. Te has hecho esperar, ¿eh? Rodolfo Peruzzi y Niccolò Barbadoro ya están aquí —prosiguió señalando a los amigos.

—Giovanni Guicciardini no ha venido. Veo con amargura que tampoco tú estás en plan de guerra hoy. ¿Tan poco cuentan tus promesas? —Las palabras se le escaparon preñadas de veneno y desprecio al ver los pocos soldados que seguían a Palla—. Qué desilusión, amigo mío. Tienes todo mi desprecio —sentenció al final Rinaldo degli Albizzi.

—Puedo entender tu ira... —empezó a decir Palla, pero no logró acabar.

—¡Cállate, que ya has hablado demasiado! Os advertí que a los Médici había que matarlos. Pero tú y el otro cobarde de Bernardo Guadagni, que se ha llenado los bolsillos con mi dinero y el de Cosimo, tal y como indica su nombre, habéis preferido mandarlo al destierro. Y yo he cometido el error de escucharos cuando tendría que haberos cortado el cuello a todos. Al actuar como hicisteis me habéis traicionado tres veces: la primera, cuando pedisteis el exilio para Cosimo, la segunda cuando yo decía que había que matarlo y no quisisteis escucharme y la tercera ahora mismo, al rechazar ir a las armas conmigo.

Palla Strozzi sacudió la cabeza en señal de negación.

—No lo entiendes, Rinaldo...

—No hay nada que entender —le cortó Albizzi—. Siempre has dicho tonterías y yo he sido un idiota al escucharte. Ahora corre a refugiarte en tu casa, no te necesitamos aquí. Y espera que yo no vaya a por ti, porque si lo hiciera sería para cortarte la cabeza y clavarla en una lanza.

Palla Strozzi comprendió que no había mucho más que decir.

Por eso hizo que su caballo diera media vuelta y se fue por donde había llegado, junto con sus soldados.

Fue un verdadero papelón, ya que estaba claro a los ojos de todos que, con independencia de lo que resultara en la batalla, él ya había perdido. Y Rinaldo lo guardaría bien en su memoria. Estaba tan cansado de él, de sus promesas incumplidas, de sus batallas sobre el papel, de las eternas indecisiones que, en cierta manera, fue casi una liberación. Mucho mejor no ser socio que ver que quien te dice que está contigo luego actúa de otra manera. Más vale, en todo caso, reducir las filas y ver qué te reserva el destino con unos pocos amigos leales.

Rinaldo degli Albizzi les gritó a los suyos que siguieran adelante.

Los hombres alzaron las lanzas y las alabardas: eran un buen puñado de soldados y no vacilarían en atacar el Palacio de la Señoría para intentar ver qué pasaba si se usaban las armas.

—Que tengan la palabra las armas —gritó Rinaldo—. ¡Bastante tiempo llevan ya calladas!

Al oír este discurso, los hombres se lanzaron como un mar de placas de acero y cuero hacia el Palacio de la Señoría. Avanzaban desordenados como una manada de lobos. Se dirigieron directamente a la puerta del edificio. Parecían invencibles y animados por deseos asesinos.

Y entonces sucedió lo que no estaba previsto.

Los hombres de Rinaldo corrieron hacia delante, pero en un santiamén se quedaron sorprendidos y atónitos por algo que los dejó petrificados.

Desde la Torre de Arnolfo di Cambio y todavía más allá de las almenas del palacio, les disparaban un río negro de flechas. Los soldados vieron las saetas saltar al cielo gris, oyeron su silbido febril y se percataron demasiado tarde de que estaban al descubierto en medio de la plaza. De ese modo se convirtieron en la más fácil de las dianas.

Los dardos, lanzados por arqueros apostados a cubierto en el palacio, llovían sobre ellos como agujas infernales. Los soldados levantaron el escudo en el desesperado intento de protegerse, preparándose para el impacto con las puntas de hierro. A muchos ni les dio tiempo de cubrirse.

Las flechas perforaban los escudos y encontraron recónditas vías para morder la carne. Algunos se llevaban las manos a la garganta. Otros se vieron con la cola de un dardo ante los ojos y la punta ya clavada en el rostro.

Rinaldo vio a algunos de sus hombres llevarse las manos al pecho, abatidos por la ola de flechas. Caían boca abajo en la plaza, que acabó por anegarse en sangre.

¿Cómo demonios había sido posible? ¿Tanto tiempo había perdido esperando, que durante la noche el adversario se había atrincherado y se había organizado en el Palacio de la Señoría?

No tenía idea, pero era un hecho que desde la Torre de

Arnolfo y desde la pasarela del primer piso los arqueros atacaban sin respiro.

Vio a los suyos caer. Sintió un dardo que le pasó silbando muy cerca. Se agachó justo a tiempo. Gritó. Pero la plaza se convertía en una carnicería. Estaba convencido de que podría tomar el palacio fácilmente, pero no había pensado que los que querían el regreso de Cosimo se hubieran organizado de manera tan rápida y eficaz.

Apretó los dientes.

—¡Hombres, a mí! —gritó.

Pero ahora sus soldados retrocedían intentando no ponerse a tiro y alejarse de aquella lluvia de flechas que los clavaba al empedrado de la plaza uno tras otro.

Rinaldo experimentó una ola gélida de sorpresa. No se había esperado algo así. Y aunque hubiera tenido la sospecha tampoco habría cambiado nada, ya que una cosa es ponerse en lo peor y otra cosa verlo acontecer delante de tus propios ojos.

Cambio Capponi corría hacia él, cuando lo vio abrir los brazos hacia delante y desplomarse, alcanzado por una flecha. Seguía lloviendo acero, hasta que los hombres lograron finalmente ponerse a salvo de los disparos de los arqueros.

La plaza se había llenado de cadáveres y todo había sucedido en un abrir y cerrar de ojos. Hombres agonizantes tendidos sobre el pavimento, cubiertos de flechas. Caballos abatidos. Heridos que no dejaban de gritar con la voz rota de dolor. Rinaldo se mantenía al margen de la batalla, fuera del alcance de los arqueros; aquel era, después de todo, el propósito de quedarse en la retaguardia. No tenía intención alguna de dejarse matar; y menos aún de combatir. Pero se había dado cuenta de que había cometido un error fatal y que ese enfrentamiento tan esperado se había resuelto ya en gran medida y de un modo dramático para sus hombres. Los había cogido desprevenidos, dando por descontado que la toma del palacio sería un paseo de nada. Y, muy al contrario, se había revelado como una marcha hacia el infierno. Ahora los hombres de la República lo miraban con aire desafiante desde las almenas; y tenían buenas razones para ello, visto todo lo que había sucedido.

¿Qué demonios podría hacer en esos momentos? Los había mandado al matadero y eso era todo.

Niccolò Barbadoro bajó de su caballo. Tenía las manos ensangrentadas de la sangre de compañeros que le habían pedido ayuda y que murieron entre sus brazos. Escupió al suelo mientras su caballo negro se encabritaba, soltando espuma blanca.

—¡Puaj! —exclamó—. ¿Y ahora cómo salimos de esta?

—¡Al ataque de nuevo! —gritó Rinaldo. Las palabras fueron proferidas en una suerte de reacción espontánea, hija de la frustración y de la impotencia. Pero al decirlas sentía, antes incluso de pronunciarlas, su locura. Ni con otras diez cargas hubieran alterado el resultado lo más mínimo.

—¿Estás loco? —le gritó otra vez Niccolò Barbadoro—. ¿Quieres que nos maten como perros? ¿Y qué ganamos con eso? ¿En nombre de qué? ¿De esa ciega ambición tuya que nos ha perdido ya? ¡Empiezo a creer que Palla Strozzi tenía razón!

Rinaldo estaba a punto de responderle, pero se percató de que alguien se acercaba desde la plaza de la Señoría. Montaba un caballo blanco y llegaba con las manos en alto.

—¿Se rinden? —preguntó, incrédulo, Niccolò Barbadoro.

Rinaldo hizo un gesto con la mano para acallarlo.

Conocía bien a aquel hombre: era Giovanni Vitelleschi, buen amigo suyo y de los pocos patriarcas estimados de Florencia. De golpe, las flechas cesaron, como por ensalmo, y el viejo sabio llegó finalmente donde estaba Rinaldo y luego donde estaban Niccolò y todos los demás.

—Hijo mío —dijo Giovanni con voz serena cuando estuvo frente a él—, vengo hasta vos, enviado por el papa Eugenio IV que, como bien sabéis, se encuentra en Santa Maria Novella, retirado allá a causa de los levantamientos que lo han obligado a alejarse de Roma.

Rinaldo lo miró, ya que no sabía dónde quería llegar Giovanni.

—Os escucho —dijo sin añadir nada más.

—Pues bien: ya habéis visto con qué ardor os combate Florencia y, por contra, de qué modo os han abandonado Palla Strozzi y Giovanni Guicciardini. Ahora, en mi calidad de portavoz, os informo de que el papa Eugenio IV estaría dispuesto a negociar para vos con el Palacio las condiciones honorables de vuestra rendición y la de Niccolò Barbadoro. Confía en vos y sabe que habéis sufrido bajas y, sin embargo, considera que sería más provechoso para todos que quisierais acceder al palacio y hablar en lugar de luchar contra vuestros hermanos. Naturalmente, la decisión es vuestra, pero, a fe mía, no creo que podáis tomar el palacio fácilmente; y antes de que eso aconteciera, perderíais muchos más hombres. ¿Es lo que queréis?

Rinaldo lo miró a los ojos. Sabía que Giovanni tenía razón y, por lo que podía ver, los soldados del palacio estaban preparados para resistir.

Se quedó pensando mientras los hombres lo miraban con una mezcla de miedo e incertidumbre en los ojos.

Sabía que, al hacerlo, perdería toda credibilidad y confianza y, por otro lado, a la vista del catastrófico resultado del primer asalto, quizá no valía la pena ya aventurarse más. Y, al margen de cualquier consideración, lo que había dicho Giovanni Vitelleschi era indiscutible. ¿Cómo hubiera podido forzar la entrada al palacio después de que sus hombres se vieran debilitados en su espíritu antes de verse diezmados en número? ¿Y él hubiera sido capaz de salvarlos de aquello que se presagiaba como una masacre? La posición en el campo de batalla era, por decir lo menos, desigual. Y antes de que sus hombres hubieran avanzado siquiera cincuenta pasos, los arqueros que estaban a resguardo en las almenas de la torre los hubieran masacrado de nuevo.

No se necesitaba ser un genio para comprender que antes de volver a aquel martirio de hierro, sus hombres se rebelarían contra él y le arrancarían la piel a tiras. No había más que fijarse en las miradas a su alrededor. A menos que se inventase alguna solución.

Pero, a pesar de devanarse los sesos, Rinaldo no la encontraba: no era un estratega y, menos aún, un jefe valeroso. Siempre había sido fuerte con espadas ajenas y su fracaso era incluso peor en aquel momento porque llegó de repente e implacable, y parecía que lo hubiera despertado, de golpe, de todo sueño de gloria.

Negó sacudiendo la cabeza.

Le costaba admitir que todo estaba perdido. Pero a veces en la vida no hay elección.

—Decidle al papa Eugenio IV que pensaré seriamente sobre el asunto —concluyó— y que si tuviera que seguir su consejo espero que él actúe de garantía para mí y mis partidarios.

Con esas palabras se puso en pie, en espera de saber qué hacer, bajo el sol pálido que brillaba alto en el cielo.

38

Las fuerzas de las partes se invierten

Mi adorado Cosimo:

Después de un año de tu ausencia, me ha sobrevenido el momento en que el aburrimiento y la espera son insoportables. Sin embargo, también es el momento de tu retorno y mi corazón se desboca de alegría y de amor como nunca antes.

Giovanni de Benci me ha confirmado los acontecimientos de los últimos días. Rinaldo degli Albizzi no solo no ha logrado conquistar el Palacio de la Señoría, sólidamente defendido, sino que ha aceptado, tras la intercesión del papa, retirar sus hombres. Pero, aprovechando su incertidumbre, los nobles que están en su contra han convocado al pueblo en Balia, han ordenado tu inmediato regreso a Florencia, y han condenado a Rinaldo degli Albizzi, Rodolfo Peruzzi, Niccolò Barbadoro y Palla Strozzi al confinamiento y con ellos a todos sus acólitos. Parece que Rinaldo ha intentado oponerse, pero no le ha servido de nada. Estuvo despotricando contra el papa Eugenio IV, porque fue quien lo traicionó sin saberlo. Le han confiscado bienes y tierras y ahora es él, Rinaldo, el que se ha ido de la ciudad y se ha refugiado en Ancona.

De todos modos, la República te espera, Cosimo.

Hemos regresado a casa, a la Via Larga, y solo espero acogerte entre mis brazos. Te he echado tanto en falta... Estoy pensando qué ponerme para estar hermosa para ti y tu llegada. Se dice que te proclamarán *pater patriae*. Las aguas vuelven a su cauce: ¿quién iba a decir que este exilio iba a fortalecer tu posición?

Y sin embargo, es eso lo que ha ocurrido.

Y ahora, Cosimo mío, te espero... Intenta volver pronto, ya que Florencia te aclama y te reclama.

Y yo con ella.

Para siempre tuya,

CONTESSINA

Cosimo se metió la carta en el bolsillo del jubón, justo encima del corazón.

Era como si las palabras de su mujer fueran un bálsamo y como tales le curaran las heridas del alma.

Se habían detenido en un manantial para que los caballos pudieran abrevar. Hacía horas que galopaban sin cesar. Pero llegaba el momento de ponerse en ruta nuevamente. Florencia no estaba lejos y si continuaban a ese ritmo la avistarían pronto.

Volvió a subirse en la silla de montar. Hizo girar al caballo en redondo, luego lo espoleó y lo lanzó al galope. Lorenzo, Giovanni y Piero, todo su séquito, y los caballeros que los habían seguido, se mantuvieron en la retaguardia.

Mientras galopaba pensaba en Venecia y en las amistades que allí había dejado.

Francesco Foscari era amigo suyo y también el teniente Ludovico Mocenigo y, por él, incluso el propio Gattamelata. Venecia había demostrado ser una preciosa aliada de Florencia e igualmente Francesco Sforza, que deseaba tomar el Ducado de Milán para sí. Por lo tanto había que sacar provecho de ese momento y extender su hegemonía sobre Florencia para crear una nueva relación con el papa y Roma. Solo llegados a ese punto habría podido ganar la paz para su ciudad, ya que ello pasaba inevitablemente por la derrota de Filippo Maria Visconti y el actual Ducado de Milán, que no hacía más que agitar la ciudad de Lucca contra ellos.

Pero había llegado el momento de la paz o, por lo menos, del renacimiento. ¿En qué punto estaría la cúpula de Santa Maria del Fiore? ¿Cuáles eran los recursos de la ciudad? ¿Se habría aplacado la peste? Esas preguntas se le agolpaban en la mente. No debería infravalorar más a sus enemigos, pero, al mismo tiempo, no se había provisto de escolta, dejando entrever que lo acaecido en los últimos tiempos no había cambiado las costumbres suyas ni, menos aún, las de su familia.

Miró con confianza hacia delante y volvió a asomarle una sonrisa en la cara: vio la campiña florentina delante de sus ojos con prados dorados de grano. El cielo, de un azul tan intenso que dejaba sin aliento, brillaba benévolo encima de ellos y también el sol, que clareaba un aire cargado de perfumes de flores y heno recién segado.

Los caballos galopaban a lo largo del camino y tras atravesar prados y campos, Cosimo y Lorenzo vieron ante ellos Florencia. Se recortó ante sus ojos de manera imprevista, altiva, rodeada de murallas y atestada de torres: era tan hermosa como para dejar a hombres mejores que ellos sin palabras.

Cuando poco a poco se aproximaron, Cosimo sintió crecer una conmoción en su alma. Con el paso de los años, le era cada vez más difícil reprimir las lágrimas en momentos como aquel.

Tal vez era por la lejanía de su amada Contessina, tal vez por haber sufrido tanto tiempo y haber arriesgado la vida tan solo un año antes, tal vez porque sentía que aquella ciudad todavía no le había concedido el triunfo supremo y él se obstinaba en preguntarse si, llegado el momento, sabría estar a la altura.

Tal vez, también, porque al mirarla le volvían a la mente su padre y su madre, a los que había querido tanto y que ya no estaban ahí.

Las razones eran múltiples y, sin embargo, sin preguntarse ya más por qué, dejó que le rodaran las lágrimas.

Y así, lloró.

Y descubrió que, como decía su madre, en las lágrimas no había nada de lo que avergonzarse, sino solo la fuerza de quien se deja llevar por aquellos sentimientos que, alegres o tristes, dependiendo del caso, hacen que un hombre sea un hombre.

Habían pasado los meses, pero Laura sabía que tenía que tener paciencia. La celda no era gran cosa, pero el carcelero, Marco Ferracin, era un buen tipo. Más aún: se sentía atraído por ella. Lo sabía, estaba segura. Tampoco dudaba de que seguiría hablando con él. Le llevaría algo más de tiempo, pero no podía perder la esperanza. Como el agua va erosionando la roca, así su capacidad de resistir había dominado al tiempo: tenía que perseverar. Se había enfrentado a cosas peores en su vida y, una vez más, todo lo que pretendía hacer era pensar en una única cosa: sobrevivir.

Para hacerlo, habría engañado, mentido y manipulado. Eran artes, aquellas, que nunca le habían traicionado y a las que se había confiado siempre porque nunca alguien importante había intentado ayudarla. Por eso se había acostumbrado a vivir con la escoria humana, los ladrones y los traidores, los verdugos y los oportunistas y, al hacerlo, el vicio y el crimen se le habían hecho tan familiares que ni que quisiera era capaz de sustraerse a todo ello. En cierto sentido no hubiera podido imaginarse vivir una vida normal y, quizá, tampoco la hubiera querido.

Era demasiado tarde, de alguna manera. Su alma se corrompió cuando no era más que una niña. ¿Qué se podía esperar ahora? ¿Poder volver a ser una mujer respetada? Nunca ocurriría. Nunca. Y la verdad era que tampoco Schwartz había ido a salvarla. No creía que estuviera muerto, pero sabía que tendría que arreglárselas sola.

Por ello no había alternativa. Tenía que liar a aquel hombre. Toda su vida había vivido de eso.

Estaba absorta en esos sombríos pensamientos cuando oyó la puerta de hierro de la celda crujir y abrirse. Miró a Marco Ferracin que entraba. Parecía que lo acompañaba alguien detrás. Al principio, Laura no comprendió. Su carcelero estaba blanco como el papel y temblaba. De repente un cuchillo le estalló en el pecho e hizo que brotara una fuente de sangre alrededor.

Ferracin cayó de rodillas y se desplomó hacia delante.

El hombre que iba detrás estaba cubierto por una capa oscura con capucha y vestía uniforme de la guardia del Palacio Ducal, con mangas azules y franjas de oro. Calzaba botas altas hasta la rodilla y portaba una coraza de acero en el pecho con placas que lucían en su centro el león de San Marco, símbolo de la Serenísima. Pero cuando se quitó la capucha, Laura lo reconoció de inmediato: los ojos azules y glaciales, los tupidos bigotes rubios y el pelo rojo no dejaban lugar para la duda.

¡Reinhardt Schwartz!

¡Estaba vivo! ¡Y estaba allí por ella!

—Estás aquí —murmuró—. Estás vivo... ¿Has venido aquí por mí? —La voz le tembló, porque no creía en un milagro como ese.

—Moriría por ti, *mein Schatz*.

Laura rompió a llorar.

Reinhardt, por primera vez, la abrazó. Ella se perdió en él, deseando detener ese instante para siempre.

—Di... dímelo —murmuró.

—Más tarde —le respondió—, ahora no tenemos tiempo. Ponte esto, rápido. Si nos descubren estamos acabados.

De debajo de la capa sacó un fardo. Lo extendió sobre la mesita de madera de la celda y descubrió su contenido: un par de botas, un uniforme de guardia y una capa con capucha.

—Con un poco de suerte —continuó— podría funcionar.

Ella se vistió deprisa. Se recogió los cabellos y se bajó la capucha hasta los ojos.

—Maldita sea —dijo Reinhardt.

—¿Qué pasa? —preguntó ella.

—Que incluso así eres demasiado hermosa.

Laura sonrió. Se enjugó las últimas lágrimas. Se calló.

—Ahora —prosiguió Reinhardt, cogiendo un gran mazo de llaves del cinto de Marco Ferracin— sígueme y pase lo que pase quédate a mi lado. Déjame hablar a mí y mantén la mirada baja. Esperemos no encontrarnos a nadie.

—¿Y si sucede?

—Ya pensaré en ello, *mein Schatz*.

Apenas dicho, Reinhardt abrió la puerta. Laura lo siguió.

Se encontraron en un pasillo largo. Brillaba el fuego de las antorchas, iluminando el camino con una luz frágil y palpitante. Avanzaron hasta el final del pasillo, al cual daban las puertas respectivas de otras muchas celdas de aquella ala del edificio. Se encontraron en la planta baja del Palacio Ducal. En los calabozos. Muy cerca del agua de la laguna. Llegaron al final del pasillo, subieron una escalinata corta y estrecha para luego desembocar en el patio principal. Los guardias formaban por parejas. Exactamente como Reinhardt y Laura.

Schwartz se movió rápidamente, con ella a su lado. Caminaban con arrogancia, como si estuvieran en su elemento. Hasta que, cuando se hallaban a unos pasos de la puerta de entrada, los dos guardias se les aproximaron.

Schwartz se mantuvo un poco más adelantado, para poder afrontar cualquier imprevisto.

—¿Qué hacéis aquí? —preguntó uno de ellos.

—Nos han avisado de la llegada de una carga que exige nuestro control.

—¿En serio?

—El teniente Ludovico Mocenigo, del ejército veneciano, me lo ha pedido personalmente.

—¿Estáis seguro? ¿Tenéis órdenes escritas?

—Claro que no. Pero no tengo ninguna intención de sufrir una regañina por estar cumpliendo mi deber. Por eso os pido si seríais tan amables de venir con nosotros. La barca nos espera en el muelle, justo aquí fuera.

Al tiempo que terminaba de hablar, Schwartz continuó caminando hacia el portón, tratando de reducir el trecho que los separaba de la libertad.

Sabía que su destino y el de Laura dependían de con cuánta desfachatez era capaz de mentir. Es verdad que podía provocar un enfrentamiento, pero en poquísimo tiempo se encontraría con toda una legión encima, por no mencionar que les llevaría tan solo un segundo darse cuenta de quién era la persona que lo acompañaba, en cuanto le levantaran la capucha.

Por eso eligió seguir actuando, al menos hasta que alcanzasen el puente de la barca que estaba allí, esperándoles para ponerlos a salvo.

Entonces pasaron la Porta del Frumento. Laura, a su lado, se las arreglaba para mantener bien calada la capucha hasta los ojos. Los dos guardias les pisaban los talones. Subieron por el embarcadero que daba acceso directo al muelle y, desde allí, una vez localizada la barca, fue un juego de niños saltar sobre ella.

Laura lo siguió.

Y los guardias hicieron lo mismo.

Cuando el soldado que hablaba siempre hizo ademán de volver a abrir el pico, Schwartz se anticipó y abrevió, dejándolo con la palabra en la boca.

—Isacco —dijo, dando una palmada—, te ruego que muestres la mercancía que Ludovico Mocenigo, teniente del ejército veneciano, nos ha pedido controlar.

Un hombre de ojos negros y nariz aguileña, un comerciante judío, acudió a su encuentro, llevando consigo un saco de tela.

—Veamos —continuó Schwartz. Fingió inspeccionar el saco. Luego, volviéndose hacia los guardias, añadió—: Mirad, amigos míos, qué maravilla...

Los dos, más por curiosidad que otra cosa, se inclinaron hacia delante, con la idea de ver lo que contenía aquel saco que parecía medio vacío. En cuanto los vio agacharse, Schwartz extrajo de debajo de la capa dos puñales que llevaba bien escondidos y con un doble golpe ascendente les cortó el cuello.

Los cuchillos brillaron silenciosos y repentinos y, en un

instante, los guardias se entregaban a un gorgoteo ahogado. Schwartz puso buen cuidado en abrazarlos en el momento mismo en que se iban a desplomar en el puente de la barca y acompañó su caída haciendo como si se sentaran los tres juntos, para lo que se apoyó en un lado de la embarcación. Entretanto, Isacco había soltado amarras y, sirviéndose del remo, empujaba contra los postes de amarre, de manera que pudiera alejar la barca del pequeño muelle.

Alguien levantó una lámpara desde el embarcadero.

—¿Quién va? —gritó.

Schwartz se puso en pie.

—Guardia de la Serenísima República —dijo—. Acompañamos a este comerciante al Arsenal. Lleva un cargamento de armas para el ejército veneciano.

—Muy bien —respondió el otro.

Después las voces se callaron. El único ruido era el lento oleaje que la barca producía en las aguas de la laguna.

En cuanto estuvieron lo suficientemente lejos del Palacio Ducal, Reinhardt lanzó al agua a los dos guardias muertos.

La lámpara de la barca alumbró el rostro de Laura y Schwartz la vio encendida de pasión.

—Te amo —dijo ella—, aunque no sé dónde me llevará ese sentimiento.

Él la miró fijamente a los ojos: vio su belleza y la manera en que había decidido fiarse de él. Sabía que el lugar donde iban no era un paraíso de vino y rosas, pero era el único camino posible para volver a empezar y tener una vida. La apreciaba demasiado como para ocultarle esa verdad.

—Por desgracia, nos aguarda un futuro repleto de incertidumbres. ¿Podrás perdonarme alguna vez por ello?

—Siempre y cuando esté a tu lado, Reinhardt, siento que podría superar cualquier cosa.

—Te prometo que estaré a tu lado. Lo que no puedo garantizarte es protegerte del sufrimiento y del dolor.

—Dolor y placer siempre han estado unidos en mi vida, en una mezcla misteriosa e ineludible. No creo que sea capaz de vivir de una manera diferente; seguramente ni siquiera estaría en condiciones de apreciarlo.

Él sonrió con amargura, pensando en cuánta verdad había en aquellas palabras y en cómo él mismo había aceptado ese cáliz, bebiendo cada día una dosis amarga e indefectible, un veneno cotidiano que con el tiempo le había drenado el alma. Se había entregado, por enésima vez, a un nuevo amo, cada vez uno peor que el anterior, y lo había hecho porque, en el fondo de su corazón, temía no tener otra opción.

—Soy muy cobarde —dijo mientras la barca se mecía en las aguas negras de la laguna.

—No lo eres en absoluto —le contradijo ella con una firmeza tal que casi le otorgaba el perdón a las acciones que había llevado a cabo.

—¿Quién más hubiera venido a liberarme? —prosiguió ella, como enfatizando y confirmando el pacto de amor y maldición que los unía.

—No lo sé —respondió Reinhardt—, pero tu liberación está ya hipotecada por una nueva esclavitud: ahora somos los dos propiedad del duque de Milán.

Bueno, ya está: lo había dicho, pensó. Esa confesión lo hizo sentirse mejor, al menos por un instante.

Ella no parecía muy turbada.

—¿Y eso es todo? —preguntó—. ¿Crees de verdad que eso es como para espantarme?

—No, no —dijo él—; aunque ese hombre está loco.

—No tengo ninguna duda al respecto. Pero las personas como nosotros encuentran su fuente de vida precisamente en la locura. Como decía, creo que placer y dolor son la esencia misma de nuestra vida. Son ingredientes a los que no podemos renunciar ya que la ausencia del uno o del otro nos quitaría las energías necesarias para alimentar nuestra necesidad enfermiza de autodestrucción.

Reinhardt callaba y pensaba cuánta verdad había en esas palabras.

Así, sin decir nada, cogió a Laura entre sus brazos y la besó. Sintió sus labios suaves y perfumados y saboreó la maldita inocencia que albergaba. Había en ella, pese a todo, una especie de candor diabólico que lo embrujaba, subyugándolo a su belleza y a la profunda y larga sombra en la que había elegido vivir.

Justo como él.

La besó largamente, tratando de arrebatarle el alma. Vio la curva morena e irresistible de su cuello, los pómulos altos y, además, el declive maravilloso de sus senos. Le desnudó los hombros, cubriéndolos de besos. Se dejó ir hasta perderse en ella, esperando que aquel abandono borrara al menos un rato el sentido de culpa que lo devoraba.

¿Habrían podido fugarse los dos en ese momento? ¿Para ir adónde? Los hombres del duque estaban escondidos en la barca, bajo la cubierta, hombres que debían escoltar su huida pero que, al mismo tiempo, los habrían perseguido hasta matarlos si él hubiera faltado a la palabra dada.

Sonrió.

Ser un hombre de Rinaldo degli Albizzi le había robado la libertad para decidir su futuro, que era un tanto extraño, siendo él un mercenario. De hecho, era el hombre más leal de la historia.

Pronto también Laura descubriría lo difícil que era estar al servicio de Filippo Maria Visconti, al que Rinaldo había confiado su propia vida y con ella la de sus bienes más preciados: Reinhardt Schwartz y Laura Ricci.

Los había vendido para salvarse de la muerte y para asegurarse un pedazo de futuro. Y el mañana incierto y oscuro de Albizzi contenía también sus esperanzas y las de Laura.

Meneó la cabeza en gesto de desaprobación, pensando que había algo sombrío y equivocado en su vida. Pero luego se sacudió las ideas que le asaltaban la mente y decidió, una vez más, rendirse y abandonarse a las caricias de Laura.

Antes o después, tendría que contárselo todo, pero, en aquel momento, no tenía el valor de hacerlo.

SEPTIEMBRE DE 1436

39

Filippo Maria Visconti

Filippo Maria Visconti lo miraba con esas maneras suyas odiosas que lo volvían loco. Estaba en la bañera de piedra que, por sus dimensiones y forma, más parecía una piscina: la carne blanca y fofa se volvía traslúcida por el velo de agua clara.

Rinaldo degli Albizzi tenía la sensación de que iba a vomitar de un momento a otro. Con un esfuerzo supremo se contuvo. ¿Cómo podía el duque de Milán haber quedado reducido a eso? Parecía un cerdo puesto en remojo antes de la matanza. Eso por no hablar de aquella frente pronunciada, hasta el punto de resultar desagradable, y del cuello arrugado por lorzas rosadas de grasa.

¡Qué desastre!

Mientras él seguía allí, desheredado y abandonado por todos, aquella gigantesca bola de sebo dominaba todo el Ducado de Milán y tenía el poder de concederle hombres y armas para cambiar el curso de la historia.

Solo si quería...

Filippo Maria lo miraba con sus ojos porcinos y se reía de él. Y, además, ¿no era la suya una posición desesperada?

Rinaldo lo sabía bien; tanto era así que ya ni siquiera se preocupaba de esconder sus movimientos. Su fuga a Milán, en el intento de obtener el apoyo del duque, se remontaba a hacía más de dos años. Era un hecho sabido por todos, incluso por aquellos fanáticos florentinos que parecían haberse jurado verlo muerto a toda costa.

También sabía que para esperar cualquier ayuda del duque tendría que dar algo a cambio. Aquel hombre era tan horrible como codicioso e inteligente. Por eso Rinaldo había pensado en dos bienes fundamentales y de extraordinaria importancia para él: el dinero que le quedaba y las únicas personas que podían representar un bien tan valioso como el oro, o tal vez más, dada la naturaleza depravada de aquel hombre.

Sus manías eran bastante conocidas y sus costumbres sexuales, en las que se mezclaban hombres y mujeres, también. Las orgías que organizaba en sus aposentos eran legendarias, así como sus raptos coléricos, fruto de temores incomprensibles, seguramente ligados a taras ancestrales que debieron de marcarlo en su más tierna infancia.

Por todo eso le servían Reinhardt Schwartz y Laura Ricci.

Rinaldo sabía que abandonándolos a la merced de Visconti no le quedaría ya nada, como a un jugador sin dinero y sin perspectivas, pero, entonces, si hubiera esperado o, peor aún, si hubiera rechazado que se quedara con sus mejores hombres... ¿Qué es lo que hubiera obtenido?

¡Absolutamente nada!

Por lo tanto, mejor apostar el todo por el todo. Y es lo que había hecho.

Cuando cayó en desgracia, su mercenario suizo se había visto obligado de nuevo a tomar la enésima decisión. Schwartz había acabado en el agua de los canales venecianos y se encontró sucio y herido. Solo gracias a la intervención de los hombres de Rinaldo había logrado salvarse. Es verdad que podía haberse buscado la vida prestando sus servicios a otro señor, pero, cuando se ha elegido estar a sueldo de Albizzi, no es fácil encontrar otro trabajo. Y más difícil era hacerlo estando gravemente herido.

Por eso, cuando Rinaldo fue expulsado de Florencia y se estableció en Milán, aceptó de buen grado la idea de ponerse al servicio de Filippo Maria Visconti, para ayudar a su señor. La elección no fue la peor de todas y, además, le había permitido a Rinaldo abandonar Trani y llevarse consigo un puñado de oro y soldados.

Schwartz, naturalmente, había impresionado mucho a Filippo Maria, que apreciaba los buenos puñales más que cualquier otra cosa. Especialmente en un periodo como el de esos dos últimos años, durante los cuales se había encontrado luchando en la guerra de sucesión del Reino de Nápoles y paralelamente contra las repúblicas de Florencia y Venecia.

Y cuando Schwartz fue a combatir bajo los colores de la serpiente de Visconti, había conquistado rápidamente el aprecio en el campo de batalla y había encontrado la manera de financiar su incursión en la zona del Véneto para ir a liberar a Laura. La misión no estaba exenta de costes y por ello el noble Visconti había desempeñado el papel que mejor se le daba: el de usurero.

Filippo había puesto como condición *sine qua non* que Laura se convirtiera en una de sus favoritas en pago a haber contribuido a su liberación.

Rinaldo no había escatimado descripciones en las que magnificó sus dotes de prostituta, además de perfumista y envenenadora. Y esa mezcla sugerente había azuzado la pasión y la curiosidad de Filippo Maria Visconti.

No obstante, como la mujer diabólica que era, Laura había sabido interpretar un papel diferente y lo había hecho con una inteligencia casi felina. Seguía siendo una prostituta, pero a su función de envenenadora le sumó la de cartomántica, que él no dejaba de consultar para las cuestiones más relevantes relacionadas con su futuro.

Rinaldo había vendido sus dos bienes más preciados porque aquella era su única moneda de cambio. Pero tanto Laura como Schwartz habían salido al paso maravillosamente bien. Aunque, de manera diferente, ahora se habían convertido en propiedad de Visconti. De todos modos, les había ido mucho mejor que a él.

Y ahora, después de todo, se encontraba allí, como un prisionero en los palacios del duque, implorándole que lo ayudara en la guerra contra los Médici.

Lo tenía delante, hundido en su propia grasa: un hombre que daba fláccidas brazadas en el agua y esperaba de mala gana sus ruegos.

Rinaldo sacudió la cabeza en señal de negación.

—Vuestra excelencia —y al pronunciar esas palabras en su interior sentía que blasfemaba—, me preguntaba cuándo podríamos planear asestar un golpe a los Médici y a Florencia, de tal modo que mi ciudad vuelva a ser de dominio milanés.

Filippo Maria escupió un poco de agua. Se levantó un chorro gorgoteante formando un arco líquido de espuma. El duque se tomaba su tiempo. Estaba descansando tras los ajetreos de la jornada. ¿Para qué apresurarse a responder a aquel inútil que había perdido una ciudad?

Visconti no lo tenía en mucha estima. Aquel plasta había llegado allí con cuatro trapos y se había puesto a pedirle favores. Había llevado un puñado de oro, de acuerdo, y estaba tan rojo de cólera que, tal vez, con algunos caballeros y un centenar de soldados hubiera logrado hacer alguna cosa útil para él; como, por ejemplo, intentar poner a Florencia bajo su control. Lo hubiera conseguido si al frente de un grupo de mercenarios hubiera estado su capitán Niccolò Piccinino junto a aquella bestia salvaje y sedienta de sangre que el propio Albizzi había tenido a sueldo. ¿Cómo se llamaba? Estuvo pensándolo mientras el agua caliente le acariciaba la piel blanca y fofa. ¡Qué maravilla! Le hubiera gustado quedarse todo el día allí flotando entre las torres de vapor azul que se levantaban desde la superficie del agua. ¿Cómo diantres se llamaba? Tenía un nombre extraño, suizo... ¡Schwartz! ¡Ese era el nombre! Bien, tal vez con esos dos a la cabeza de un puñado de hombres hasta el imbécil de Albizzi sería capaz de someter bajo el yugo milanés aquella ciudad de depravados y cerdos que era Florencia. Y eso, sin duda, sería para él de cierta utilidad.

Dio un par de brazadas más.

En resumen, él también podría responder.

Al final, decidió ser magnánimo.

—Querido Albizzi —empezó con aire distraído—, veré qué puedo hacer. Por el momento mi principal preocupación es el asunto genovés. La República no ha visto con buenos ojos mi fallida alianza con Alfonso de Aragón y por eso, como bien sabéis, si no me centro en someter a fuego la Liguria, acabaré por encontrarme a los genoveses en casa. Por suerte, Niccolò Piccinino sabe lo que hace.

—De acuerdo, excelencia, pero me habéis prometido...

Por todos los santos, qué hombre tan pesado. ¿Qué demonios quería? No valía nada. No tenía ni hombres ni medios. ¿Le pedía ayuda y quería determinar los tiempos y modos en los que él, duque de Milán, tenía que concedérsela? ¿Se había vuelto loco el mundo? Desde luego no iba a dejar que aquel inútil lo fastidiara. Lo cierto era que tenía bastante coraje al insistir de ese modo. Filippo Maria no se lo permitiría. Sopló molesto en el agua de la piscina. ¡Que se fuera a paseo!

Luego sonrió. ¿Por qué dejarse arruinar el día por aquel ser desesperado? Eligió la vía de la moderación en la respuesta.

—Paciencia, amigo mío. Cada cosa a su tiempo. ¿Acaso no disfrutáis de mi hospitalidad? —Que se lo dijera, que le afeara su conducta... ¡Que lo intentara siquiera! Lo haría arrepentirse de haber nacido.

—Vuestra excelencia, no es en absoluto esa la razón de mi pregunta.

«¡Ah, claro! ¡Faltaría más!», pensó.

—Sin embargo, se puede entender cuánto me importa volver a Florencia.

«Qué lata», pensó el duque. No estaba en condiciones de decir más. Y entonces casi mejor que lo echaran de su propia ciudad, ¿no?

Sacudió de nuevo la cabeza.

—Mi querido Albizzi, lo comprendo perfectamente y, por otro lado, tampoco ha sido idea mía perder el dominio sobre una ciudad a la que teníais en un puño, dicho sea de paso. ¡Dios mío!, si hasta habíais logrado deshaceros de esos malditos Médici... Y mirad dónde estáis ahora. —Filippo Maria se acercó al borde de la bañera de piedra y, aprovechando el empuje del agua y sus propios brazos fláccidos, intentó alzarse en el borde. Para su vergüenza, no lo consiguió.

—¡Por Júpiter, qué infierno de bañera! Pero ¿qué hacéis ahí pasmado? —gritó volviéndose hacia Albizzi con el rostro encendido en un destello de rabiosa frustración—. Llamad a ese imbécil de Ghislieri y vos echadme una mano; si no, me quedaré macerándome en agua hasta mañana. ¿A qué esperáis? Por Dios, tengo la piel arrugada.

Filippo Maria se miró las manos con terror. ¿Qué iba a hacer con los dedos en esas condiciones? Daba grima verlos. ¡Maldita sea! Se había quedado demasiado tiempo en el agua. ¡Pero se estaba tan bien...!

Albizzi habría querido ahogarlo en aquella bañera, pero no se lo podía permitir. Tosió un poco para ocultar su vergüenza y llamó a Ghislieri. El secretario particular del duque apareció de improviso, alto y delgado, con su túnica de color azul oscuro.

—¡Rápido! —tronó Rinaldo—. Llamad a dos guardias y ayudemos a su excelencia a salir del agua.

Ghislieri no perdió el tiempo y unos instantes más tarde había dos guardias agarrando a Filippo Maria por los brazos y las caderas y lo izaban con un esfuerzo sobrehumano por encima del borde de la bañera de piedra. Ghislieri, entretanto, se había aprestado a acogerlo en el abrazo cálido y suave de una toalla. El duque metió sus pies chorreantes y redondos de grasa rosada en unas cómodas zapatillas de terciopelo.

Escupió, poniendo especial celo en mostrar su disgusto.

—No habéis movido un dedo, Albizzi, os podíais haber dignado hacerlo. Ese modo vuestro de sentiros superior a todos, a pesar de ser poco más que un exiliado, no os conviene, amigo mío. Y pretendéis que yo os ayude... Os aconsejo mostrar mayor solicitud en el futuro, si queréis de verdad mi apoyo. Por el momento todo lo que tengo que deciros es eso. El camino que lleva a Florencia es todavía largo y vos, con vuestra actitud idiota, ciertamente no lo vais a acortar. En su momento me trajisteis dos buenos servidores, es un hecho, pero la verdad es que el mérito de sus acciones en estos dos años es más de ellos que vuestro. Es más, resulta un misterio comprender que en algún momento tuvierais tal capacidad de acierto al elegir.

—Vuestra excelencia..., he llamado inmediatamente.

—Es verdad, es verdad —lo interrumpió el duque. Filippo Maria volvió a exhibir aquella mueca desagradable, hundido en la grasa—. Y bien, en lugar de tender una mano para ayudaros a salir, haré lo mismo que hicisteis vos: hablaré con vuestros servidores que, por otra parte, ahora me pertenecen. Estoy seguro de que serán eficientes y capaces de llevar adelante vuestros intereses que, por cierto, podrían llegar a ser los míos. Pero lo harán cuando yo lo diga. Hasta entonces, el consejo que os doy es que empecéis a mancharos las manos en persona o, lo juro, os auguro una estancia forzosa en Milán hasta el final de vuestros días.

Sin decir una palabra más, el duque se fue, chorreando y pálido, arrastrando sus gordos pies en las cálidas zapatillas de terciopelo.

Dejó a Rinaldo solo, frente a la bañera todavía llena de agua.

Albizzi se quedó mirando fijamente aquel rostro que estallaba de ira, que lo miraba desde el gran espejo líquido frente a él. Vio los ojos saturarse de rabia y la mano cerrarse en un puño hasta que los nudillos se le pusieron blancos.

Estaba tan frustrado...

Y se sentía incapaz de entender a aquel hombre.

¿Cuánto tendría que humillarse para conseguir su apoyo? ¡Él, que en un tiempo solo necesitaba que se mencionara su nombre para sumir Florencia en el terror! ¡Él, que pertenecía a una de las familias nobles más importantes desde siempre! ¡Él, que había sometido a fuego Volterra, Lucca y tantas otras ciudades! ¡Él, que, solo tres años antes, había expulsado a los Médici del Palacio de la Señoría!

Y ahora allí estaba. Reflejándose en el agua clara, sucia del sudor de aquel cerdo degenerado que le decía lo que tiene que hacer con aquel aire de ordena y mando.

¡Cómo deseaba estrangularlo!

Pero entonces ¿de dónde sacaría los soldados necesarios para volver a Florencia?

No, no, ¡maldita sea! No podía permitírselo. Y cuanto antes lo entendiera, mejor sería. ¡Él y su estúpido orgullo!

Tenía que dejar de lado su arrogancia inútil y empezar a mostrarse arrepentido y plegarse a la voluntad del duque en aras de un bien mayor, un proyecto más grande: la reconquista de su ciudad. Y era posible: con Piccinino, Schwartz y, como mínimo, un millar de lanzas podría hacer cualquier cosa. Y a pesar de que Filippo Maria lo escarnecía y lo despreciaba abiertamente, cierto era que tenía más de un interés en modificar el *statu quo*: Venecia y Florencia ahogaban a Milán en un abrazo mortal y volverlo a poner a él, Rinaldo degli Albizzi, en el palco más alto del Palacio de la Señoría, le garantizaría la alianza necesaria para poder extender su propia hegemonía y consolidarla, sustrayéndose así a la amenaza de la Serenísima. Eso por no mencionar que Cosimo de Médici conspiraba con Francesco Sforza para arrebatarle a Visconti el Ducado.

Tenía que actuar con astucia. Fingir someterse para asegurarse el rescate. Sin embargo, era difícil. Haber perdido el poder era mucho peor que no haberlo tenido nunca. Y, en el fondo de su alma, aceptarlo le resultaba insoportable.

Se clavó las uñas en la palma de la mano hasta hacerla sangrar.

Luego, en silencio, a la luz de las antorchas que destellaban en el agua, se juró a sí mismo que haría todo lo que estuviera de su mano para recuperar aquello de lo que le habían despojado.

Y si para ello era necesario arrodillarse, pues bien: no vacilaría.

Tarde o temprano tendría su venganza.

40

La cúpula terminada

La obra estaba terminada.

A Cosimo todavía no le parecía que pudiera ser verdad y, sin embargo, allí estaban, en la catedral, para consagrar la estructura completa.

Faltaba la torre-linterna, es cierto, pero Santa Maria del Fiore estaba casi terminada. Filippo Brunelleschi había convertido en posible lo imposible.

Al mirar hacia arriba, Cosimo experimentó una sensación casi de vértigo. Las preguntas surgían en su mente como olas imparables. Así, mientras el papa Eugenio IV daba comienzo a la ceremonia de consagración de la catedral, su mente zozobraba, en ciertos momentos, entre las mil cosas que parecían saturarla inevitablemente.

Se decía que, para guiar la colocación de los ladrillos, Filippo había extendido una cuerda de construcción desde el centro de la cúpula hasta su límite externo y, al hacerlo, aquella increíble soga se pudo mover trescientos sesenta grados alrededor de la cúpula que se iba edificando bajo las manos expertas de los maestros albañiles. Alzada y progresivamente acortada, a medida que las nuevas remesas de ladrillos se iban colocando, la cuerda se había convertido en un instrumento principal para determinar la inclinación y la colocación radial de los ladrillos. Lo que significaba que, teniendo en cuenta las dimensiones de la cúpula, debía medir, al menos, ciento cuarenta brazas de longitud.

Cosimo se dio cuenta de que ese trabajo extraordinario se había forjado hasta su esencia más profunda con el misterio y el milagro como materias primas.

¿Cómo había conseguido Filippo que una soga tan larga no se aflojara en el centro y diera lugar a mediciones equivocadas? ¿La habían endurecido con cera? ¿Tal vez Filippo había utilizado alguno de sus increíbles ingenios? Y, sobre todo, ¿cómo se las había arreglado Brunelleschi para fijarla en el centro de toda la estructura? Habría necesitado una estaca de madera de, por lo menos, ciento ochenta brazas para alcanzar el vértice. Por no mencionar que los ladrillos empleados eran de las formas más insólitas y dispares: rectangulares, triangulares, con cola de golondrina, perfilados, modelados de tal modo que encajaran en los ángulos del octógono. Se rumoreaba que, en un determinado momento, a Filippo se le acabó el pergamino para diseñarlos y tuvo que seguir esbozándolos en las hojas que arrancaba de viejos manuscritos que compraba expresamente para ese fin.

Y todos esos interrogantes de Cosimo estaban destinados a no tener respuesta. Y menos aún por parte del artista supremo que, en ese momento, mientras él lo miraba con detenimiento, parecía estar presente solo con su cuerpo, pero que exhibía, al mismo tiempo, la misma mirada ausente que revelaba, sin duda alguna, lo absorta que estaba su mente en otros proyectos y retos.

Al fin y al cabo, después de Dios, él era el protagonista absoluto de esa jornada. Aun así, parecía un mero espectador, un niño que pasaba por allí. No había perdido siquiera un segundo para intentar vestirse para la ocasión. Llevaba una casaca de piel agujereada y desgastada. El calzón estaba salpicado de vino y los ojos salvajes le daban aspecto de un ave enloquecida. La cabeza calva relucía, lisa y brillante. Dejó escapar una sonrisa que puso al descubierto sus horribles dientes negros.

Cosimo nunca entendería la razón de su forma de ser. ¿Y quién podría? Casi daba la impresión de que el cuidado de la propia persona y del propio cuerpo era inversamente proporcional al que prodigaba a los proyectos y a la realización de sus obras. En definitiva, no le quedaba nada para el aspecto externo. Como si el arte le absorbiera todas las energías, incluidas las de elegir ropa y lavarse la cara.

Volvió a mirar hacia arriba.

Le vino a la cabeza que, cumpliendo con lo que habían indicado trabajadores y carpinteros, parecía que incluso descubrían palomas y mirlos a centenares, que iba a nidificar en los intersticios y en las rendijas estrechas, y luego los echaban a la olla y los cocinaban directamente para la cena en los andamios colocados entre la parte interna y la parte externa de la cúpula. Hasta que llegó una orden expresa que prohibía la captura por miedo a que los trabajadores se cayeran de los andamios y se mataran.

En suma, al dejar pasear la vista hacia lo alto, Cosimo respiraba y veía, con sus propios sentidos, la variada materia de la que estaba compuesta aquel mito. Era el efecto que le producía, cada vez, la visión sobrehumana de aquella arquitectura increíble.

Contessina le cogió la mano, como si hubiera intuido esos

pensamientos, aquel delicioso vagar que lo llevaba a parecer concentrado en un diálogo con fuerzas ultraterrenales. Cosimo pensaba que, en cierto sentido, así era.

Entraba un sol magnífico por los ocho ventanales del tambor, en los que se habían dispuesto telas de finísimo lino con el fin de impedir que el viento fresco y las corrientes pudieran dañar el interior de la catedral.

El papa, que ya hacía unos años que había elegido Florencia como lugar de residencia, sonreía en el altar mayor, en el centro del gran tambor que evocaba el Santo Sepulcro. Giannozzo Manetti acababa de terminar de celebrar la grandeza de la cúpula enunciando la oración, escrita para la ocasión con el título de *«Oratio de secularibus et pontificalibus pompis».*

Los cardenales habían encendido las velas, dispuestas ante los doce apóstoles de madera que formaban el coro, realizado por el propio Filippo Brunelleschi. Apenas las doce lenguas de fuego empezaron a danzar en el aire, inundado de perfumes y aromas de flores e incienso, el papa, haciendo una seña con la cabeza, invitó a la coral a cantar el motete, expresamente compuesto por Guillaume Dufay para celebrar la consagración: *«Nuper rosarum flores.»*

Las voces resonaron frescas y magníficas y, mientras el coro ensayaba las líneas melódicas de aquella composición novedosa, el papa Eugenio IV se dispuso a colocar las reliquias en el altar: entre ellas, el dedo de San Juan Bautista y los restos de San Zenobio, santo patrón de Santa Maria del Fiore.

El motete proseguía, las voces planeaban en el aire entre las bóvedas de Arnolfo de Cambio y parecían jugar a recorrer aquella maravilla de espacios magníficamente ejecutados.

Cosimo sintió que la armonía volvía a envolver su amada ciudad. En aquella visión mística de una Florencia que se reencontraba toda reunida por primera vez, después de una eternidad de ciento cuarenta años, bajo las bóvedas y la cúpula de la propia catedral, vio una fusión de intenciones que no recordaba haber experimentado nunca.

Los ojos se le quedaron hechizados por un instante por el candor de los primeros lirios que decoraban en coronas las naves y el altar y que parecían haber florecido antes de tiempo, casi como confirmación tácita de que incluso hasta la naturaleza misma participaba en ese día de triunfo y alegría.

Ya como señor de la ciudad, amigo y protegido del papa, con el que había logrado en esos dos años tejer una relación de amistad firme y sincera, Cosimo podía decir que miraba con confianza el futuro.

Contessina estaba encantadora con su túnica color marfil y también Ginevra y los chicos. Lorenzo velaba por la familia, junto con él.

La melodía continuaba. Había algo en ella que robaba el corazón y la razón. Se dejó llevar por las notas y cerró los ojos.

Cómo le habría gustado saber componer una música de esa belleza. Hubiera dado todo el patrimonio del Banco con tal de lograr escribir un motete como aquel; ¡o tal vez una misa solemne! Sintió que su alma se elevaba por encima de las naves, hasta el tambor y todavía más arriba, hacia la cima de la cúpula. Los pensamientos flotaban, y las tensiones, los miedos, las preocupaciones parecían deshacerse como por ensalmo.

Miró a Giovanni y sonrió. Tenía grandes proyectos para él. Quería también mucho a su hijo Piero, pero el más pequeño tenía otro tipo de determinación respecto a su hermano. Estudiaba, se entregaba de manera ejemplar y, lejos de perder el tiempo en fantasías delirantes y audaces, sacaba provecho a las lecciones y estaba demostrando ser un administrador cuidadoso. Pensó que esa obsesión de Piero por la acción era, en verdad, una reacción a una salud frágil y un físico endeble que parecía que lo atormentaban. Cosimo estaba seguro de que su constitución débil y macilenta lo angustiaba y le generaba un dolor secreto. En cualquier caso, a pesar de su carácter sombrío y melancólico, Piero había viajado y se había revelado como un óptimo estudioso de las lenguas, disciplina en la que sobresalía. Por otra parte, Cosimo debía ser realista y se hubiera mentido a sí mismo si pensara que no depositaba gran parte de sus esperanzas en Giovanni. Planeaba colocarlo pronto como jefe de la filial de Ferrara. Luego, con el tiempo, haría carrera política. Giovanni era guapo, fuerte, alto y esbelto. Se trataba de un joven de temperamento, era brillante y quizá, mirándolo bien, su único talón de Aquiles consistía en un cierto gusto por el exceso. Por otro lado, a la gente le gustaba muchísimo. Las chicas lo miraban con ojos tiernos. Aquel día llevaba un jubón celeste, los cabellos cortos y bien peinados, los grandes ojos sinceros, un aire audaz e inteligente: todo era brillo y vivacidad en él y muchas eran las miradas que atraía su persona.

En definitiva, Cosimo se sentía finalmente seguro, protegido, amado, con óptimas perspectivas ante sí: ¿Qué más podía pedir?

Fue exactamente en ese momento, al volver a abrir los ojos, cuando se dio cuenta de que no podía estar más lejos de la verdad. Se había dejado transportar por la melodía y soñaba con los ojos abiertos cuando, al posar de nuevo la mirada en la multitud, observando por un momento detrás de él, le pareció ver con el rabillo del ojo algo esplendoroso y funesto al mismo tiempo.

Al principio no hubiera sabido decir lo que era, pero después, incluso por un instante, vio nítidamente algo magnífico y oscuro, espléndido e inquietante... que brillaba de luz maligna en el fondo de la nave.

Y cuando logró enfocar ya no tuvo más dudas y, en lo más hondo de sí mismo, sintió todas sus certezas desplomarse. Cayeron una tras otra como un castillo de naipes.

Porque justo al lado de la puerta de la catedral vio, sin ninguna sombra de duda, el rostro maravilloso y terrible de Laura Ricci.

Por un instante no consiguió moverse. Una fuerza irresistible lo ataba al suelo. ¿Cómo era posible que se tratara de ella? Recordaba que un tiempo atrás Ludovico Mocenigo le había escrito una carta en la que le confirmaba la fuga de aquella mujer maldita de la prisión del Palacio Ducal. Pero jamás se hubiera esperado verla aparecer allí, de repente, durante la consagración de la catedral. Esa idea no podía ser más que el fruto de su mente obnubilada por una visión, no cabía otra explicación posible.

Luego, casi poseído por una sensación febril, murmuró dos palabras a su hermano.

—Vuelvo enseguida —dijo.

Se alejó del banco y recorrió la nave en silencio, poniendo mucho cuidado en no atraer demasiadas miradas hacia él, para poder llegar a la gran puerta donde había visto, o creído ver, a la dama maldita de Rinaldo degli Albizzi.

Pero no la encontró.

Ciertamente, no podía pretender que lo hubiera esperado. Y, por otra parte, ¿la había visto o se trataba de una mala pasada de su mente enfermiza? ¿Era acaso una proyección de sus miedos más recónditos e inconfesables?

Se quedó. Continuó explorando con los ojos el interior de la catedral. Vio a los pobres hacinados ante él, en los últimos bancos que quedaban libres, puesto que las primeras filas estaban reservadas a los nobles, el centro a la burguesía, luego al pueblo llano y, finalmente, a la plebe. Niños descalzos y hombres vestidos con andrajos. Madres de rostros marcados que estrechaban contra sí a los hijos como si fueran cachorros. Había en aquella visión de miseria e indigencia tal dignidad que hasta el más cínico e indiferente de los hombres podría ver su valor. Cosimo conocía a algunas de esas personas ya que, en lo que podía, intentaba ayudarlas en su día a día.

Miró más allá de las grandes puertas abiertas de la catedral, allá donde otras familias plebeyas se habían juntado en la esperanza de ver brillar en sus propias vidas aunque fuera solo una chispa de la bendición que el papa dispensaba para la consagración de aquella magnífica casa de Dios.

Pero por más que rebuscara con los ojos, Cosimo no fue capaz de resolver el enigma. ¿Era posible que solo la hubiera soñado?

Miró más allá, en la plaza en la que se abrían las puertas de par en par. Las personas que atestaban el espacio hasta los paneles de bronce de Lorenzo Ghiberti que revestían de oro la puerta del lado oriental del baptisterio. Entre el mar de caras estáticas, con las bocas abiertas de estupor, Cosimo vio de repente el destello verde de aquellos ojos felinos.

Le pareció recibir un latigazo en pleno rostro.

41

Hacia una nueva guerra

Había cuatro hombres en el centro de aquel monumental salón: los altos techos adornados con frisos de madera dorada, los braseros y los candelabros de plata maciza llenando de luz el espacio. Tapices de colores brillantes cubrían las paredes. En el centro de la sala, había uno de singular tamaño en el cual lucía el escudo de armas de los Médici: las seis bolas rojas en campo de oro. Muebles de preciosa factura y bustos de mármol, y luego bastidores con alabardas y puntas de lanza tupían los rincones de aquella estancia refinada y elegante. Cuatro mesas bien dispuestas y colmadas de todas las bendiciones de Dios y preparadas para la ocasión: corderos y faisanes asados, empanadas de carne de venado, dulces y quesos, y, además, fruta, uva, nueces y pastas rellenas. Cosimo se había despedido de los sirvientes, ya que no quería oídos indiscretos que escucharan lo que él y sus invitados tenían que decirse.

—Os digo que estamos yendo hacia una nueva guerra, no

hay duda. No ha bastado la de Lucca, no ha sido suficiente Volterra: Rinaldo degli Albizzi quiere este enfrentamiento, lo quiere más que nadie. Lo busca desde siempre. ¡Y ahora Cosimo ha visto a esa mujer! Venecia y Florencia han acercado posiciones y Milán quiere romper lo que a sus ojos no puede ser más que una alianza.

Las palabras de Lorenzo se deslizaban como lava incandescente. Estaba cansado de aquella situación. Todos aquellos subterfugios, los exilios, todas aquellas medidas que no solucionaban nunca el problema de raíz. Había rabia en su voz y toda la exasperación de los últimos años parecía concentrarse en esas afirmaciones suyas. Desde su regreso las cosas habían cambiado, definitivamente; pero ahora la sospecha de ser espiados por Laura Ricci había resucitado los miedos. Sabían demasiado bien de lo que era capaz esa mujer. Ella y aquel demonio de Reinhardt Schwartz, ya que donde aparecía la una, ahí estaba solapado el otro.

—Vacilar no sirve de nada —continuó—. Florencia arrastra esa guerra contra Lucca desde hace diez años, sin obtener resultado alguno. Niccolò Piccinino ha demostrado ser superior a todos sus adversarios: Niccolò Fortebraccio, Guidantonio da Montefeltro, incluso Filippo Brunelleschi ha fracasado frente a él, terminando nuestros campamentos anegados e inundados. Yo creo que solo vos, Francesco, podéis llevarnos a la victoria.

Sforza miró a Lorenzo a los ojos. El hermano menor de los Médici había hablado con denuedo y pasión, y estaba impresionado. Era muy diferente de Cosimo, que en este momento lo miraba como si intentara estudiar sus reacciones.

En un rincón de la sala el teniente del ejército veneciano recurrió a un acceso de tos.

—Si me lo permitís —intervino—, yo creo que la idea de

una liga antiducal es la única solución posible frente al exceso de poder milanés. Después de todo, *rebus sic stantibus*, Filippo Maria se vería cercado: por Venecia y Florencia, sin contar Génova que, en estos días, se está mostrando muy dura de pelar. Y no es un secreto que tenéis al pontífice de vuestro lado —continuó Ludovico Mocenigo, mirando en dirección a Cosimo—. ¿Me equivoco o justo en estos días ha procedido a la consagración de la catedral de Santa Maria del Fiore?

—No os equivocáis en absoluto —respondió Cosimo—. Allí fue donde vi a nuestra acérrima enemiga.

—¿Aludís a Laura Ricci, la mujer que se escapó de los calabozos del Palacio Ducal, burlándose de mi buen nombre?

—No quería rememorar un hecho tan lamentable, pero sí, es ella. Y no hay ninguna duda de que en este momento está al servicio de Rinaldo degli Albizzi y que, por lo que nos refieren nuestros informadores, es la favorita de Filippo Maria Visconti —explicó Cosimo.

—Ese hombre está loco. —Francesco Sforza lo dijo sin siquiera pensarlo. Pronunció esas palabras con un tono de fatalidad en la voz, como si se hubiera rendido a la rotunda evidencia—. Quizá lo está, pero hay organización en su locura. Y la verdad es que, actualmente, nos está manteniendo en jaque en varios frentes, por no hablar del reciente apoyo de Alfonso de Aragón en la guerra de sucesión por el Reino de Nápoles —insistió Lorenzo.

—Lo que no ha impedido que perdiera —puntualizó Mocenigo.

—Por eso mismo —dijo Sforza, mirando a aquel hombre elegante y de delgado bigote que representaba a la Serenísima—. ¿Qué nos sugerís hacer?

—Capitán, seré sincero. Sabemos lo muy vinculado que estáis a Milán y a Filippo Maria. No es un secreto que hace algunos años os ofreció como esposa a su hija Bianca Maria además de los feudos de Castellazzo, Bosco y Frugarolo. Digo esto no para meterme en vuestros asuntos, sino para hacer notar cómo lo que más cuenta en este momento, a mi modesto parecer, es tener una conducta clara y coherente. La verdad es que a Filippo Maria hay que detenerlo lo antes posible. Antes de que sea demasiado tarde. Si esta alianza nuestra se mantuviera estaría en condiciones, por su composición, de extender la hegemonía en toda la península. Sobre esto no creo que haya ningún género de dudas, ¿o me equivoco?

—En absoluto —respondió Sforza.

—Pero sobre todo, amigo mío —enfatizó Cosimo—, vos debéis aspirar a lo que hasta este momento os ha sido negado. Vos no hacéis mención porque casi os da reparo pronunciarlo, y lo entiendo, pero yo que conozco bien las trampas del poder político no tengo temor alguno en señalar que es a vos a quien miro cuando pienso en el Ducado de Milán. Os lo dije hace algunos años y lo repito ahora: mi hermano y yo estaremos siempre de vuestra parte, siempre y cuando intentéis tomar lo que es vuestro.

Lorenzo asintió.

—Amigos míos —continuó Cosimo—, yo creo que ha llegado el momento en que tenemos que dejar de hacer la guerra para poder finalmente concentrar nuestra atención en la paz y la belleza que son el alma de la que se nutre la prosperidad. Ahora Florencia está resurgiendo tras el alejamiento de Albizzi y Strozzi: la consagración de la catedral de Santa Maria del Fiore no es más que el primer paso de un camino que imagino lleno de maravillas artísticas y logros del conocimiento. Sin embargo, para hacerlo, la situación tiene que estabilizarse y Lucca estará, sin duda, bajo nuestra potestad.

Y el capitán Sforza sabe muy bien cuánto tiempo arrastramos esta guerra, si bien es cierto que nos conocimos hace cinco años en su tienda de campaña, inaugurando nuestra amistad con su abandono del campamento. Al hacerlo, nos dejó a nosotros la conquista de una ciudad que aún hoy no hemos logrado someter. Venecia, por otra parte, necesita consolidar sus propios dominios continentales, eso me resulta meridianamente claro, si bien es verdad que Gattamelata está implicando a las tropas viscontinas en Padua y Piove di Sacco. Finalmente, el papa Eugenio IV, que tuvo que huir de Roma, alberga la legítima aspiración de poder volver a la ciudad eterna, a pesar de la maravillosa acogida que le hemos dispensado en Florencia.

—Digamos que estamos todos de acuerdo con lo que habéis dicho —intervino Mocenigo—. Pero os pregunto: ¿Cuál es la cuestión?

—La cuestión es que cada uno de nosotros tiene un objetivo claro y preciso, pero es demasiado débil, sobre todo si lo consideramos individualmente, en el enfrentamiento con el Ducado de Milán. En cambio, con un mínimo de sentido de la perspectiva y un poco de amplitud de miras, podríamos comprender lo útil que sería actuar conjuntamente. Bueno, yo creo que esa sería la solución de todos nuestros problemas. En resumen, ¿estaríamos dispuestos a dejar de lado nuestros intereses particulares y, al mismo tiempo, echar toda la carne al asador para crear una liga antiducal que, ora favoreciendo a uno, ora a otro, asiente las condiciones para una estabilidad general obtenida mediante el fortalecimiento de cada uno de nosotros?

Esa pregunta quedó flotando en al aire.

Francesco Sforza parecía, llegado ese momento, dispuesto a dar el primer paso.

—Cosimo, os agradezco lo que decís. Ahora voy a tomarme una libertad acaso excesiva, pero lo hago de todos modos y asumo el riesgo: ¿de qué modo os implicaríais para apoyar mis pretensiones en el Ducado?

—Francesco, seré sincero, ya que no quiero que entre nosotros haya malentendidos: con cualquier instrumento que sea necesario. Dicho sea *apertis verbis*: el Banco Médici estaría a vuestra disposición. Podríamos daros apoyo económico de cualquier manera.

Los ojos de Francesco Sforza se iluminaron por un momento con una luz maliciosa. Cosimo sabía dónde apuntar. No es que se requiriera mucha imaginación, pero, en efecto, tal como había dicho él, aquella alianza podía y debía ir precisamente en esa dirección. Los Médici no eran hombres de armas, pero disponían de un imperio económico. Él y el ejército veneciano podían representar un importante brazo armado, Venecia tenía salida al mar y Roma, con el papa Eugenio IV, garantizaría una cobertura espiritual a aquella alianza. Y un buen número de soldados.

¿No era aquella la manera de pensar de un monarca?

Francesco Sforza se quedó fascinado y estupefacto. Claro que cómo podían los Médici llegar a donde habían llegado, haciendo de Florencia su señorío *de facto*, sin la capacidad de ver más allá, como Cosimo lograba hacer.

—De acuerdo —dijo finalmente—; tenéis razón. Como ya sucedió hace cinco años, os digo que nosotros hoy suscribimos un pacto, una alianza y, de manera coherente con cuanto ha acaecido hasta ahora, los vínculos que nos unen se vuelven aún más fuertes. Estaré listo para acudir en vuestro auxilio y espero que estéis dispuestos a hacer lo mismo por mí. Unidos podemos dar un equilibrio a estas tierras y sustraerlas al dominio de un hombre tan codicioso como enajenado. Por ello os digo: atrevámonos, luchemos hasta el final y tratemos de llevar la paz de nuevo a Milán, Florencia, Venecia y Roma. Juntos no fallaremos.

Los ojos de Cosimo de Médici brillaron.

—Así sea —dijo— y pobre del que se meta con nosotros.

42

Venenos y triunfos

Laura estaba sentada a la mesa: frente a ella tenía las cartas del tarot dispuestas en abanico.

Filippo Maria Visconti miraba los hermosos dedos morenos, las uñas pintadas de rojo carmín, moverse sobre el reverso de las cartas, como si intentaran diseñar una red aérea, compuesta de hilos invisibles.

El duque estaba completamente subyugado por la belleza y la voz de aquella mujer. Pero no era solo su hermosura lo que lo turbaba, incluso lo aturdía, sino un aura indefinida de maldición y magia. Cuando la vio por primera vez, seducido de inmediato por el verde oscuro de aquellos ojos salpicados de oro en polvo, decidió convertirla en su favorita, pero de una manera absolutamente singular.

No eran solo los sentidos corporales los que temblaban bajo su mirada, no era solo la sangre la que hervía en las venas o aquel impronunciable deseo entre el pecado y la lujuria lo que le inflamaba todo su ser, sino un poder arcano e indecible que emanaba de ella y que lo hacía ser de algún modo esclavo suyo.

Nunca sería capaz de explicar aquella telaraña de emociones que guardaba dentro de sí cuando la veía, algo había en ella de araña, una seducción peligrosa y traicionera; y justo por eso la había buscado desesperadamente.

Por esa razón, en aquel momento, como cada vez que se encontraba con ella, Filippo Maria dejó que sus ojos se perdieran en los de ella, preparado e incluso impaciente por escuchar sus premoniciones y por seguir sus consejos, ya que consideraba que aquella mujer tenía el poder de prever el futuro de las batallas y de influir en las cuestiones terrenales y acabar con la vida con sus pociones e infusiones, mezclas que él le pedía para poner en práctica las inclinaciones nefastas que su negro corazón le pedía sin cesar.

La gran mesa redonda lucía en su centro las cartas del tarot. Eran gruesas y con magníficos dibujos. Tenían los bordes y las cenefas de oro y estaban exquisitamente diseñadas. Alrededor de las cartas, una maraña interminable de botellas con diversas tinturas, de jarrones y otros recipientes llenos de polvos de colores, flores secas y hierbas, líquidos transparentes y sin olor, y, sin embargo, letales y perfectos para acabar con la vida de los traidores.

Laura vestía de negro. El largo vestido de raso estaba tachonado de plata y piedras preciosas. Mangas de brocado de color celeste, incrustadas de perlas, ajustadas gracias a unos cordones de cuero que conferían a sus brazos un encanto guerrero y le dejaban los hombros al descubierto. Tenía los ojos maquillados con una sombra y las largas pestañas parecían plumas de pájaro. Los labios gruesos y rojos, pintados de un color oscuro, sugerían un tinte púrpura que los volvía casi violáceos y listos para desatar los pensamientos masculinos.

Una aparición. Estaba allí solamente para él. Filippo María la contempló largamente mientras ella lo miraba en silencio. También él callaba, pero, en el fondo de su alma, gritaba un canto cuyas palabras olían a sexo.

—En primer lugar —dijo Laura— deseo recordar a vuestra gracia que lo que leo en las cartas no es en modo alguno el futuro, sino solo lo que yo he aprendido con los años del estudio de las cartas y por eso lo que digo no son más que interpretaciones y sugestiones de lo que las figuras intentan contarnos, sin ninguna pretensión de realidad. Os lo digo para recomendaros distancia y esa serenidad que se impone en un momento como este. Sé que consideráis que yo veo en ellas lo que debe acontecer, pero, una vez más, os advierto que no es así en absoluto.

Seguía mirando al duque y levantó la primera carta.

—¿Veis este hombre colgado cabeza abajo, atado por un pie en una rama, señor mío? —preguntó, señalando la figura con el índice de la mano derecha.

La uña de rojo carmín relució a la luz de las velas y de los braseros que iluminaban la sala. Algo en el fuego de la chimenea pareció rugir por un instante y luego aquietarse de inmediato.

Filippo María asintió en silencio.

—El Colgado tiene las manos detrás de la espalda. Como podéis ver, su rostro está sereno y distendido, no revela miedo o incertidumbre. A pesar de que la imagen nos hace pensar en una tortura, no debemos quedarnos en la primera lectura, en la simple conclusión a partir de los elementos que identificamos, ya que es la expresión del joven la que tiene que hacernos reflexionar. Representa, sin duda, el valor del sacrificio, pero también la aceptación de un cambio inminente. Esta enigmática figura indica una especie de elección que conduce a un cambio radical, a una renovación de uno mismo. La carta ha salido derecha, por lo tanto no hay duda sobre el sentido de lo que sugiere.

—¿Podría aludir a nuestro encuentro? ¿Al hecho de que me siento cambiado desde que os he conocido, señora?

Laura pareció pensar un momento.

—Vuestra gracia, podría serlo, sin duda, pero solo en el caso de que consideréis que habernos conocido os ha cambiado como hombre y en el modo de guiar vuestras elecciones... —Laura vaciló, luego prosiguió—: ¿Os puedo hablar libremente?

—No solo podéis, sino que tenéis la obligación de hacerlo, lo reclamo —tronó Filippo Maria.

—De acuerdo. Yo creo que la advertencia que esta carta señala es la de adoptar una actitud distinta en el curso de la guerra que os espera. Sabemos lo fugaces y mutables que son las alianzas. Es un juego constante de cada una de las partes en el que vuestra gracia ha intentado siempre construir su propia fortuna, las más de las veces cambiando de repente de bando, de manera astuta y sin miramiento, no hay duda, pero, a la larga, esa constante volubilidad podría volverse contra vos. Debéis elegir, por lo tanto. Habéis encontrado por fin hombres capaces de garantizaros la victoria.

—¿Niccolò Piccinino? ¿El comandante de mi ejército?

—No únicamente.

—¿Quién más?

—Pensad en aquel que os ha ayudado más que nadie en la última campaña contra genoveses y venecianos. Un hombre que ha sido traído ante vuestra presencia no hace mucho tiempo.

—¿Reinhardt Schwartz?

—Exactamente, vuestra gracia. Son él y Niccolò los que

os llevarán a la victoria, a condición de que elijáis, coherentemente, abandonar a Sforza y os preparéis para enfrentaros a vuestros enemigos que, por más organizados que estén, no os podrán dominar. Esta es al menos la sensación que me sugiere el Colgado. Pero esperemos...

Laura levantó la segunda carta.

Filippo vio una muchacha de dorados cabellos, vestida de azul oscuro, con la cabeza coronada con una guirnalda de flores y con la ropa también cubierta de pétalos. La chiquilla tenía sus delicadas manos posadas en las fauces romas de un león. Los colmillos eran visibles en toda su longitud y la melena suelta. Pero la actitud de la fiera, lejos de ser peligrosa y feroz, parecía sugerir una disposición a la mansedumbre, se veía pacífica, casi afectuosa con la joven.

—La Fuerza —dijo Laura—. Esta vez, sin embargo, la carta ha salido invertida, como vuestra gracia puede ver. La inusual combinación de la chica y la bestia no sugiere conflicto, sino más bien armonía, con lo que aconseja que al usar la fuerza se equilibren la razón y la brutalidad despiadada, si es necesario, a condición de que la primera gobierne a la segunda, ya que una excesiva fe en la ira y en la crueldad os perdería. Esto significa que, incluso a despecho de vuestra firmeza, tendréis que aconsejar a vuestros hombres que hagan uso de la misericordia y del perdón. Evitad que se recreen en violaciones y saqueos. Que sea para ellos vuestra merced la recompensa más apropiada. Perder el apoyo de las tierras conquistadas por avaricia y por codicia acaba por demostrarse siempre como una pésima inversión.

—¿Entonces tendré que limitar mi temperamento sanguinario, del que mis hombres son admirables defensores? —preguntó el duque con algo de desilusión en la voz.

—Exactamente.

—¿Estáis segura de que eso es necesario?

—Como ya os dije, señor, no hay certeza alguna en las cartas. En esto los venenos son mucho más fiables. Existe siempre un componente de posibilidad, sobre todo porque, como ya he dicho, no hay predicción en lo que afirmo. Pero no hay duda de que las cartas tienen su propio lenguaje. Y que las sugestiones que se contienen en el mensaje benefician a quienes las hacen suyas. Por otra parte, mi objetivo no es el de engañaros. Me limito a decir lo que sé, intentando junto a vos adaptarlo a la realidad. No tenéis ninguna obligación de cumplirlo. Podéis simplemente tratar de comprender si, en estas reflexiones, hay aspectos que, a vuestro parecer, son señales de algo.

Las palabras de Laura sonaban dulcísimas a oídos de Filippo Maria. Había en la voz de esa mujer una nota ronca y fascinante que parecía seducirlo y reducirlo al silencio. Sentía que esa sensación era fruto de su autosugestión. De todos modos no era capaz de sustraerse a ella. Esperaba toda la semana el momento en que iba a encontrar a Laura para que le echara las cartas.

—Decidid, por lo tanto, cómo consideráis más oportuno comportaros, pero sabed también que si esta advertencia contiene un gramo de verdad, y no hay forma de saberlo hasta que se verifique el hecho, entonces no respetarlo puede determinar vuestra derrota. En consecuencia, poned mucha atención a la elección que adoptéis, tanto más teniendo en cuenta que la Fuerza ha salido invertida y, por eso, confirma vuestra sustancial incapacidad de poner freno a la parte violenta de vuestro temperamento. El predominio de la inseguridad y de la brutalidad, que conduce a un exceso de instinto, solamente sirve para perderos. Quizá para siempre. La agresividad puede volver negativas también las relaciones con los demás puesto que la Fuerza invertida indica la incapacidad de experimentar sentimientos positivos, serenos, que podrían alejaros de algunas personas.

—Sigamos —le rogó el duque con voz trémula si bien el tono adquiría un tinte iracundo y elevaba el volumen como un niño caprichoso.

Laura destapó la tercera carta.

Apareció la Muerte.

El duque sintió un destello de miedo absoluto en sus ojos.

Era una carta horrible de ver.

El esqueleto amarillo iba a horcajadas de un caballo con un pelaje brillante como el carbón. Parecía un palafrén salido directamente del fondo del infierno. La muerte blandía una guadaña de mango largo de madera y el filo curvado amontonaba cabezas cortadas bajo las patas del caballo.

Era un espectáculo escalofriante. Intuyendo los temores del duque, Laura lo tranquilizó de inmediato.

—La Muerte, vuestra gracia, no es en sí misma una figura negativa. Volvemos a lo que dijimos en el caso del Colgado: me refiero al hecho de que también lleva consigo el germen del cambio y de la regeneración. Tanto más porque la carta ha salido derecha. Ciertamente, su significado es oscuro, no unívoco, y por eso sigue siendo, sea como sea, un símbolo de un equilibrio frágil, de cambio violento que no es fácil de gobernar, a la luz de lo dicho a propósito de la Fuerza. Lo que a mí me parece es que está llegando el momento de una batalla muy importante.

—¿Cuándo será?

Filippo Maria tenía los ojos inyectados de locura. Laura conocía sus cambios de humor, ese comportamiento suyo de niño temeroso que lo llevaba a crisis de llanto, seguidos por repentinos accesos de ira. Y sus palabras estaban conduciéndolo directamente a eso. Sin embargo, quería que ella continuara, se lo había pedido de todas las maneras. Por eso ella lo había contentado, prescindiendo de las consecuencias. Sabía que su estilo de vida privilegiado, en esa corte, pasaba inevitablemente por la felicidad del duque que, justamente por ser perversa y enfermiza, se alimentaba de aquellas lecturas y de observarla mientras preparaba los venenos. Y la vida le había enseñado a no hacerse demasiados problemas con las cosas. Lo manejaría como siempre.

—No hay día concreto, vuestra gracia, pero tengo la impresión de que cuando llegue lo reconoceremos: será un momento supremo y en ese momento vos y vuestras legiones de soldados tenéis que saber hacer buen uso de las virtudes de las que hemos hablado hasta ahora.

—Mostradme la última carta —dijo el duque con la voz quebrada por la emoción y los ojos enormes, abiertos de par en par, con las pupilas del tamaño de una cabeza de alfiler.

Laura le dio la vuelta a la última carta.

—El Diablo —anunció. Apenas pronunció esa palabra, sintió una punzada en el corazón, porque percibió que algo extraño se había abierto paso en el silencio. No sabía explicarse esa especie de presencia. Y, sin embargo, algo parecía devorar la quietud, un aire sombrío y espeluznante que de repente había decidido estrangular la calma y la había sustituido por una sensación heladora de vacío.

—Por suerte —comentó el duque— ha salido derecho.

—¡Ay, vuestra gracia! El Diablo es la única carta del tarot que se basa en reglas opuestas a las de los demás. Eso significa que, si lo sacamos derecho, como en este caso, el significado es uno solo: oscuridad, debilidad, sumisión al miedo de asumir las responsabilidades. El Diablo anuncia una gran tragedia en el horizonte, representada justamente por nuestros miedos y nuestra incapacidad para afrontar las vicisitudes de la vida.

El duque comenzó a temblar. Se puso de pie, trastabillante, y perdió el equilibrio. Fue a parar al suelo, al frío del mármol. Rompió a llorar. Se le sacudían los hombros con los sollozos: la voz llena de vergüenza de un niño abofeteado.

Laura se levantó y fue junto a él.

—Vuestra gracia —murmuró con voz dulce y suave—. Vuestra gracia, venid conmigo, ánimo, no tengáis miedo.

Filippo Maria Visconti se dio la vuelta. El torso aún tembloroso, los hombros que se sacudían aún por el llanto. Se quedó mirándola. A continuación se serenó. Se arrastró hacia ella. Ridículo y enajenado como solo él podía ser. Abrazó a aquella mujer maravillosa. Veía en ella su salvación, la única criatura capaz de entenderlo y perdonarlo, estando a su lado y dándole todo aquello que él necesitaba desesperadamente.

Se aferró a ella.

Se dejó mecer entre sus curvas suaves y generosas. Las lágrimas poco a poco se secaron.

—Besadme, ángel mío —dijo quejumbroso.

Laura puso sus labios sobre los de él.

Filippo Maria se los succionó, primero despacio y con dulzura, luego, gradualmente, con mayor arrebato, finalmente con codicia lasciva. Su boca temerosa y temblorosa que buscaba la de Laura, maravillosa. Una lengua enorme asomó entre los labios. Buscó y encontró la suya, la envolvió como la de un reptil.

La envenenadora le acarició la cabeza. El duque se abandonó a ella, tratando de olvidar, en el placer, las palabras que habían escuchado sus oídos.

Miedo, dolor, placer.

Parecía la fórmula de un veneno.

El más potente de todos.

Laura conocía bien sus características ya que, desde siempre, experimentaba en su ser los efectos.

Las manos gruesas de él comenzaron a desnudarla. Con voracidad. Como si, al quitarle la ropa, pudiera llenar su corazón vacío y abandonado. Hundió los ojos en las curvas de Laura. Su lengua dentro de ella. El aliento fétido de sus dientes cariados. Los gemidos heridos de un niño miedoso y perverso. Las lágrimas que aún le caían y que mojaban su morena piel. Los dedos que la exploraban: apretando, presionando, exprimiendo, retorciendo... en una locura de rabia mezclada con terror.

Laura lo dejó hacer.

No le hacía daño. No más de lo que ya había soportado.

Se quedó tumbada sobre el mármol, frío como el hielo, mientras el duque le desabrochaba el corpiño. Los jadeos, los jadeos de reptil de su deseo, mezclado con el miedo de aquello que había descubierto gracias a las cartas: todo en él era asqueroso y repugnante, pero no más de lo que era ella misma, que había aceptado cualquier compromiso, por sórdido que fuera, con tal de obtener para sí, en un rincón escondido, el resto de un sentimiento que se asemejara al amor.

Se sentía perdida sin Reinhardt y habría hecho cualquier cosa con tal de mantenerlo cerca. Algo en ella estaba ya roto, desde hacía mucho tiempo, por eso ahora, la saliva del duque, su semen, su olor podrido... no eran más que extrañas bromas de un bufón que no perdía ocasión de burlarse de ella.

Dejó caer el brazo derecho y se le nubló la vista mientras Filippo Maria hacía de todo encima de ella.

Miró la puerta cerrada.

Sonrió.

Sabía que no iría nadie.

Y entonces clavó las uñas en la espalda del duque.

Y secundó con sus caderas las embestidas furiosas y enloquecidas.

FEBRERO DE 1439

43

Una elección difícil

Lorenzo miró a su hermano.

Todavía no daba crédito.

—Hemos pagado el viaje de setecientos prelados e intelectuales griegos para transferir un concilio episcopal de Ferrara a Florencia, ¿te das cuenta? Quiero creer que tú sabrás por qué lo has hecho, porque, a fe mía, me cuesta entender el sentido. En mi opinión esta vez nos hemos expuesto demasiado. —La voz de Lorenzo dejaba traslucir una ira llena de incredulidad—. ¿Y cuál es la razón de un tal esfuerzo? No me digas que crees realmente en la unión de las dos Iglesias, la de Roma y la de Constantinopla.

—No es como te lo imaginas —dijo Cosimo, abriendo de par en par los ojos.

—No me hables con acertijos. He ido hasta Ferrara para implorarle al papa que llevara a cabo negociaciones extrañas, por ser suave, con una oferta que ni siquiera un loco habría rechazado: dime que tienes en mente un proyecto más amplio del que yo te estoy mencionando, te lo ruego. Y dímelo ahora, comparte conmigo tus secretos. ¡Me lo merezco! Aunque no sea más que por ser tu hermano...

Cosimo suspiró.

—Lorenzo, te pido perdón. No he sido más claro en la exposición de mis razones por el solo hecho de que consideraba que era importante reaccionar lo más rápidamente posible. No podíamos arriesgarnos a perder una ocasión como esa, ¿lo entiendes? Estamos hablando del encuentro para unir la Iglesia católica con la ortodoxa, acercar la doctrina y la cultura griegas a la Iglesia romana. ¡Tienes razón! Hombres como Giovanni Bessarione están entre los últimos intelectuales del Imperio romano de Oriente, ¿entiendes? Y Constantinopla corre el riesgo de caer en manos de los infieles otomanos, por eso este encuentro entre Iglesias en el que se debatirá acerca de principios y reglas intenta tender un puente entre culturas, que consienta salvar la historia de la que todos nosotros somos hijos. Al menos en parte.

Lorenzo negó con la cabeza.

—A veces pienso que tienes una excesiva confianza en la cultura y en el arte. También esa locura de querer coleccionar manuscritos, antiguos códices, recubrir las estanterías de pergaminos y rollos de papel, en una biblioteca tan grande como no se ha visto nunca: no lo entiendo. Me pregunto si hay algo que te apasione tanto como el estudio y el arte. No digo que tengas que renunciar, sé muy bien cuánto han significado en cuanto a prestigio y poder para esta familia las obras de restauración y conservación de palacios e iglesias, pero ¡maldita sea!: setecientas personas, Cosimo, setecientas personas son un ejército, ¿te das cuenta?

Un resplandor atravesó los ojos negros de Cosimo.

—¡Bien dicho, hermano mío! ¿Para qué gastar ese dinero

financiando una guerra y acoger soldados? ¿Acaso los florines han de ser invertidos únicamente para crear muerte y destrucción? ¿Por qué no convertir Florencia en el centro de un encuentro que marcará la historia? ¿Tienes idea de lo que esta última aventura nos acercará al papa? Y sabes perfectamente que el papa Martín V no nos ha puesto la tarea fácil. En cambio, con el papa Eugenio IV, las relaciones son óptimas.

—Por descontado, mira todo lo que le hemos dado.

—¿Hubiéramos tenido que dejar el concilio en Ferrara, donde se ha declarado la peste?

—No he dicho eso. Ni en broma. No soy imbécil. No ofendas mi inteligencia.

Cosimo levantó las manos.

—De acuerdo, de acuerdo. Tienes razón. Entonces, piensa en esto: ¿Tienes idea de lo que este gasto va a multiplicar los beneficios en los próximos tiempos? ¡Intenta pensar no solo en las indulgencias, sino en el peso que tendrá, dentro de unos meses, un año, tal vez dos, haber acogido no solo al papa, como ya ha sucedido, en nuestra ciudad, sino a las máximas autoridades de la Iglesia griega y haber permitido el encuentro pacífico de estas dos culturas y el desarrollo sereno de este concilio! ¿Sabes en qué se traducirá todo esto? Ya te lo digo yo, hermano mío. Cuando sea el momento de entrar en guerra contra el duque de Milán, que está haciendo que esos perros de Niccolò Piccinino y Rinaldo degli Albizzi incendien y saqueen los campos, no solamente Sforza estará de nuestro lado, no solo Venecia, sino incluso las tropas pontificias. Y teniendo en cuenta las condiciones a las que el maldito Filippo Maria ha dejado reducida nuestra República, me permito decirte que será fundamental contar con el apoyo del papa Eugenio IV. ¿Te queda claro? Por eso, perdóname si he sido un poco críptico pero, como ves, no había tiempo que perder.

—No creo que sea suficiente —dijo Lorenzo.

—Tienes razón y, de hecho, eso es solo la primera parte de los beneficios. Intenta pensar quién saca provecho en este momento de las rutas que llevan a Bizancio y por lo tanto al comercio con Oriente.

Lorenzo no tuvo ningún tipo de duda: Venecia y Génova.

—¡Exactamente! ¡Comerciantes! O, tal vez, debería decir piratas. Hombres tan astutos y carentes de escrúpulos como para desangrar la ciudad. ¡Qué digo ciudad! ¡La región entera! ¿Y tú crees de verdad que yo me voy a quedar mirando? Pues no. Nuestra ciudad ejerce ahora hegemonía suficiente sobre Pisa como para poder obtener la codiciada salida al Mediterráneo. ¿Piensas que abrir rutas con el Lejano Oriente es perjudicial para nuestras actividades? Y, volviendo a mis primeras afirmaciones, ¿consideras que dejar Bizancio en manos de la Sublime Puerta, que consiente a los musulmanes tomar el control de los estrechos, es una estrategia inteligente para preservar nuestro mundo, construido con tanto esfuerzo? El único problema de verdad es que los reinos, los señoríos, los ducados y las monarquías de Occidente están hechos pedazos, divididos, parcelados. ¡Por eso es necesaria la unidad!

Al decirlo Cosimo clavó los ojos en los de su hermano, desafiándolo a que le mantuviera la mirada.

La biblioteca se sumergió en un silencio absoluto.

Lorenzo se calló por unos instantes. Esperó antes de hablar, ya que se había dado cuenta de que aquello que había logrado su hermano no solo era con un buen fin, y beneficioso para toda la familia, sino que, además, había requerido una gran presencia de ánimo y una extraordinaria rapidez en la toma de decisiones. Y tenía en cuenta una perspectiva muy específica: Francia e Inglaterra salían de una guerra interminable, que duró cien años. Alemania estaba tan dividida en reinos y potentados que no representaban una fuerza en la que apoyarse. Génova, Milán, Venecia, Florencia, Roma y Nápoles solo estaban en condiciones de luchar entre ellas: cada una para imponerse a la otra, sin lograrlo. En definitiva, todos estaban tan comprometidos en hacer la guerra que ni siquiera comprendían que la amenaza otomana podría acabar con ellos, en caso de que lograran derribar los muros de Constantinopla.

—¿Y entonces? —preguntó de repente Lorenzo a su hermano—. ¿Qué pretendes hacer? ¿Apoyar una cruzada?

—Sí, si fuera necesario. Pero por el momento querría solo ser capaz de garantizar el apoyo del papa en la guerra contra Milán y, consecuentemente, que se nombrara un obispo amigo en territorio toscano: alguien que represente el puente espiritual ideal entre Florencia y Roma. ¿Tienes alguna idea mejor?

Respiró hondo.

—De acuerdo. Lo he entendido. —Sonrió y le tendió la mano—. Has actuado bien, solo que me gusta estar más implicado en las decisiones. Sabes cuánto creo en lo que haces y hasta qué punto yo mismo me prodigo para aumentar nuestra fortuna, por eso te ruego, tenme al tanto de tus proyectos, siempre que puedas. He llevado una negociación confiando en ti y volvería a hacerlo, pero, por favor, la próxima vez cuéntame más sobre tus motivaciones.

Cosimo lo abrazó.

—No sabes qué alivio siento con tu perdón —dijo—. Nunca, ni siquiera por un instante, he querido excluirte de las decisiones, pero los acontecimientos cambiaron tanto de repente que no fui capaz de controlar los tiempos. Has hecho un gran trabajo en Ferrara y no podíamos esperar más. Y que quede bien claro: sé cuánto te has implicado en este asunto y no lo infravaloro en absoluto.

—Incluso cuando tú estabas demasiado ocupado hablando con tus artistas preferidos —dijo Lorenzo con una sonrisa.

—Incluso cuando yo estaba demasiado ocupado hablando con mis artistas favoritos —concedió su hermano.

—¿Y ahora? —le preguntó Lorenzo.

—¿Qué quieres decir?

—Bueno, ahora que Florencia se ha convertido en la sede del concilio...

—Intervendremos, allá donde sea posible.

—Pero... pero... sabes que no entiendo nada de esas cosas.

—No es verdad. Y en cualquier caso Marsilio Ficino estará con nosotros. Su conocimiento de las lenguas griega y latina es, como poco, extraordinario.

—Si no recuerdo mal, también tú sabes latín.

—En absoluto como él.

—De acuerdo, me rindo. Ya lo he entendido. Voy a estar pendiente.

Niccolò Piccinino cabalgaba como alma que lleva el diablo. La espada que brillaba en el aire, la sonrisa cruel mientras golpeaba al adversario haciéndolo desplomarse para luego pisotearlo con los cascos de su caballo... Aquel hombre era un auténtico capitán mercenario y a Reinhardt Schwartz no le cabía ninguna duda de que había surgido desde los mismísimos infiernos.

Lo que más lo impresionaba era la facilidad y solicitud con que le obedecían sus hombres. Huido del asedio de Verona, Piccinino había logrado que los suyos fabricaran, en el transcurso de una sola noche, un puente hecho con barcas que comunicaba la orilla veronesa con el Adige mantuano. De ese modo podría fugarse más fácilmente o, en caso contrario, esperar refuerzos y suministros.

Y ahora estaba masacrando a los marineros venecianos que se encontraron haciendo de blanco para los hombres de su compañía debido a los témpanos de hielo en las aguas del río. No había esperanza alguna de que los galeones, encallados algo más atrás e imposibilitados para maniobrar, pudieran componer una línea de defensa para sus propios hombres utilizando cañones cuyo tiro no alcanzaba siquiera a rozar al adversario. ¿Y la suerte? La suerte sonríe a los audaces. Y Piccinino era más que audaz. Se lanzaba al ataque, cuando era necesario, mirando cara a cara a la muerte. Y sus hombres se mantenían en la retaguardia, alimentados por ricos y frecuentes botines que su capitán a menudo conseguía.

Los artilleros estaban exterminando a los marineros en las barcas a base de descargarles balas de plomo y con la caballería, Piccinino pretendería acabar con los otros en la orilla del Adige. Había recomendado dejar alguno vivo mientras las frías aguas del río se teñían de sangre. Reinhardt sintió una flecha silbarle cerca. Cargó contra el arquero que había intentado cogerlo desprevenido y con la espada le cercenó el brazo con el que manejaba el arco. Del muñón brotó una fuente de sangre. El veneciano gritó desesperado. Schwartz continuó su carrera. Luego tiró de las riendas y detuvo el caballo. El animal se encabritó. Daba coces con las patas delanteras y, en cuanto se adentró en el terreno pantanoso de la orilla, Schwartz lo puso de nuevo al galope y lo hizo retroceder.

El veneciano había caído de rodillas y apretaba el muñón con la mano izquierda. Vio a Schwartz llegar para arremeter contra él.

Cerró los ojos y esperó la muerte.

Con resignación.

El caballo aumentó la velocidad hasta que, al llegar a la altura del adversario arrodillado, Schwartz le asestó un golpe de espada cruzada que abrió una herida en el cuello del hombre.

El soldado veneciano cayó hacia delante. Nueva sangre se mezclaba con el agua helada del Adige. A su alrededor, los gritos desesperados de los moribundos hacían de obsceno contrapunto a los chillidos sanguinarios y excitados de los hombres de la serpiente, la bandera de Filippo Maria Visconti, que ondeaba terrible en el viento frío de aquella tarde de enero.

44

El arzobispo de Nicea

Cosimo había salido temprano. Las calles de Florencia estaban impregnadas de una particular energía incluso en esos días fríos de invierno. Solo una semana antes, el veintisiete de enero, había llegado el pontífice desde Ferrara, con una parte de su propio séquito. Esa fecha se declaró día festivo, para permitir a todos los ciudadanos participar en las suntuosas celebraciones.

Para Eugenio IV se trataba de un gran retorno a esa ciudad que ya desde hacía años se había convertido en su segunda casa. Florencia le había otorgado una acogida triunfal al papa y se disponía a aclamar la llegada del patriarca griego, José, que llegaría en pocos días, escoltado por treinta obispos y toda la corte pontificia con más de quinientos caballeros. Después llegaría el basileus: el emperador de Constantinopla, Juan VIII Paleólogo.

Para acogerlos de la manera adecuada, Leonardo Bruni estaba preparando varios discursos de bienvenida en griego.

Pero en ese momento, Cosimo, gracias a la intercesión del papa, había conseguido una cita con uno de los grandes griegos de la religión, que ya se encontraba en la ciudad.

Se dio prisa, pues, para encaminarse a San Lorenzo.

En cuanto entró en la iglesia, se dirigió sin demora a la sacristía, donde descansaban los restos de su padre y de su madre. Siempre que le era posible, elegía ese lugar para hablar de temas importantes, ya que solo allí sentía que retenía ese pasado que nunca podría olvidar, a pesar del inapelable paso del tiempo. Tan solo unos años antes habría temido que la memoria se debilitara por efecto del paso de los días; que la imagen de su padre y de su madre se hiciera cada vez más desvaída, más débil.

Cosimo podía ahora decir que no había sido así. No los había olvidado. Ni siquiera un poco. Y la sacristía y la tumba familiar, exactamente debajo del altar, habían desempeñado un papel de primera importancia en su voluntad de cultivar la memoria.

Al llegar vio que aquel con quien iba a reunirse ya había llegado.

El hombre que estaba frente a él tenía un aspecto portentoso. Cosimo se quedó sorprendido, quizá porque en primera instancia se habría esperado a un intelectual, un hombre de iglesia y, por ello, lo había imaginado alto y delgado. En cambio, Giovanni Bessarione era un hombre imponente, fuerte, musculoso, de anchas espaldas. Llevaba vestimenta oscura, con bordados de oro y piedras preciosas. Una barba larga y poblada le adornaba la barbilla, que terminaba en dos puntas afiladas como cuchillas, y tenía unos ojos negros como botones de ónice, dispuestos a brillar siempre que algo atraía su atención.

El papa Eugenio IV había conducido a Cosimo ante el alto

prelado, lo había presentado como señor de Florencia, erudito y mecenas, y había enfatizado lo generosa que había sido su contribución para que el concilio pudiera celebrarse en una de las ciudades más hermosas del mundo.

Para el Médici aquel hombre representaba uno de los últimos embajadores del saber y de la cultura bizantina del Impero romano de Oriente. Bessarione era, además, el arzobispo de Nicea y había llegado a Ferrara el año anterior, acompañado por el cardenal Cusano. Se decía que era uno de los impulsores de la llamada reunificación, aquel puñado de hombres de fe que aún soñaban una reconciliación de Iglesias entre latinos y bizantinos, aunque, en casa, contaba con la oposición de los monjes y de buena parte de la Iglesia griega.

Había llegado el momento. Cosimo trató de romper el hielo, ya que el arzobispo parecía dispuesto a fijarlo en sus retinas, sin pronunciar palabra, en las dos horas sucesivas.

Habló en latín.

—Vuestra gracia —dijo Cosimo—, vuestra presencia supone un gran honor para mí y para nuestra humilde ciudad. Soy un apasionado defensor de la causa que tanto le preocupa y espero infinitamente que este concilio pueda significar el acercamiento de nuestras Iglesias.

Bessarione sonrió y había una luz sincera en sus profundos ojos negros.

—Mi buen amigo —le respondió— me siento feliz de conocer a un defensor latino de esta unión. Por desgracia, me duele observar que la reunificación entre Roma y Bizancio no parece cercana en su consecución.

A Cosimo le disgustó sentir ese velo de amargura en las palabras del arzobispo de Nicea. Por lo tanto, intentó saber más del asunto y si era posible encontrar junto a él una vía que permitiese, si no llegar a una solución, sí al menos alimentar un hilo de esperanza.

—¿Y por qué, si puedo preguntároslo, vuestra gracia?

—Mirad, el asunto de la separación no está tan vinculado a cuestiones de doctrina. No se trata, en suma, de que el *filioque*, la expresión añadida por los latinos en el Credo a *qui ex patre procedit* que confirmaría que el Espíritu Santo procede del Padre y del Hijo, represente el verdadero problema de la disputa.

—¿En serio? —Cosimo no sabía mucho sobre eso, pero, a través de sus propios informantes, había seguido el desarrollo completo del concilio de Ferrara. Y por lo que había entendido era justamente que el Espíritu Santo procedía del Padre y del Hijo, y el añadido en el Credo de esa doble filiación, lo que significaba el meollo del asunto y el motivo principal del debate entre la Iglesia latina y la griega.

—Mirad, en lo que respecta a este punto, a decir verdad, nadie intenta oponerse, a condición de que no se viole la expresión formal conciliar del símbolo niceno-constantinopolitano. Pero, de hecho, amigo mío, lo que realmente entra en conflicto en la reunificación formal de las dos Iglesias es el tema de fondo, encarnado en complejas razones políticas y culturales que hunden sus raíces en la noche de los tiempos.

Cosimo estaba cada vez más desconcertado. Intentó manifestar abiertamente sus interrogantes.

—Creía que las razones de la disputa no estaban vinculadas a cuestiones políticas.

—Amigo mío, es evidente que la disputa doctrinal tiene su peso. Sobre todo porque, como mencionaba, se añade a una segunda cuestión que es de la que voy a informaros ahora: si la Iglesia de Roma puede unilateralmente modificar el Credo común, aprobado por concilios ecuménicos, añadiendo la expresión *filioque*, entonces está afirmando de facto su propia supremacía, lo que es claramente intolerable. Pero ¿qué decir sobre el abandono o, peor aún, los estragos que Occidente y, en concreto, los caballeros cruzados han infligido en los últimos siglos en una ciudad como Bizancio, sin por lo demás salvarla en modo alguno de las cadenas otomanas? ¿No son estos, según vos, motivos más que suficientes para justificar los sentimientos de repulsa, cuando no de odio, alimentados por muchos de los monjes, prelados y gobernantes de nuestra tierra? Y quien os habla se encuentra entre los que desean más que nadie que vuelva la unión. Ciertamente, Bizancio ha cometido errores: mantenerse aislada y haber reivindicado una autonomía que con los siglos se ha convertido en pertinaz presunción, por no mencionar la corrupción rampante que la ha impregnado en tiempos recientes y la ineptitud de algunos de sus emperadores. Y no son culpas de menor cuantía. Pero es asimismo cierto que teniendo en cuenta que los cruzados, en tantas ocasiones, han saqueado sus tesoros o, incluso más, recordando que los comerciantes genoveses y venecianos la han convertido en tierra de saqueo para sus propios beneficios comerciales, esa reivindicación de autonomía y de arrogante aislamiento parecía el camino obligado de la supervivencia. A pesar de ello, y lo digo con total sinceridad, hoy el basileus de Constantinopla ha venido en persona a vuestra ciudad para pedir ayuda al mundo de Occidente. El mismo que durante siglos nos ha abandonado, robado, despojado de nuestra dignidad. Como bien podréis comprender, al decir esto mi corazón sangra. Y por tanto el éxito de una reunificación está también ligado a la esperanza de lograr hacer sobrevivir una cultura entera que corre el riesgo de desaparecer bajo el yugo otomano.

Al oír esas palabras Cosimo percibió una profunda tristeza en el gran arzobispo. Se daba cuenta, una vez más, de que aquel concilio no solo representaba un momento de síntesis de las razones de las comunidades eclesiásticas, sino tal vez el único puente posible para mantener viva una última chispa de cristiandad en Oriente. Sería el fin de Roma, es cierto, pero también borrar la memoria, anular miles de años de historia.

—Vuestra gracia, lo que decís es tan desalentador que me cuesta encontrar las palabras y, por otro lado, me doy cuenta de cuáles y cuántas son nuestras culpas. Y estoy seguro de que las muchas divisiones que atraviesan Occidente, con tantos señoríos y ducados que lo componen, es verdad que no ayudan a una visión común y única, dispuesta a reafirmar una reconciliación. A su vez, el objetivo de este concilio va exactamente en esa dirección y mi compromiso preciso es forjar una alianza que, con mediación de nuestro buen pontífice, pueda reunir a las partes, para que pronto pueda, de acuerdo con los señores y soberanos cristianos, ordenar una nueva cruzada para devolver Constantinopla a su protección y tutela, para así salvar y volver a difundir una cultura que nos resulta tanto más valiosa por cuanto somos hijos de ella. Mirad nuestras iglesias, nuestros palacios, si podéis, visitad nuestras bibliotecas... Dios es testigo de lo profundo que es nuestro compromiso, en Florencia, para tratar de alcanzar ese objetivo. Vuestra presencia, como la de tantos otros intelectuales que han llegado a nuestra ciudad, puede representar una guía atenta y valiosa para difundir de manera determinante tal sentimiento y sensibilidad.

Cosimo vio que por un instante la frente de Bessarione se liberaba de las arrugas. Los ojos solo estaban iluminados por una luz oscura y grave, pero parecía que volvían a alimentar la llama de la esperanza.

—Mi querido Cosimo, al oír esas palabras vuestras mi corazón vuela alto. El papa Eugenio IV prueba gran confianza en vuestra capacidad y tengo que decir que tal convicción encuentra plena confirmación en lo que llevo oído hasta ahora. Como habréis intuido, la unión es posible únicamente a través de una aproximación política y cultural de nuestros mundos. Voy a tratar de valorar la oportunidad que se me brinda y asumiré como compromiso propio conocer mejor vuestra ciudad. Espero, de hecho, poder disfrutar de vuestra compañía y guía para adentrarme en sus maravillas y tesoros. No creo que pueda tener días mejores que los que me aguardan.

Con esas palabras Bessarione se acercó a Cosimo y lo abrazó. El señor de Florencia se quedó tan sorprendido con aquel gesto de afecto tan imprevisto como sincero que necesitó unos minutos para corresponderle, pero cuando reaccionó, lo hizo poniendo en ello toda su alma.

Al soltarse, Bessarione lo miró a los ojos. Cosimo vio en ellos no solo amistad e indulgencia, sino una firmeza de espíritu a la que ciertamente no habría querido jamás decepcionar.

45

Consejo de guerra

—Tenemos que quitar de en medio a Florencia, vuestra gracia, no podemos esperar más. Los Médici se están haciendo demasiado poderosos —insistió Rinaldo degli Albizzi—. Ser capaz de llevar a la ciudad el concilio ecuménico ha sido un golpe maestro. Cosimo pretende consolidar una alianza con el papa.

—Sí —confirmó Niccolò Piccinino— y, para ser sinceros, si yo fuera vos, no me fiaría de esa serpiente de Francesco Sforza. Ese hombre es traicionero, siempre dispuesto a cambiar de bandera y, como que hay Dios, si continuáis protegiéndolo, se os volverá en contra, señor mío.

—¡Silencio! —gritó Filippo Maria Visconti.

Se levantó de su banco de madera y dio una serie de grandes zancadas por la sala. Él era el duque de Milán, él, y solo él, y no necesitaba por cierto sugerencias de aquellos que no eran ni siquiera dignos de lustrarle las botas y que lo único que tenían que hacer era obedecer sus órdenes o esperar sus decisiones.

¡Cómo se atrevían! Esos hombres existían únicamente porque él así lo quería. Podría chasquear los dedos y desaparecerían, y otros los remplazarían. Por no hablar de que ese imbécil de Albizzi estaba a su merced, aunque continuara olvidándolo. Dirigió la mirada a su alrededor y la detuvo en Reinhardt Schwartz: aquel hombre le gustaba. Era un soldado valioso, al que no le faltaban agallas, como Piccinino le había dicho en varias ocasiones, y nunca hablaba, a menos que se le interrogase. ¡Maravillosa costumbre! Estaba en un rincón, cortando una manzana con un cuchillo de grandes dimensiones.

Filippo Maria asintió, como si ese fruto fuera el que él quería.

—Y vos —lo interpeló el duque—, ¿cuál es vuestra opinión sobre el asunto, mi querido Schwartz?

—¿La mía? —preguntó el mercenario suizo, más sorprendido que molesto por esa pregunta.

—¿Veis a alguien más a vuestro lado? Sí, hablo con vos y quiero conocer vuestra opinión.

Schwartz se tomó su tiempo, como le gustaba hacer. Que quien le hiciera la pregunta fuera el duque no significaba ninguna diferencia para él. Masticó un trozo de manzana. La tragó. Luego habló.

—Lo que pienso, señor mío, es que lo que dice Rinaldo degli Albizzi es verdad. Y también cuanto ha afirmado mi capitán. No es un secreto que Francesco Sforza está pensando en dar su apoyo a las tropas venecianas. Y todos sabemos lo estrechas que son las relaciones amistosas entre Venecia y los Médici. Yo creo, con toda sinceridad, que estamos llegando a un punto en el que la última batalla, la definitiva, la que marca la victoria de una parte y la derrota de la otra, ya no es prorrogable. Llega el momento, excelencia, en el que o a uno lo matan o gana o pierde, sin apelación y sin reservas.

—Y según vos este momento ¿ya ha llegado? ¿Y ahora?

—Eso no sé decírselo con precisión.

¿Qué clase de preguntas eran esas que le hacía el duque? ¿Cómo podía creer que tuviera una respuesta para aquello? Schwartz pensó que Filippo Maria debía estar completamente enajenado. Y, en efecto, al mirarlo, parecía que fuera exactamente así.

—Y entonces ¿para qué me servís, Schwartz? Habláis como mi envenenadora: mediante acertijos. Pero vos sois un soldado, ¡maldita sea!

Reinhardt se comió otro cuarto de manzana.

Era dulce y jugosa.

A Filippo Maria aquella calma lo sacaba de quicio.

Y, lo que era peor, al fulminar con la mirada a Rinaldo degli Albizzi, se dio cuenta de que este estaba a punto de volver a preguntar.

Se le adelantó.

—¿Qué más hay? —gritó desesperado.

—Mirad, vuestra gracia... —empezó a decir Albizzi—, es un hecho que, con el concilio de Florencia, Cosimo de Médici apunta a establecer la unidad de las Iglesias para conseguir los favores de Eugenio IV y del pontífice. A pesar de las últimas controversias con Basilea y el emperador Segismundo, está ganando rápidamente poder y prestigio. Llegará el día en que ese hombre volverá a asentarse en la Ciudad Eterna, es solo cuestión de tiempo, y los vínculos de amistad con los Médici serán aún más nefastos para vos. Lo que me permito sugeriros es golpear ahora, en que todavía no han alcanzado esa posición de fuerza.

Rinaldo había pronunciado esas frases con cuidadosa cautela. Había comprendido, en esos años, a medir sus palabras. O al menos así lo esperaba. La suya era ya una vida de exiliado y conspirador, y como tal no podía permitirse actitudes despectivas. Esos años de espera no le habían hecho rendirse, pero su arrogancia se había ido aquietando y ahora sus peticiones se parecían cada vez más a los rezos de un pobre hombre. No había abandonado el sueño de regresar a Florencia, pero el trabajo de tejedor, alimentado con la calma de la araña que espera finalmente la presa en su propia tela, lo había experimentado de una manera profunda. Estaba cansado, casi postrado. Cuanto más intentaba aferrarse a su sueño, tanto más le parecía alejarse de él, y sus dedos terminaban por chasquear en el aire. Incluso su mirada, durante algún tiempo dura y descarada, estaba atravesada por una sombra que parecía no quererlo abandonar jamás.

—Mi querido Albizzi —dijo el duque, repentinamente calmado—, lo creáis o no, vuestras preocupaciones son también las mías. Y estaréis contento al saber que vuestro momento finalmente ha llegado. Tendréis vuestra venganza, podéis estar seguro de ello, pero nunca tenéis que olvidar a quién debéis gratitud y fidelidad. En este tiempo habéis aprendido la templanza. Recuerdo cuando llegasteis con el rabo entre las piernas, escupiendo sentencias. Confieso que vuestra actitud de ahora mismo me complace mucho más. Dicho esto, si vos... y también vos, Piccinino, creéis que podéis decirme cómo y cuándo atacar, os equivocáis de medio a medio. La decisión depende de mí, siempre y de cualquier manera. Lo que puedo deciros es que la acción debe estar preparada hasta en el más mínimo detalle. No podemos dejar nada al azar: es así como siempre me he mantenido en pie y a menudo he podido estar por encima de mis enemigos. Ahora —continuó— ordeno a mi capitán de mercenarios que gane el apoyo de Gian Francesco Gonzaga y así extenderse hacia el Véneto contra Gattamelata y Bartolomeo Colleoni, de modo que asestemos una estocada a Venecia, que también está extendiéndose demasiado hacia el interior. Os ordeno, capitán, que inmediatamente después crucéis el Po y bajéis hacia Florencia; y quiero que, junto con Albizzi y a los que Schwartz consiga reunir, toméis la ciudad. Esto, por supuesto, tiene que ver también con vos, mi querido Schwartz. Sé que los tiempos no son inmediatos, pero precisamente por esa razón sería bueno que empezarais a moveros...

El mercenario suizo asintió sin decir palabra.

—Hará falta dinero, señor mío —observó Piccinino.

—Capitán, por lo que respecta al dinero, estáis bien provisto. Alimentad a vuestros hombres con el botín y las presas que consigáis. Saquead, violad, matad... Quiero que vuestro nombre siembre terror cuando lo pronuncien. Alguien, hace poco, me sugirió que aplicara la misericordia a los vencidos, pero no me parece una gran estrategia, creo más bien en el miedo y el respeto que se derive de todo esto: prefiero que me teman a que me tengan compasión.

Piccinino no estaba contento. Esperaba poder sacarle unos ducados a Filippo Maria. Intentó insistir.

—Señor mío, tenéis razón. Por otro lado mis hombres están cansados. El frío invierno ha helado campos y ríos. Por no hablar de las infinitas dificultades que entrañan las carreteras, que están tan maltrechas que hace inseguro, por no decir imposible, el transporte de vituallas para la tropa. Mis hombres yacen devorados por la enfermedad y las penalidades en los campamentos de invierno de la Riviera di Salò y, a pesar de ello, se baten a muerte para obstaculizar cualquier avance de la flota veneciana. Necesito darles algo. Por desgracia, mantenerse firmes los mata más que el frío. Por eso os ruego, ayudadme. Si no, no respondo de ellos.

Filippo Maria resopló, incapaz de ocultar su irritación.

Sus hombres eran cada vez más codiciosos y continuaban saqueando sus ya mermados recursos. Por otro lado, sabía que si había alguien que trataba de compensarlos con los botines de guerra, ese era Piccinino. Y por ello su petición debía ser sincera. No era imposible creer que la situación fuera exactamente como él la había descrito.

Para tener la certeza total, le preguntó a Schwartz:

—¿También vos, Reinhardt, podéis confirmar lo que dice mi valiente capitán?

Claro que resultaba extraño que el duque no se fiara de Piccinini, que combatía para él y bajo su bandera. Por otra parte a Filippo Maria lo carcomían la sospecha y el temor de ser traicionado. Vivía encerrado en la fortaleza de Porta Gioia y rara vez salía. Decir que estaba atrincherado era decir poco y bien fornida era la red de espías que había puesto a vigilar a sus hombres, tanto que, a veces, había sucedido que los unos se convertían en espías de los otros y ellos mismos habían acabado, por descuido, traicionándose. Todos informaban de todos y una de las ocupaciones favoritas del duque era la de permanecer encerrado en la torre hablando con sus espías y escuchando cómo habían actuado los que trabajaban para él. No era fácil trepar por la empinada columna de sus preferencias, que eran pocas y secretas, y, no obstante, todos trataban de mostrarse con él leales y complacientes. Era justo de ellos de los que Filippo Maria se fiaba sobre todo.

Schwartz había aprendido que la mejor manera de salir vivo de aquella maraña de obsesiones era decir de modo simple y directo lo que pensaba, ya que era imposible engañar a ese hombre.

Por ello, ante la enésima pregunta, respondió de la forma más sincera posible.

—A fe mía, vuestra gracia, que lo que dice mi capitán es

desgraciadamente cierto. No recuerdo invierno más amargo que este y los hombres a los que no han herido o matado en los últimos enfrentamientos con los venecianos ahora son víctimas del hielo y de la nieve. Es verdad que son soldados, saben a lo que van, pero esta inactividad forzada, a causa del invierno y del frío, junto con la falta de dinero que deriva de ello, están poniendo a prueba su estabilidad mental. El temor, hay que reconocerlo, es que una buena parte de ellos pueda abandonar las filas de vuestra gracia, a pesar de la fuerte influencia que el capitán ejerce sobre ellos.

—Por Dios, Reinhardt, no son más que mercenarios, no hay más que remplazarlos —gritó exasperado el duque de Milán.

—Cierto, excelencia, tenéis razón, pero, si me lo permitís, no penséis que la sustitución de los hombres es un hecho banal y obvio: la compañía tiene sus propias reglas y códigos y si eso se rompe, es casi imposible recomponer la fractura metiendo a otros hombres. Yo creo que dar algo hoy es una manera óptima de recibir algo mañana.

—¡Hágase, maldita sea! Os voy a dar cinco mil ducados para frenar esa desesperación tan tremenda, pero ni uno más. Y que quede claro, que con nieve o sin ella, quiero que marchéis lo antes posible a Verona y a Soave para mandar de vuelta a la laguna a esos malditos venecianos. Después de eso pondréis el foco sobre Florencia, ¿me he explicado? Ah, ¡y por supuesto llevaos con vos a Rinaldo degli Albizzi! Puesto que está tan impaciente por abandonar este castillo, considero que unas cuantas escaramuzas mientras hace tiempo para entrar en su ciudad, no pueden más que serle beneficiosas. ¿Me he explicado? ¡Y ahora desapareced! ¡Los tres! —tronó el duque que no veía la hora de quitarse de encima a esas tres sanguijuelas.

Sin atreverse a responder, Albizzi, Piccinino y Schwartz inclinaron la cabeza y salieron en silencio.

Mientras su capitán y su antiguo señor se quedaron confabulando en una pequeña alcoba una vez que salieron por la puerta, Schwartz se encaminó hacia los aposentos de Laura Ricci.

Mientras recorría las escaleras que le llevaban al patio central, para luego acceder al ala este en la que vivía la que se había convertido en envenenadora personal del duque, Reinhardt se sumergió en pensamientos sombríos.

Desde que ambos habían pasado al servicio de Filippo Maria Visconti, los momentos que pasaban juntos se habían hecho más escasos y, en cierto sentido, amargos. Reinhardt había guardado con él desde siempre un secreto nunca revelado y que ahora, sin embargo, parecía a punto de brotarle de los labios.

No lograba explicarse el motivo, no sabría decir por qué en ese preciso momento. Quizá porque lo había mantenido demasiado tiempo en secreto y, a pesar de que no quería admitirlo, Laura le importaba. ¿Cómo explicar, si no, que había ido a salvarla? Bueno, no entendía por qué no se había fugado con ella. En cierta medida, le parecía casi ser prisionero de aquello en lo que se había convertido. Odiaba, ya, ser un soldado de oficio, y no obstante eso era todo lo que era capaz de hacer y, en última instancia, Laura no había arraigado en su corazón como para dejarlo todo y dedicarse solo a ella.

¿Tal vez no era más que un cobarde?

O quizás, en el fondo de su alma, consideraba que no merecía ser feliz, ya que no tenía ninguna duda de que cuando conseguía relajarse, solo con ella alcanzaba una sensación verdadera de paz y alegría.

Pero había sido tan cruel ese debatirse entre la necesidad de hablar y el miedo de herirla que había huido a la guerra, a refugiarse en las campañas militares con el único objetivo de tener una excusa convincente para no encontrarse con ella o para hacerlo lo menos posible. Sin embargo, su corazón sangraba.

Al mismo tiempo no quería herirla con el secreto que incubaba en lo más profundo de su mente. Estaba convencido de que anteriormente había sido capaz de borrar aquellos recuerdos, pero habían transcurrido los años y, por culpa de la violencia de los enfrentamientos recientes, había vuelto a aflorar a la memoria, como una regurgitación, para echarle en cara los contornos despedazados de su alma rota.

Los días se habían vuelto más negros, los encuentros más raros y los momentos de pasión se habían desvanecido en una suerte de fatalidad y tristeza.

En cierto sentido parecía que el tiempo había esperado ese momento que, entre ellos, tarde o temprano llegaría. Quizá precisamente ese día.

Desde que había entrado en la corte de Visconti y había sabido su destino, Laura había aceptado sin discutir lo que la vida le tenía reservado. Algo que, por otra parte, tampoco era una novedad. Además, con el paso de los días, también la cotidianidad se volvía más negra, se había aferrado a él de manera casi sofocante.

Y ahora, cuando la veía, ese lado violento suyo, ese que nunca había sido capaz de mantener a raya, volvía con prepotencia, justamente como aquella noche de hacía muchos años.

Mientras se dirigía hacia sus aposentos, decidió olvidarlo. Sería otra vez. No se sentía preparado todavía.

¿Lo estaría alguna vez?

Seguro que debería estarlo.

Pero no ese día.

Así que tal como había llegado se volvió sobre sus pasos.

Iría adonde estaban sus hombres y sepultaría los pensamientos en el helado campamento.

JULIO DE 1439

46

El encuentro de las Iglesias

La catedral estaba atestada. En el lado derecho, los cardenales y los obispos católicos; en el izquierdo, los altos prelados y los monjes de la Iglesia griega. Largos eran los hábitos de los unos y de los otros; de rojo y oro los primeros; de negro y plata los segundos.

El pontífice Eugenio IV, con su atuendo papal, estaba en el altar mayor. Ante sus ojos y escrito en los más exquisitos pergaminos, se hallaba el texto de la reconciliación y de la unión de las dos Iglesias: la occidental y la oriental.

A su lado, bajo la cúpula de Brunelleschi, el cardenal Giuliano Cesarini daba lectura al decreto, redactado de común acuerdo, que confirmaba la reunificación y sellaba una alianza que era la puerta hacia un entendimiento político e incluso militar, de cara a proteger el mundo cristiano de la ira otomana, a punto de derribar los últimos muros de Bizancio que todavía la separaban de los reinos occidentales.

Cosimo, a quien se le permitió presenciar el momento

solemne, permaneció a la escucha. Había logrado asiento en uno de los primeros bancos, algo totalmente excepcional.

Las palabras de Eugenio IV sonaban agradecidas y sin ambigüedades en los oídos de los presentes y eran resultado de una confrontación que duraba ya meses tan solo en aquella última etapa florentina, sin contar, pues, los años consumados primero en Basilea y más tarde en Ferrara.

—Los griegos han afirmado que, al sostener que el Espíritu Santo procedía del Padre, no han intentado excluir al Hijo; los latinos, por otro lado, han hecho hincapié en que al decir que el Espíritu Santo procede del Padre y del Hijo no han querido en modo alguno dejar fuera el hecho de que el Padre sea fuente y principio de cualquier divinidad, y por lo tanto del Hijo y del Espíritu Santo; ni consideran que por eso mismo haya dos principios o dos inspiraciones. Único es el principio y única la inspiración del Espíritu Santo. De ello se desprende, por lo tanto, un único e idéntico sentido de la verdad, de modo que de ahí emerge, clara e irrefutable, la consiguiente fórmula santa y grata a Dios.

A nadie parecía escapársele lo esencial de aquel pasaje. Tampoco a Cosimo, que reconocía la oportuna grandeza, especialmente a la luz de cuanto el propio Giovanni Bessarione le había confesado unos meses antes.

Un plan tomaba forma en la mente de Cosimo y era tan grandioso que casi temía pronunciarlo aunque, al escuchar aquellas palabras, todo podría ser posible.

Sabía que tenía una gran responsabilidad. Sabía que las expectativas, llegados a aquel punto, eran altísimas. De tal altura que se arriesgaba a caer. Sin embargo, la liga antiducal bien podría convertirse en el ente secular garante de aquella unión.

¿Sería que era solo y únicamente un idealista loco? Lorenzo, que estaba a su lado en ese momento, no parecía compartir su parecer. No habían faltado las ocasiones en que le hacía notar que esa alianza era de tal fragilidad que acabaría descomponiéndose con la primera ráfaga de viento.

Aunque soñar no le había hecho nunca daño a nadie, por lo que a Cosimo le constaba. Más bien era a partir de las visiones más increíbles y grandiosas donde se generaban las hazañas más extraordinarias.

—En el nombre de la Santísima Trinidad, Padre, Hijo y Espíritu Santo, con la aprobación de este sacro y universal concilio florentino, disponemos que esta verdad de fe ha de ser creída y aceptada por todos los cristianos; y así todos deben profesar que el Espíritu Santo desciende eternamente del Padre y del Hijo, y que desde la eternidad procede del uno y del otro, como de un único principio y una única inspiración; y declaramos que lo que afirman los santos doctores y padres, que el Espíritu Santo procede del Padre por medio del Hijo, hace que se entienda que también el Hijo, como el Padre, es causa, según los griegos, principio según los latinos, de la subsistencia del Espíritu Santo.

Al oír esas palabras, Cosimo cerró los ojos. El milagro de la unión de las dos Iglesias se había llevado a cabo. Ahora el largo trabajo desarrollado en todos esos meses había dado sus frutos. Sonrió ante el pensamiento de que, una vez más, un hecho tan importante se hubiera celebrado en Santa Maria del Fiore.

Tal vez aquel tesoro arquitectónico se había convertido en el templo de los éxitos y objetivos alcanzados. Se quedó todavía un tiempo con los ojos cerrados, dejándose mecer por las últimas palabras pronunciadas por el cardenal Giuliano Cesarini.

—¿Es verdad lo que se cuenta por ahí?

Cosimo levantó la vista de la letra de cambio.

Contessina tenía el rostro sombrío. Una mueca de ira le estiraba los labios y no parecía un rapto de mal humor pasajero. Toda la semana, Cosimo había tenido la sensación de que ocultaba algo y, como siempre había hecho en tales circunstancias, esperó a que el enfado de Contessina se aplacara. Pero, evidentemente, eso no había sucedido.

—¿Qué se cuenta por ahí? —aventuró.

Contessina sacudió en un gesto negativo la cabeza, con incredulidad.

—Ya no te reconozco —dijo ella con amargura—. En otra época, al menos habrías tenido confianza en mí, te habrías dignado susurrarme tus dudas, los planes de tus jornadas. Ahora, en cambio, es todo vano, distante, inútil. ¿No es así?

Cosimo no sabía qué decir.

—Piccinino ha tomado Verona y ha desfilado por Padua. Sus hombres ya están apareciendo en Venecia y, aunque tu querido amigo Francesco Sforza, con el que has conspirado largamente, diera la impresión de que se enfrente a él, parece albergar la intención de llegar a las puertas de Florencia, más tarde o más temprano. Lorenzo sostiene que todo este concilio es una maquinación tuya para poner de nuestro lado a las tropas pontificias, más allá de las promesas y de los acuerdos para promover la unión de las diferentes confesiones. Ahora te pregunto: ¿Cuándo tenías intención de decírmelo?

—Cosimo elevó una ceja. ¿Habría tenido que hacerlo? Pero ese gesto tuvo el único efecto de que Contessina se pusiera aún más agresiva—. ¿Te sorprende una petición de este tipo? ¿Después de todo lo que hice por ti? ¿Durante años? —continuó ella sin darle tregua—. ¿Estando siempre, y digo siempre, a tu lado? ¿Incluso cuando todos conspiraban contra nosotros? Y ahora, en tu opinión, después del exilio, la corrupción, la espera, la separación... ¿tengo que quedarme callada para descubrir que un día me vas a dejar para ir a luchar y tal vez morir, ocultándome la verdad hasta el último momento? No, en serio, amor mío. Si es eso lo que piensas de mí...

—De ti solo pienso lo mejor que se me puede venir a la cabeza. Desde el primer día, desde cuando te vi, he deseado desde lo más profundo de mi ser convertirme en un hombre mejor. He esperado y buscado serlo para ti y nuestra familia. Quizá no lo he logrado siempre. Con respecto a los motivos que me han llevado a acoger el concilio en Florencia, bueno... En Ferrara se había declarado la peste... ¿Qué tenía que haber hecho? Y sí, es verdad, intento garantizarnos la alianza del pontífice y las indulgencias necesarias... ¿Soy mal marido por preocuparme de mi familia? ¿Y quiénes son las personas que forman parte de mi familia? ¡Tú y mi hermano a veces sois iguales! De verdad que no os entiendo. Sí, de acuerdo, hubiera tenido que implicarte más en las decisiones, en estas últimas por lo menos, pero hay situaciones en las que la puesta en común, los consejos, no significan más que tropiezos y retrasos inútiles. Y, además, no entiendo por qué una ocasión importante como es la reunificación de dos confesiones tiene que ser reducida a una simple estrategia política para garantizar aliados de guerra. La cuestión es mucho más compleja y te rogaría que me creyeras cuando te digo que lo que hago está destinado solo a garantizarte a ti y nuestros hijos el más completo bienestar.

Contessina se le acercó. La mirada se había vuelto imperceptiblemente más dulce. No era mucho, pero al menos era algo.

Cosimo la miró a los ojos. Habían pasado los años, pero

seguía siendo hermosa. La gamurra verde adornada en plata y decorada con perlas y brillantes realzaba su piel, tan luminosa. Contessina era puro esplendor. Le cogió las manos.

—No quiero excluirte, amor mío —le dijo él—, solo protegerte. ¿Hay algo de malo en eso?

—No —dijo ella, sosteniéndole la mirada—, pero sabes también que no necesito que se me proteja, al menos no menos que tú. Solo tengo miedo, Cosimo, ¿lo entiendes? Este juego continuo de alianzas, de cálculos políticos, las reformas que has hecho, tus hombres asentados en el Palacio de la Señoría, las relaciones y los vínculos que mantienes con Eugenio IV, las reuniones con los oficiales del ejército veneciano... todo eso te expone demasiado. Y tus enemigos son legión y conspiran contra tu vida. Y pese a todo parece que quisieras buscarte nuevos adversarios, como si los que ya tienes no te bastaran. Hay días en los que realmente me das miedo. ¿Cómo podría no tenerlo? ¿Puedes, con toda honestidad, desaprobarlo?

Él le posó los labios en su frente perfecta. Era tan delicada, y al mismo tiempo tan fuerte... Como una flor que resiste al viento y al rigor del último invierno. Él la quería, la quería muchísimo, ya que había en ella un orgullo grande y una rara compostura. Incluso cuando se enojaba lo hacía por alguna razón, por algún motivo preciso. Era, de verdad, un hombre afortunado.

Sonrió.

—De acuerdo. Lo entiendo: tienes razón cuando dices que no me ahorro acuerdos e intereses con los aliados... Por otra parte considero, a fe mía, que siempre es mejor reaccionar que esperar. Mira lo que ha pasado la última vez que esperamos... Fui a parar al Alberghetto y nos hemos salvado por los pelos. Y también por eso tuvimos que pasar un año separados.

—Y yo no pretendo volver a vivir una pena semejante —enfatizó Contessina—. Nunca más.

—Y tampoco yo. Y por eso pretendo poner fin a esta agotadora derrota.

—¿Qué quieres decir?

—Voy a ser sincero, puesto que no podría ser de otro modo con la mujer que quiero. Rinaldo degli Albizzi siempre ha sido un cobarde y ha traicionado a la ciudad que años atrás le había sentado en el más alto de los tronos, pero nunca dejará de pesarle haber sido perseguido y ya hace años, inútil es decirlo, que conspira como una víbora para regresar. Filippo Maria Visconti, el duque de Milán, anhela una ocasión y ha confiado a su capitán, Niccolò Piccinino, la planificación del ataque. Esto es lo que han contado nuestros espías. El error cometido por Piccinino es, sin embargo, tan grave como fatal, y es el mismo que cometí yo hace años. Está esperando. Desde hace demasiado tiempo. Poco importa que siga conquistando, para luego perderlos, castillos de escasa importancia, con la idea de molestar o veladamente amenazar a Florencia, ya que al hacerlo nos da la posibilidad de prepararnos. Y tienes razón cuando dices que la idea de reforzar las relaciones con el papa Eugenio IV va en esa dirección. Pero lo que tienes que entender, amor mío, es que este último reto no se podía evitar. Llega el momento en el que un destino ha de cumplirse y, por lo tanto, más tarde o más temprano, eso sucederá: ni tú ni yo podemos evitarlo. Por ello, lo que te pido es que seas fuerte por una última vez. No sé cuánto tardará, pero ese día va a llegar, y cuando venga espero que tú estés a mi lado.

—Como siempre —dijo ella, mientras las lágrimas empezaban a bajarle por las mejillas que habían empezado a cubrirse de púrpura.

Cosimo la abrazó.

—Como siempre, amor mío. Te pido perdón. Sé que te pido mucho, pero intenta entender que esta será la última vez. El último obstáculo que nos separa de la paz y de la prosperidad. Por desgracia el destino no siempre ha sido benévolo con nosotros y sé que he cometido muchos errores. Pero el destino es todavía algo que el hombre construye para sí mismo y para la gente que quiere. Siento que lo que va a acontecer nos permitirá cumplir el nuestro y, después de ese momento, por fin la paz y la belleza reinarán en esta amada ciudad nuestra.

—Eso espero, amor mío —dijo Contessina—, pero temo sinceramente el día en que nuestro destino se cumpla, ya que no siempre las cosas van como nosotros esperamos o como las habíamos planificado. Si soy sincera te digo que espero que ese día no llegue nunca.

Cosimo no añadió nada más y se limitó a abrazarla.

—Quisiera quedarme así el resto de mi vida —dijo Contessina—, pero no podrá ser así. Abrázame más, amor, ya que la suerte nos volverá a separar de nuevo. Lo siento así.

Y con aquellas palabras, a pesar de haberse calmado, Contessina se quedó entre los brazos de Cosimo. Sentía en el alma un presentimiento extraño y oscuro, pero se repitió a sí misma que no tenía que pensar en ello, que todo iba a ir bien. Aunque sabía que estaba mintiéndose.

47

La confesión

Lo había esperado todo el día. Había llegado con el fuego del verano apenas iniciado, mientras el bochorno de junio incendiaba las murallas del castillo y el aire alrededor.

Reinhardt iba cubierto de polvo, sudor y sangre.

Laura lo había ayudado a quitarse la armadura. Le había preparado un baño tibio, con agua no demasiado caliente, como a él le gustaba.

Cuando se metió en la bañera, disfrutando de la caricia líquida y transparente, ella se desabrochó el vestido y se quedó desnuda frente a él.

La piel color canela expuesta a los rayos del sol rojo que se filtraba por los ventanales, la cicatriz clara que se alargaba como un hilo irregular en la pierna ahusada y musculosa.

Lo miró a los ojos y comprendió: algo en él había cambiado para siempre. Un sentimiento de rabia y tormento lo roía por dentro como una jaula llena de ratas y quizá ni siquiera ella sería capaz de serenarlo.

Decidió ir al encuentro del dolor a pecho descubierto, como siempre había hecho en la vida.

Se metió en la bañera y se sentó a su lado.

Ni siquiera había tenido tiempo de tocarlo. No había sido capaz de esperar ni un instante más, como si aquel silencio lo hiriera de modo insoportable, de una manera que no lograba sostener por más tiempo. De golpe, toda la verdad oculta en el fondo de su corazón había roto los diques de contención y pujaba por salir.

Finalmente, había encontrado el valor de hablar y confesar aquel peso, aquella vergüenza que había nutrido todos esos años solamente para hacer trampa en el tablero del juego de la vida.

Era como si el demonio hubiera ido a pedirle cuentas de esa vida prestada, como si se la hubiera robado a otro, escondiendo durante años el hombre que verdaderamente era.

Así, empezó a contarle aquello que ya Laura creía haber intuido.

Pero nada de lo que Reinhardt dijo se acercaba ni por asomo a lo que ella se esperaba. Reinhardt comenzó a contar con la voz entrecortada por el dolor y la sensación de ser inoportuno. Cada frase era una nueva estación de aquel viaje al mal y a la mentira.

—Había comprendido que me pisaba los talones —dijo—. Me puse a correr, pero ya era demasiado tarde. —Se detuvo.

Por un momento pareció vacilar, mientras Laura lo miraba como si presagiara lo que iba a decirle. En cierta manera era como si ambos hubieran sabido desde siempre que ese extraño encanto que los ataba se tenía que romper. Y cuando ello sucediera, experimentarían el mayor de los tormentos.

—La caza furtiva no fue la mejor de mis ideas, pero tenía

hambre, me habían herido en una emboscada y me mordió un zorro. Cómo la había emprendido a mordiscos es un misterio... Para ser un animal tan pequeño había hecho gala de una gran agresividad. La única certeza que tenía era que esos dientes que, aunque pequeños, eran muy afilados, me habían dado unas cuantas dentelladas y me habían cortado la carne como si fueran cuchillas. Desde que eso había pasado, yo no estaba bien. Durante unos días la cabeza me seguía dando vueltas, tenía espasmos raros y sentía un calor increíble, como un fuego, que me devoraba.

—¿Como en este momento? —le preguntó ella.

—No me he explicado. Era algo físico, una enfermedad, algo que me comía la razón. No era sentido de culpa, sino una dolencia. En cualquier caso, mi uniforme desgarrado, de mercenario suizo, tampoco me ayudaba ciertamente a mejorar la situación. Pero mi estómago gritaba y yo necesitaba refugio. Y, sin embargo, ahí estaba, corriendo por los bosques con los perros siguiendo mis huellas y voces que gritaban entre el negro de los árboles. Llevaba el ciervo sobre los hombros. No podía correr más. Estaba exhausto. Por eso decidí pararme y esperar.

—¿Por qué me haces esto? —dijo ella sin aliento—. ¿Por qué quieres quitármelo todo? —Lo susurró suavemente, casi como pidiendo disculpas, como si pronunciarlo en un tono más alto pudiera hacer que el dolor fuera todavía más intenso. Pero nunca sería peor que el que estaba viviendo en ese momento. Ni siquiera queriéndolo.

—Porque quiero que sepas qué clase de hombre soy —continuó él—. En cuanto los perros aparecieron en el claro, uno de ellos se separó de los otros, me localizó y me saltó a la yugular. Había mantenido el temple y, poniéndome súbitamente de lado, le clavé un puñal en el pecho. Luego lo rematé con dos cuchilladas más. Me liberé de un segundo perro con una patada y desenvainé la espada, dispuesto a jugarme la piel. La situación no mejoró cuando aparecieron dos matones, a sueldo de los señores de aquella propiedad, que vigilaban aquellas tierras donde yo había ido a parar. No debían de estar solos, pero en aquel momento no había llegado nadie más. Vestían con colores muy brillantes, llevaban casacas de cuero con seis bolas rojas en campo de oro.

Laura empezó a llorar. Volvió a aquella noche, al hombre de los ojos amarillos. Tuvo la certeza, en un instante, de que toda su vida había sido un engaño y que ella se había convertido en la mujer que era por un simple capricho del destino.

Pero no dijo nada. ¿Cómo hubiera podido? Continuó llorando, sin más. Los sollozos parecía que iban a partirla en dos.

—Cuando vieron, a mis pies, un perro con el vientre abierto en canal y el otro que lloriqueaba con la pata rota, no se lo pensaron un segundo y, desenfundando las espadas, se arrojaron sobre mí para hacérmelas pagar. Pero nada fue como habían imaginado. Cuando la primera cuchilla silbó en el aire, logré agacharme justo a tiempo. La espada había cortado el aire encima de mi cabeza, el silbido del golpe en el vacío. El hombre se quedó sin defensa y con el abdomen expuesto; perdió el equilibrio por el golpe y mi filo topó con su vientre casi de milagro, y corté todo lo que encontré a mi paso. Así, el primer matón acabó de rodillas y abandonó la espada. El otro hombre, a la vista de lo que había pasado, vaciló un instante y ese segundo le costó caro. Sin perder más tiempo, le clavé el pie en el suelo hundiendo el puñal en la bota. Un sonido sordo y luego un grito. Sin esperar más, le tronché la garganta con la espada. Los otros perros comenzaron a retroceder ladrando, aterrorizados por la furia inesperada y bestial que yo mostraba. Sin perder más tiempo, le quité la casaca al hombre que acababa de matar y me la puse. También me quedé con sus botas. Rebusqué entre las bolsas y extraje una decena de florines.

Laura creyó morir. Había esperado hasta el último momento que no pronunciara esas últimas palabras, pero daba lo mismo.

Salió lentamente de la bañera. La sola idea de quedarse a su lado en ese momento le producía náuseas. No lo acusaba por lo que había sucedido, pero no era capaz de resistir aquella sensación de rechazo casi natural que su cuerpo, antes incluso que su mente, parecía imponerle.

Schwartz parecía distante, incapaz de detener aquel río de palabras que herían mucho más que mil espadas.

—Volví a coger el ciervo sobre los hombros y me eché a correr, desesperado y angustiado, hasta que llegué a la boca de una cueva. Me arrastré dentro y caí desvanecido durante un tiempo que no sabría decir, presa de la fiebre. Cuando vi que era capaz de mantenerme arrodillado, prendí un fuego, maté al ciervo y me comí su carne asada. Me sentí mejor al final de lo que, según mis cálculos, podría ser el tercer día, aunque el delirio y los espasmos musculares no habían cesado. Los ojos me ardían terriblemente. Cuando me pareció que era capaz de mantenerme en pie, salí. Había metido en la zamarra un poco de carne y me puse a andar. Sentía un fuego increíble consumirse dentro de mí, como si algo me devorara, como una sed insaciable que me deshidrataba hasta hacerme daño. Tenía que desahogarme de alguna manera. Pero no sabía cómo. También el día anterior, cuando me había despertado del delirio, había notado esa necesidad insoportable. Cuando salí del bosque, me metí en un camino y desde allí seguí a pie hasta avistar un carro. Era al atardecer. Había descubierto junto al carro un par de caballos, atados, pero sueltos de los ejes del carro. El propietario debía de estar lejos. Luego entré en el carro. Lo hice para buscar ropa con la que sustituir la casaca hecha jirones y tan llamativa. Y en aquel carro me encontré una niña hermosísima de cabellos negros y ojos verdes. Lo que pasó después... lo sabes demasiado bien. Aún te quedan las marcas.

Laura no dijo nada. Petrificada, lo miró una última vez y sintió una punzada en el corazón. Y una amargura profunda en lo más hondo de sí misma.

Se le habían secado las lágrimas y solo le quedaba un sentimiento de vacío, que no podía ni describir ni medir.

Guardó silencio.

Cuando él salió de la bañera, lo oyó secarse y luego vestirse.

—Vete —le dijo— y no intentes buscarme nunca más. Si por casualidad me encontraras, cuídate mucho de mirarme, porque podría matarte.

Y así lo haría.

No la vería nunca más.

JUNIO DE 1440

48

Hacia el campo de batalla

Contessina se había dado cuenta de su cansancio.

Más aún: le había parecido abatido.

Cosimo le había sonreído con dulzura, como siempre hacía para intentar tranquilizarla, pero esa vez ella sentía que el peligro había llegado a su puerta y era tan grande que hubiera podido hundirlos para siempre. La guerra contra Milán podría ser fatal. Contessina tenía un mal presentimiento.

—Júrame que volverás —le había dicho con lágrimas en los ojos—. No había necesidad de esta guerra. ¿Por qué lo haces? ¿Por qué tú y Lorenzo queréis afligirnos con este nuevo dolor? ¿No ha sido suficiente la separación impuesta por el exilio? ¿No ha sido suficiente saberte a merced de los enemigos, a un paso de la muerte, mientras estabas encerrado en el Alberghetto? ¿Por qué los Médici tienen que tentar siempre a la suerte, es más, darle forma a su gusto, como tú mismo has dicho, sin lograrlo? —Preguntas, solo preguntas: le afloraban en los labios como un ejército belicoso, ingobernable, una tempestad de ruegos que procedían de lo profundo del corazón y que pedían rendir cuentas sobre aquella nueva espera que se le imponía. Y no había duda de que esperaría, que honraría a su marido con el ayuno y la oración. Pero ¿por qué su vida tenía que estar siempre atada a un hilo que amenazaba con romperse de un momento a otro?

Sabía, sin embargo, que nada lo detendría. No esa vez. No después de todo lo que había sucedido en el transcurso de aquellos diez años. ¿Cómo podría tolerar Cosimo una vez más la enésima tentativa de Albizzi de retomar Florencia?

Iría al campo de batalla. Y Lorenzo con él. Hacía tiempo que presagiaba ese momento. Sabía que, pese a todo, llegaría. No importaba lo que hiciera construir, cuántas obras de arte llegara a financiar o cuántas filiales del Banco hubiera estado en condiciones de inaugurar con duro trabajo y abnegación.

Desde el momento en que Rinaldo degli Albizzi y Filippo Maria Visconti se hicieran fuertes, no habría paz para Florencia.

—Tengo que ir, amor mío. No puedo sustraerme a ello, no en esta ocasión. Tengo que estar en el campo de batalla. Junto a mi hermano. Junto a mi primo Bernardetto, que guía a nuestros hombres. Quiero mostrar que no tengo miedo de afrontar las responsabilidades que el mando impone.

—¡Pero lo que haces no tiene sentido! ¡Deja que sean los soldados los que combatan!

—No estoy tan loco como para ponerme en primera línea de fuego. No soy hombre de armas. No obstante, tengo la intención de estar presente y cerca de los soldados que luchan por nosotros. Tienen que verme allá y entender que creo en la liga y que apoyo esta alianza contra Filippo Maria Visconti, ¿lo comprendes? Si no, todas mis promesas sonarán vacías y no tendrán efecto. Y eso, la verdad, no me lo puedo permitir.

Contessina agachó la cabeza y lo abrazó. Permaneció así para que se le secaran las lágrimas.

—Prométeme que te mantendrás alejado del centro del conflicto —dijo, con un hilo de voz.

—Me preocupa demasiado mi familia como para dejarme cegar por la rabia. Conozco mis límites. Y los conoce también Lorenzo.

Y así, con esa promesa, Cosimo se había marchado. La había besado en los labios antes de montar en el caballo.

Contessina lo había visto unirse a su hermano y, juntos, dirigirse hacia las puertas de la ciudad. Se había quedado mirándolos hasta que los perdió de vista.

Contessina contempló el maravilloso David. Su marido se lo había encargado a uno de sus artistas favoritos, Donatello, para embellecer el patio del Palacio Médici. Contempló la figura de ondulantes músculos y rasgos casi angelicales. Pensó que había algo de inefable en aquella mirada. Como si no pudiera comprender del todo los pensamientos que había animado al artista al ejecutarlo y, menos aún, los de la figura que la miraba, desafiante, desde el pedestal. Exactamente como la mirada de su marido aquella mañana, cuando se había marchado. Había un velo de desafío proyectando sombra en sus ojos, por lo general tranquilos.

Cosimo y Lorenzo habían partido a caballo, para juntarse con Bernardetto de Médici, Micheletto Attendolo y Ludovico Mocenigo.

Se enfrentarían a los hombres al mando de Niccolò Piccinino, que se había atrincherado en el Borgo Sansepolcro.

Aquel hombre parecía invencible en los últimos años.

Y eso no la tranquilizaba precisamente.

Rezó, ya que era lo único que podía hacer.

Reinhardt Schwartz había entendido perfectamente cuáles eran las intenciones de Niccolò Piccinino. Ya hacía tiempo que combatía a su lado y había aprendido a conocer a su capitán.

No había nadie más voluble que él. Tal vez eso era la clave de su popularidad entre los soldados mercenarios. Y tampoco en aquella ocasión había desmentido su naturaleza. En aquellos días llegó a Perugia con el permiso del gobernador pontificio, entró en la ciudad por la Porta di Sant'Angelo al mando de quinientos caballeros y bajó del caballo ante el Palacio de la Señoría. Allí hizo encarcelar al tesorero Michele Benini, bajo la acusación de malversación, y persuadió al gobernador, el arzobispo de Nápoles, de que abandonara la ciudad con un mensaje para Eugenio IV. Hizo que le entregaran ocho mil ducados, pero sería mejor decir que los había confiscado, y regresó con sus tropas, más rico que cuando se había marchado.

Y aquello no era más que uno de sus infinitos tejemanejes.

Entonces se había precipitado hacia Mugello y había saqueado a placer y había devastado los campos, hasta que Filippo Maria Visconti le pidió, o mejor instó, a que atacara Florencia. El duque de Milán estaba furioso por el hecho de que, en su ejercicio de exterminio, Piccinino hubiera esperado tanto, y quería una victoria ejemplar. La más cruel y la más prestigiosa. Pero también la más difícil.

Por eso el capitán había decidido, aquella misma noche, acuartelarse con sus hombres en Sansepolcro, en las laderas de las montañas que separaban el valle alto del Tíber del valle de Chiana.

A los mil caballeros de su compañía se habían unido otros dos mil del condado. Esperaban un botín fácil, ya que la fama de hombre despiadado y sin miedo de Piccinino constituía la mejor garantía de éxito. Como siempre, influía a partir del odio y la envidia, sentimientos que la gente de Sansepolcro incubaba con creces hacia sus vecinos de Anghiari, un pueblo a poco más de dos leguas.

Y desde allí, otra buena idea: atacar y devastar el pueblo para luego dejarse caer como una bandada de cuervos sobre la ciudad de los Médici. Pero era un hecho que los hombres de la liga antiducal habían acampado bien visibles delante de ellos. No esperaban otra cosa, aguardaban con paciencia que Piccinino moviera sus hombres. Sus tiendas de campaña punteaban de negro las laderas de las colinas de Anghiari. Estaban todos: genoveses y venecianos, las tropas pontificias e incluso Florencia había llegado. Era una batalla cuyo resultado, fuera el que fuera, determinaría una nueva geometría de poder entre Estados.

Pero el asunto clave era que los milaneses, en aquella batalla, habían llegado del peor modo posible. Ese vagar errante por la Toscana como un ejército de langostas, sin un objetivo real ni una estrategia más contundente, era la manera más equivocada para la batalla, también porque desaparecía el efecto sorpresa y, a pesar de los dos mil nuevos hombres armados que se unieron a ellos en Sansepolcro, la compañía de Piccinino estaba en neta inferioridad numérica.

Y ahora, ese pedazo de villano lo miraba y estaba preparado para ofrecerle alguna solución maravillosa a fin de obtener una victoria.

Solo un tonto podría albergar esperanzas en una situación como aquella, más aún si era instigada e incitada por Albizzi, que en ese último mes había demostrado todos sus límites y defectos.

Schwartz lo conocía como gran conspirador, pero no sabía lo vil que era. Y en esos días había descubierto lo peor de su antiguo señor. Frustrado y desilusionado por las muchas derrotas acumuladas durante años, inseguro y enojado en una espera que apestaba a muerte anunciada, Albizzi se había convertido en la sombra del hombre que había sido. Incluso daría pena de no ser por su cobarde violencia.

De todos modos, atacarían.

Aunque todo hiciera presagiar lo peor.

Schwartz había cabalgado todo el día y, a decir verdad, tenía la esperanza de poder dormir algunas horas. Todavía zumbaban en sus oídos los gritos desesperados de las noches anteriores, cuando Niccolò había masacrado a la población de Monte Castello di Vibio: los gritos de hombres asesinados por las calles, los gritos de las mujeres violadas sobre las mesas de las casas saqueadas y a las que se había prendido fuego, el llanto de los niños. La mirada enloquecida y enferma de Albizzi, que parecía estar complacido por los incendios y la matanza.

Incluso habían atacado al ganado.

Pero tenía la sensación de que a Niccolò le quedaba aún algún capricho que satisfacer.

La presencia de la liga antiducal parecía la excusa perfecta. La justificación adecuada para pasar al ataque también el día después. En Niccolò anidaba aquel deseo fanfarrón que parecía crecerse allí donde la empresa se hacía más difícil.

—Mi querido Reinhardt —dijo, y mientras le hablaba el tupido bigote oscuro no lograba ocultar las puntas brillantes de sus caninos que, por su insólito tamaño, parecían las fauces de una fiera—, es mi intención atacar mañana el pueblo de Anghiari, donde espero obtener presas y botín. Además, el duque de Milán considera que Anghiari es la puerta de entrada a Florencia. Confieso que, por una vez, la apreciación resulta lúcida y sin defectos a mis ojos. Así que he aquí lo que haremos. Te pediré que lleves los hombres al ataque. Haré como que regreso a Romaña pero, al llegar al Ponte delle Forche, mientras la caballería ligera avanza por Citerna, tú, al mando de la caballería pesada y de los soldados, atravesarás el río y te lanzarás sobre Anghiari, y tomarás por sorpresa a las tropas de la liga antiducal.

—Vaya buena noticia —pensó Schwartz en voz alta. Cogió aire a fondo.

—Sé que hubieras preferido algo más simple, pero te aguarda una sorpresa en la tienda de campaña a modo de recompensa parcial a lo que te pide. Y creo que, considerado todo en su conjunto y si te conozco bien, es la mejor posible.

—Imagino que Rinaldo degli Albizzi y los otros señores se estarán enriqueciendo en abundancia, a distancia del conflicto.

—Imagináis bien.

—Imagino también que no puedo poner en cuestión vuestras órdenes.

—Vuestra perspicacia es solo comparable a vuestra valentía.

—Entonces, si así están las cosas, voy a disfrutar de una noche de sueño.

—Descansa. Despertaremos poco después del alba, ya que mi intención es atacar en el momento más caluroso del día, con el sol cayendo a plomo, justo cuando esos sinvergüenzas menos se lo esperen. Solo un demente podría pensar en atacar a esa hora.

—Ya —dijo lacónicamente Schwartz, rindiéndose ya a la evidencia de lo irrevocable de la decisión tomada por su capitán.

Tras decirlo se encaminó hacia las tiendas de campaña. Creyó haber comprendido quién lo esperaba y, en el fondo, sintió miedo. De sí mismo y de su cobardía, por descontado. De cómo había arruinado la existencia de Laura, a la que la vida había dado tan poco. Únicamente mentiras y violencia. Y de ambas era él la causa principal.

Aquel peso, que había empezado a obsesionarlo desde hacía un tiempo, lo destrozaría en la batalla si antes no lo hacían los hombres de la liga.

Pensó que no estaba preparado para verla después de lo que había sucedido. Porque era ella, seguro, la persona que lo esperaba en la tienda de campaña: Reinhardt no tenía ninguna duda.

Se odiaba por esa razón.

Por eso mismo, con toda la determinación de la que era capaz, decidió no tomar el camino a la tienda de campaña.

Se dirigió hacia un granero abandonado. Descansaría mejor si no pensaba demasiado.

Si sobreviviera a la batalla, Laura podría decirle todo lo que quisiera, incluso matarlo si lo hubiera considerado correcto. Y correcto lo era, sin duda. Pero hasta aquel momento no tenía intención alguna de permitir que le ocuparan la mente pensamientos que no fueran salvar la piel.

Al día siguiente se produciría una matanza y necesitaba todas sus energías para permanecer en pie hasta el final.

49

Ponte delle Forche

Cosimo observaba desde lo alto de las murallas de Anghiari la llanura que se extendía bajo sus pies. Algo había que no cuadraba en aquella mañana tórrida. Estaba todo demasiado en calma. Con las primeras luces del alba, Sansepolcro era un hervidero de actividad, como si el pueblo estuviera poblado de un enjambre de abejas ululantes. Después de aquel zumbido de armas, el choque de metales parecía dormitar en la plácida calma del sol que iba inundando el cielo de una luz color de oro.

Lo había hablado con Lorenzo y Ludovico Mocenigo y, sobre todo, con Micheletto Attendolo y su primo, Bernardetto de Médici. No tenía ninguna certeza, pero habría apostado diez contra uno que ese zorro de Piccinino estaba tramando algo. Su fama de asesino, de hombre capaz de jugar a los dados con el destino, no era solamente conocida, sino legendaria. Por ello, para mayor cautela para sus tropas y para la propia Anghiari, Cosimo había programado salir con algunos centenares de hombres con el objetivo de llegar al Ponte delle Forche.

Entre Anghiari y Sansepolcro había al menos dos leguas de distancia, pero Cosimo tenía la sensación de que el capitán adversario tenía la intención de reducir esa distancia tendiendo alguna trampa. Temía que Piccinino pretendiera acortar una legua la distancia en la que sus soldados y caballeros tendrían que correr al descubierto, de modo que se garantizaran un efecto sorpresa seguro y pudieran atrapar, sin estar preparados, a los hombres de la liga antiducal.

Así que bajo la canícula de junio les había pedido a los venecianos que fueran hacia el camino que por un lado llevaba a Citerna y por el otro conducía a Anghiari directamente.

Con toda probabilidad se equivocaba, pero prefería tener que regresar más tarde al campamento situado en las laderas de las colinas de Anghiari, después de sudar la gota gorda, que descubrir que los hombres del duque se lanzaban contra ellos para atacar al pueblito y los cogían por sorpresa. Una derrota por negligencia les habría abierto las puertas en su avance hacia Florencia.

El sol estaba alto y los rayos caían en vertical sobre los campos. Habían segado la paja recientemente y el perfume intenso flotaba denso y rotundo en el aire empapado de humedad. Habían empezado a andar al paso, con circunspección, y cuando apenas había pasado una hora se detuvieron en las cercanías del Ponte delle Forche.

Cosimo resopló. El sudor le resbalaba por el cuello y le mojaba el pecho y las caderas bajo la casaca y la armadura: intentó refrescarse un poco a la sombra de un árbol que, solitario, proyectaba una minúscula mancha oscura sobre el terreno. Los ojos ardían en aquella jornada tórrida y acercó la petaca a los labios inflamados.

El agua estaba caliente, a causa del sol, pero al menos le aplacaba la tormenta de fuego desatada en su garganta. Se quedó en la silla de montar a lomos del caballo. Los hombres estaban cansados y hubieran querido reposar, pero Cosimo, Lorenzo y aún en mayor medida el capitán Attendolo y Ludovico Mocenigo los exhortaban a mantener los ojos bien abiertos y a permanecer alerta. Estaban ocultos detrás de la línea de árboles. Una bandada de cuervos sobrevoló el cielo azul, graznando una cantilena macabra.

A medida que pasaba el tiempo, Cosimo y sus compañeros pensaban que se habían equivocado, aunque había algo en aquella calma que no cuadraba.

Cuando ya estaban a punto de dar la vuelta y regresar a Anghiari se dieron cuenta de que sí tenían razón, ya que vieron, delante de ellos, una nube oscura de polvo que empezaba a aproximarse. Cosimo comenzó a distinguir yelmos y corazas, espadas y armaduras, los estandartes con la serpiente negra de los Visconti y las crestas de leopardo agazapado de Niccolò Piccinino.

—Se dirigen hacia aquí —dijo Cosimo.

—No hay duda —confirmó Mocenigo.

En el momento en que la columna llegó a las proximidades del puente ya todo estuvo claro, puesto que una parte de las filas, la más exigua, parecía avanzar hacia Citerna y Romaña, pero el grueso de los soldados, infantería y caballería pesada comenzó a correr en silencio hacia el puente.

Lo que más impresionaba era que Piccinino hubiera decidido emplear, en aquel ataque sorpresa, un gran número de lanzas para atestar un primer golpe demoledor que les garantizara el dominio de la batalla desde el principio. Esa manera de reducir la distancia en el enfrentamiento influiría en el resultado.

—Era justo como lo decíais vos, Cosimo —susurró Micheletto Attendolo—. Confiaban en el calor de la jornada y en nuestra pereza para reducir la distancia al descubierto: cortar por el Ponte delle Forche para sorprendernos con el sol en todo lo alto, mientras estábamos recluidos en nuestro campamento esperando la noche. ¡Qué hijo de perra, el tal Piccinino!

—Siempre lo ha sido.

—Sí, pero ahora tenemos un problema —continuó Attendolo.

—Somos muy pocos —constató con amargura Lorenzo. Mocenigo asintió.

—Alguien tiene que volver atrás —dijo— y poner en marcha nuestro ejército o nos exterminarán. Cosimo: seréis vos y vuestro hermano, junto a dos de mis hombres, los que volveréis para guiar de nuevo a los refuerzos.

—¿Y vosotros, entretanto...?

—Haremos todo lo que podamos para salvar el puente. ¡Ánimo! No tenemos ni un segundo que perder. Si queremos volver a casa sanos y salvos, vuestros caballos han de ser veloces.

Sin tener que repetírselo, Cosimo y Lorenzo hicieron que sus caballos dieran la vuelta y, escoltados por dos venecianos, partieron al galope hacia Anghiari.

En cuanto los soldados empezaron a correr, Reinhardt comprendió que había algo que no iba bien. Le había parecido captar el destello de un casco sobre el puente, un rayo claro reflejado en el acero. Por eso los hombres no dejaron de agitar las piernas y avanzar a grandes zancadas, aunque encabritados y empapados en sudor bajo aquel sol de justicia.

No había sido una gran idea. Sacrificar fuerza y energía para favorecer el factor sorpresa se había revelado como un error. Ahora se percataba de ello. Los hombres llegarían extenuados a las puertas de Anghiari, y aquella maniobra, por bien pensada que estuviera, parecía una improvisación. En definitiva, toda la operación se fundaba en la convicción de que por parte del adversario nadie habría sospechado que, lejos de retirarse, la parte más numerosa del ejército de Piccinino estaba avanzando por la llanura. El capitán había confiado en la distracción del enemigo.

Pero... ¿y si se demostraba que no ocurría así?

Sería como mandar los hombres al matadero.

Schwartz temía descubrir que tenía razón.

Eso por no hablar de que la noche anterior lo había experimentado como no creía que fuera posible. Esconder su alma negra a la única mujer, más aún, a la única criatura que le había importado algo, había sido una experiencia que le había dejado abatido el ánimo. Sentía un dolor tan profundo que tenía la plena certeza de que acabarían matándolo, a pesar de que la noche anterior había evitado encontrarse con ella, precisamente para preservarse.

Y por ello iba con escasa convicción a caballo, sudando como un cerdo e intentando entender qué diantre lo esperaba una vez pasado aquel maldito Ponte delle Forche.

Muy pronto descubrió de qué se trataba.

Antes incluso de que los hombres pudieran atravesarlo, ensuciaron el aire caliente con una sombra parpadeante y letal las nubes oscuras de dardos. Los penachos coloreaban como lazos de muerte las flechas que iban a hacer diana en el pecho de sus hombres. Las puntas de hierro se abrían paso letalmente entre las hendiduras de las armaduras de acero endurecido. Gritos de dolor y sorpresa. Los cuerpos que iban a desplomarse entre la tierra y la hierba amarilla del campo. Algunos de ellos caían abatidos en el río, con un golpe seco.

Vio a un par de soldados tratando de arrancarse las flechas del cuello y a otro braceando con las manos en alto: había intentado huir, pero una flecha lo había alcanzado por la espalda y había quedado atravesado. Dejó la espada y cayó de bruces, con una mezcla de rabia y estupor en el rostro a causa de una muerte tan absurda como inesperada.

Las cuerdas de los arcos enemigos se tensaban para luego lanzar su mensaje infernal con un silbido mortífero.

Toda la primera línea de caballería e infantería montada se vio cortada por una lluvia de flechas. El puente parecía un embudo infernal. Los hombres se amontonaban inútilmente en la embocadura y se convertían en el blanco perfecto para los arqueros que, por otro lado, era obvio que los estaban esperando. Y lo que era peor: los milaneses acababan bajo los caballos moribundos y creando así un muro de carne y corazas sobre el que las flechas de la liga podían recrearse.

En otras palabras: los masacraban sin tregua.

Las aguas del riachuelo habían comenzado a teñirse de rojo.

Reinhardt no podía esconderse. Decidió ponerse al frente de la vanguardia, cara a cara con el enemigo, y ver qué sucedía. Pero para tener alguna esperanza de éxito ordenó a la infantería que se extendieran y vadearan el río a pie, para así atacar a los enemigos por los flancos rodeándolos.

No sabía si podía revertir el resultado de la batalla, pero, al menos de ese modo, los milaneses no representarían un blanco tan fácil.

Esperó de corazón estar en lo cierto.

50

El duelo

Los caballos escupían espuma por la boca, con los músculos palpitantes y relucientes bajo el sol. Cosimo y Lorenzo galopaban como flechas, seguros de que de su velocidad dependía la suerte no solo de aquel primer enfrentamiento sino de la batalla entera.

Por la información de que disponía, Cosimo sabía que las tropas que la liga antiducal había logrado unir sobrepasaban ampliamente, en número, a las de Piccinino, pero detenidas a los pies de los muros de Anghiari resultaban del todo inútiles. Attendolo no pretendía quedarse sin defensas, pero no podía tampoco permitir que sus pocos hombres fueran impunemente masacrados y dejar así vía libre al avance de las tropas viscontinas.

En ese momento se enfrentaban a la avanzadilla de vanguardia, pero el grueso de las tropas de Piccinino todavía tenía que llegar cuando salieron del Ponte delle Forche y con seguridad al aumentar el número de adversarios, los venecianos hubieran acabado derrotados.

Cosimo no podía permitirlo.

Espoleó al límite su caballo. El animal respondió aumentando el ritmo. A Cosimo le pareció ir a lomos de una criatura prodigiosa, tal era la ardorosa rapidez de aquella noble bestia.

Lo azuzó una vez más.

Los campos desfilaban ante sus ojos en un rastro amarillo aún iridiscente. Lorenzo estaba a su lado. Bendijo a Dios por tener a su hermano cerca. En ese momento Cosimo pensó en todo lo que habían vivido juntos. Tan solo duró un instante, una imagen fugaz que se disolvió inmediatamente con el pensamiento de lo que tenían que hacer, incluso le regaló una sonrisa que infundió a su galope todavía más confianza y ardor.

Poco después, avistaron el campamento de la liga, a las puertas de Anghiari. Cosimo le hizo una seña al centinela. Los venecianos agitaban los colores del león de San Marcos, los mismos que los Médici hacían ondear en sus penachos.

—¡Rápido, rápido! —gritó Cosimo—. ¡Se combate en el Ponte delle Forche! ¡Hombres! ¡A mí! —Mientras gritaba su caballo había alcanzado el centro del campamento y giraba sobre sí mismo, nervioso, los ojos engrandecidos, los cascos golpeando la tierra batida, hasta que, enarcándose en un destello repentino de los músculos, se encabritó y se puso sobre dos patas. Cosimo lo controló con pericia y se dejó caer en una cascada de viento y furia. Llamó a Simonetto da Castel San Pietro y a sus tropas pontificias.

—¡Simonetto! ¡A mí! —gritó una vez más—. Mueve tus hombres hacia el Ponte delle Forche. Hay que correr, o de Micheletto y los venecianos no quedará nada.

La situación empeoraba deprisa. Tras un inicio formidable, en el que los arqueros habían arrasado las primeras filas enemigas, las tropas viscontinas parecían reorganizarse. Las filas se habían engrosado con la llegada de los hombres de Astorre Manfredi, que a su vez se habían apostado con arcos y flechas. La acción se trasladó rápidamente al centro del puentecito de piedra que atravesaba el torrente. Ninguna de las dos partes quería retroceder. Ludovico, que no tenía intención alguna de perder la línea defensiva, estaba en el centro de la pelea.

Estaba cubierto de sudor y sangre.

Cortó el aire con un movimiento ascendente de derecha a izquierda que tronchó una extremidad del adversario. Luego hizo una pirueta sobre sí mismo y cortó en horizontal. Un rastro carmesí llenó de sangre el aire. Moverse se estaba haciendo imposible a causa de los cadáveres que empezaban a tupir el puente. La piedra estaba empapada de sangre caliente y de vísceras. El olor de muerte y el hedor de excrementos de todos los que, aterrados, habían liberado el intestino, era, por decirlo suave, insoportable. El disco de fuego del sol ardía en el centro de la refriega.

Ludovico esquivó un golpe que no se sabía de dónde llegaba. A un palmo de los ojos le pasó silbando una flecha, que fue a dar en el pecho de un hombre del duque que le había sorprendido por la espalda.

Tuvo que empujar tanto hacia delante, en el intento de mantener alejado al enemigo, que había sobrepasado la mitad del puente. No se atrevía a esperar que le fuera posible hacer recular a los hombres de Astorre Manfredi. Tanto así que frente a él vio un rostro conocido. Y terrible.

Pertenecía a un hombre que blandía una alabarda: el filo puntiagudo se hundía entre las armaduras de acero templado.

El guerrero la manejaba con una pericia increíble y, haciéndola girar como el aspa de un molino, rompía las defensas como si fuera un ariete, aprovechando la distancia de la incursión, y separaba en tiras al adversario.

Al principio no sabía de quién se trataba, pero luego aquel rostro cubierto de sangre, aquel tupido bigote rubio y los ojos claros, casi líquidos, lo llevaron a varios años antes: a Venecia, a una fiesta, al hombre que había defendido a la dama que atentó contra la vida de Lorenzo de Médici.

Justo en ese momento, cuando supo con certeza a quién tenía delante, el mercenario suizo se abalanzó sobre él.

Cuando lo vio, le sonrió.

Arrojó a un lado la alabarda.

Desenfundó una espada gigantesca, una *zweihänder* colosal con la que trazó molinetes en el aire. Era necesaria una fuerza sobrehumana para hacer eso de lo que era capaz en aquel momento.

Cuando el filo impactó con el del suizo, Mocenigo tuvo que buscar hasta la última gota de energía que le quedaba para no soltar la empuñadura y verse arrojado sobre el parapeto del puente. En los ojos de aquel hombre brillaba una furia asesina.

—¡Vos! —le gritó a la cara, cuando lo reconoció—. Vos, maldito Mocenigo, hoy vais a caer por mis propias manos, como que me llamo Schwartz. —Agitó el gigantesco espadón blandiéndolo, hacia lo alto, en un movimiento ascendente.

Mocenigo lo paró con las dos manos apretadas. Las gotas de sudor le chorreaban por el rostro. Los brazos temblaban bajo el impacto del filo de Schwartz. Entendió que aquel duelo le iba a exigir que se esforzara hasta la extenuación, y él estaba ya infinitamente cansado. A pesar de todo, intentó mostrar desprecio por el peligro y por el adversario.

—¡Ya lo veremos! —tronó. Y asestó un golpe en movimiento doble decreciente cruzado.

Schwartz lo paró con facilidad, repelió el ataque y reaccionó con una exhibición de golpes de espada. Mocenigo se vio obligado a retroceder y en ese momento se percató de que no solamente era él el que volvía sobre sus pasos, sino toda la tropa de Attendolo, que guiaba a sus hombres en el intento de no perder demasiado terreno. Pero las filas iban adelgazándose y los muertos entre los venecianos ya no se podían ni contar. Y todavía vio a sus espaldas un río de hierro y cuero que fluía desde el campamento hacia el puente.

—¡Resistamos! —gritó, sabiendo bien que su grito era puramente ilusorio, ya que las milicias viscontinas, bastante más numerosas en ese momento, estaban cercándolo vadeando el riachuelo por los lados y, al mismo tiempo, avanzando desde el puente. Lo rodeaban con un anillo de escudos, cuchillos y cuero que, como una tenaza, amenazaba con aplastarlo.

Era solo cuestión de tiempo.

Y Mocenigo sabía que le quedaba muy poco.

—No tenéis ya esperanza —insistió Schwartz, casi leyendo sus pensamientos: el rostro terrible, iluminado por una luz fría, chorreaba sangre. La saliva le salpicaba fuera de la boca cuando con las dos manos dejó caer su mortal *zweihänder*.

Un golpe, luego otro más. El entrechocar de los filos y una rodilla hincada en el suelo. Schwartz iba minando su resistencia. Ya con las fuerzas consumidas, Mocenigo intentó atestar un golpe liberador, como si le saliera del fondo de sí mismo.

Pero el suizo, que lo dominaba desde la altura, lo detuvo con facilidad y, al devolver el golpe hizo volar lejos su espada. Dio vueltas en el aire como un molino de viento, después fue a caer más adelante, a muchos pasos de él, en la tierra blanda e inundada de sangre, meciéndose como una cruz contrahecha. Mocenigo abrió los brazos y esperó.

El golpe se produjo en un instante.

Cosimo galopaba desesperado hacia el puente. Estaba cansado. Bernadetto de Médici y Simonetto da Castel Pietro habían salido en estampida hacia delante en caballos más frescos. Ya no entendía nada. Los hombres de la liga estaban llegando cerca del Ponte delle Forche. Vio el impacto en las avanzadillas. Las espadas entrechocando con las del adversario, la caballería que en un cuerpo a cuerpo feroz cortaba la infantería y se concentraba en la batalla contra los hombres de Astorre Manfredi.

Todo alrededor era sangre, polvo y sudor. Nada más.

Luego, de manera neta y clara, oyó un grito que le heló el alma. Siguió a esa voz que laceraba el campo, que lo partía en dos como si perteneciera a un dios de la guerra.

Fue entonces cuando lo vio.

Reinhardt Schwartz apoyaba una mano en una espada gigantesca que mantenía enterrada en la tierra.

Con la otra agarraba entre sus dedos la cabeza de Ludovico Mocenigo.

Cosimo no entendió.

Luego gritó.

Entonces una lluvia de flechas llegó de punta a punta por el costado, acribillando a las escuadras del vizconde.

Y empezó el infierno.

51

Vergüenza

Las flechas llovieron como si legiones de ángeles guerreros hubieran esperado la orden de descargar un río de dardos.

Cosimo nunca había visto algo parecido.

Dio media vuelta con su caballo y buscó cobijo.

No tenía sentido alguno quedarse en medio de la refriega arriesgándose a que lo atravesaran como un pato con una flecha perdida.

Las olas de dardos se sucedían sin cesar. Acabaron con las filas de los soldados viscontinos.

Mientras se mantenía a resguardo más atrás, Cosimo vio que desde las laderas de las colinas de Anghiari unas escuadras de arqueros genoveses estaban lanzando un mar de puntas de acero y llenaban el valle de flechas mortales.

Laura contemplaba el campo de batalla. Las lágrimas le perlaban el rostro. En el centro del cuerpo a cuerpo vio a

Reinhardt pelear como un león. Parecía que en vez de rehuirla, buscaba la muerte, bailaba con ella e intentaba seducirla, rogándole que se lo llevara con ella.

Como si, al final de aquella historia maldita, fuera precisamente a ella a la que amaba desesperadamente.

Más que a nadie. Más que a ella misma.

Tenía la esperanza de ser capaz de hablarle, de encontrar el tiempo y la manera de pasar los últimos momentos junto a él, ya que sentía que no iba a salir con bien de aquella batalla fatal.

Era un presagio que no hubiera sabido explicar, pero que percibía de manera nítida, desesperada. Algo que hubiera querido detener y que, en cambio, se consumaba ante sus propios ojos.

Y ella permanecía mirando, impotente, y con un sentido de culpa que le crecía dentro, una enredadera maligna que extendía sus ramas oscuras hasta aprisionarle la respiración.

Después de haber descubierto la verdad, se había sentido abrumada.

¿Cómo había podido permanecer callada todo ese tiempo? Había amado a su torturador y había perseguido a las personas que no eran. Los Médici no eran inocentes, pero claramente se habían convertido en blanco de sus iras por un motivo inexistente e incluso irónico por lo trágico.

Y, sin embargo, Reinhardt la había salvado y la había defendido. En el drama de su vida, era el único que se puso de su parte. La había protegido, había estado a su lado.

¿Lo había hecho por piedad?, ¿por compasión?, ¿por lujuria?

A pesar de que todos aquellos interrogantes la atormentaban, Laura conocía la respuesta. La guardaba en el fondo de su corazón. Lo había comprendido desde siempre en cierto sentido: había algo tan enfermizo y perverso en aquella relación que podía pertenecer solamente a dos almas perdidas como ellos.

Pero aquel era el sentimiento más bello que el destino había decidido reservar a su vida.

Y no obstante había destellos de amor: estaba segura de ello, y echaba de menos terriblemente aquellos momentos. Además, pese a ser un hombre violento y de negro corazón, cuando había hecho lo que había hecho no era dueño de sí. Su culpa residía en la omisión, en la mentira, en el silencio. Pero los otros hombres que había conocido en la vida ¿eran acaso mejores que él? ¿Rinaldo degli Albizzi? ¿Palla Strozzi? ¿Filippo Maria Visconti? ¿Los que la habían montado como a una perra en el tiempo en que estuvo encadenada a ese maldito mercader? ¿Y los señores de Florencia, que no vacilaban en corromper a la gente, que compraban a los hombres para tenerlos de su parte? ¿Cuánta dignidad había en una actitud así? ¿Cuánto honor?

Por ello ahora Laura estaba arrepentida.

Arrepentida de no haber aceptado aquel amor malogrado. Arrepentida de haber odiado a un hombre por su silencio y por sus miedos. Arrepentida de no haber podido volver sobre sus propios pasos.

Miraba el campo de batalla y sentía cómo le crecía la amargura.

Sollozó porque entendió que había echado a perder la mejor parte de su vida, no importaba si mucho o poco. Para ella había sido lo suficiente.

Y ahora ya no la tenía.

Y no la tendría ya más.

Se quedó contemplando el acero bajo el sol. Reinhardt golpeaba y arrasaba vidas. No le importaba. Mataría otros cien; y cien más. Así era la cosa. Había elegido pelear contra los Médici y los Médici estaban matando a su amor.

Era la guerra, ciertamente.

Pero no bastaba como justificación. Nunca bastaría. ¿Qué estaba haciendo ella por su amor? ¿Qué estaba dispuesta a sacrificar? Después de todo ese tiempo, después del silencio que le había hecho pedazos el alma, después de haber dejado disolverse todo lo que había sentido, tratando de ahogarlo en el rechazo, ¿qué es lo que había obtenido? ¿Qué le había quedado?

Nada.

¿Era eso lo que quería?

¿Quedarse mirando?

¡Estaba cansada de hacerlo!

Cansada de ser la cortesana de un hombre al que despreciaba.

Albizzi iba con los guarnicioneros del duque, bien protegido entre albardas y vituallas, atento a no ensuciarse las manos, a mantenerse lo más lejos posible del campo de batalla.

Laura se acercó a un carro. En la llanura alguien había dejado apoyadas las espadas. Cogió una, metida en una funda, se la sujetó al cinturón.

Y en ese momento, dando la espalda al grupo de cobardes que se quedaron mirando, empezó a correr hacia el campo de batalla.

A encontrarse con su amor.

Y con el sueño de ser una mujer diferente.

Lorenzo vio la lluvia de ballestas oscurecer el cielo. Una mancha líquida que inundaba el azul y se extendía por el campo, derribando a los enemigos. Había sido un asalto providencial.

Las filas de los adversarios menguaban bajo el torrente aéreo.

Después de ello, las primeras bombardas rugieron rabiosas desde el fondo del campamento. Tambores de hierro, clavados en el suelo que, una vez montados, eran capaces de desatar el infierno en la tierra.

Y lo vio.

El infierno en la tierra.

Los artilleros cargaban las piezas. Los proyectiles salían lanzados en una trayectoria parabólica y terrible que, tras haber dibujado un arco de muerte en el azul del cielo, explotaban entre las filas de los hombres de Astorre Manfredi.

Al contacto con el suelo deflagraban y hacían saltar en pedazos los soldados. Rayos rojos y columnas de fuego se alzaban desde los puntos en los que caían los proyectiles. Oleadas de hierba, fango y carne barrían el aire en relámpagos de dolor trémulo.

Lorenzo se mantuvo firme.

Las explosiones hacían temblar el campo.

El ruido de los disparos era ensordecedor. Los soldados se enfrentaban para tomar el puente, enzarzados en una refriega salvaje. Las filas enemigas retrocedían aturdidas por aquellas últimas explosiones devastadoras.

Los estandartes cubiertos de barro y sangre.

Alineado con la retaguardia y las reservas, Lorenzo cayó de rodillas. No creía lo que veía, ya que lo que veía superaba a la mayor imaginación.

Ningún plan de hegemonía podía justificar un exterminio así, ya que en nombre de la unión se estaba masacrando a toda aquella gente.

Le costaba respirar en el calor de esa tarde maldita.

No se podía describir la visión de la muerte de cerca; y mucho menos se podía comprender.

Solo podías quedarte a mirar. La repugnancia llenaba a Lorenzo con un fuego líquido de vergüenza.

Él y su hermano fundarían su gobierno sobre sangre.

Aquel dolor y aquella matanza serían una herencia maldita, con la que tendrían que habérselas cada día y cada noche a partir de ese momento. Y con las imágenes de aquella locura en la mente tendrían que gobernar, conscientes de un apocalipsis que nunca más debería repetirse.

Nunca más, se dijo a sí mismo.

Nunca más.

Y, sin embargo, en cierto sentido le estaba agradecido a Dios, porque al ser testigo de tamaña tragedia había tomado consciencia de un horror que, en demasiadas ocasiones, él y su hermano habían evitado mirar a la cara, protegiéndose a través de mecanismos precisos de poder, como si no quisieran ensuciarse las manos.

Ahora, en cambio, había visto la sangre de las vidas malogradas y el barro del campo de batalla, y no podría volver a ignorarlo.

Rezó con todas sus fuerzas para que el enfrentamiento acabara pronto.

Su hermano había prometido que de aquella batalla surgiría una nueva unidad de reinos. Anhelaba que tuviera razón.

JULIO DE 1440

52

El ahorcamiento

El ruido es lo primero que sorprendió a Cosimo cuando comenzó a subir los escalones que llevaban a la tarima. Se sentó en los bancos de madera que estaban preparados para los Ocho de Guardia. Al mirar hacia abajo, vio centenares, quizá miles de personas que esperaban allí reunidas, con los ojos de par en par, casi incrédulos, pero inyectados de un furor y una lujuria casi bestiales por ver sangre derramada.

El volumen del rugido parecía redoblarse cuando el carro que conducía al prisionero a la horca entró en la plaza.

La gente gritaba aquel nombre como si fuera una maldición; y en cierto sentido habría podido serlo.

—¡Schwartz! ¡Schwartz! ¡Schwartz! —gritaban hombres y mujeres.

Alguien más volvió a gritar.

—¡Muerte al traidor!

La multitud estalló en un tumulto de asentimiento.

Otros profirieron maldiciones y amenazas. Muchos tiraban objetos: fruta y verdura podrida que golpeaba como proyectiles al hombre que iba en el carro. Cuando apareció frente a él, Cosimo se quedó mirándolo. Se sorprendió porque vio en aquel rostro un sentimiento de paz profunda, de plácida amargura, como si al final se hubiera rendido y, en la rendición, hubiera encontrado una serenidad que nada podía resquebrajar: nada ni nadie.

Parecía como si a Schwartz no le importase morir.

Iba con los brazos desnudos y sujetos a un travesaño de madera. Los largos cabellos rubio rojizos le caían, sucios, por el rostro, como mugrientos hilos. Estaba arrodillado y con las piernas atrapadas por un cepo. Y, sin embargo, iba sacando pecho y con la espalda todo lo recta que podía.

Demostraba una fuerza impensable a pesar de todo lo que había sufrido. En los calabozos del Palacio del Podestà, los carceleros ciertamente no le habían ahorrado castigos y torturas. El ancho tórax estaba medio cubierto por una casaca negra, ya raída, casi hecha jirones, que resaltaba nítidamente sobre su piel clara. El rostro era una máscara de cortes y contusiones, púrpura por la sangre seca. Los labios hinchados y con costras de color rojo. Los ojos de color azul claro se le habían vuelto oscuros como pozos, tanto que en su fondo se podría encontrar la esencia misma del dolor.

Pero ese hecho no disminuía, en modo alguno, la dignidad y el orgullo con los que el soldado se enfrentaba a la muerte.

Cosimo se descubrió sintiendo admiración por él. Después de todo, había luchado bien. Había perdido, pero eso no lo deshonraba. Para reducirlo en el campo de Anghiari se habían necesitado seis hombres.

¡Cuánto desperdicio inútil de talento!

Hubiera sido interesante tener a alguien como Schwartz a su servicio, se dijo. Pero ya no era posible.

No obstante, le sorprendieron sus propios pensamientos: el cinismo, la indiferencia que había descubierto que podía sentir. ¿Se había convertido en un hombre al que no le impresionaba la muerte de un soldado?

Cuando había subido por la escalera que conducía a la tarima, había creído experimentar piedad y horror, pero en cierto sentido era como si la política y el poder, los sufrimientos y los reveses del destino lo hubieran cambiado mucho más profundamente de lo que había estado dispuesto a admitir.

¿Había practicado el arte del compromiso y del cálculo hasta el punto de no estar ya en condiciones de reconocer el valor de la vida humana? Precisamente él, que había conocido los acosos y la humillación del encarcelamiento y que, con el fin de escapar de la muerte que ahora decretaba para aquel hombre, no había vacilado en sobornar a sus enemigos.

No se sintió orgulloso de sí mismo, en absoluto, y ese coraje que Schwartz exhibía de un modo casi desvergonzado, incluso indecoroso, era el golpe más amargo que había sufrido en su vida.

Pero él era un mandatario, era el señor de Florencia, y tenía que llevar a cabo su misión por el bien de su ciudad. Quizá no había sido el mejor hombre de su tiempo, pero sabría expiar las culpas y aceptar el bien y el mal que el gobierno de Florencia le imponía. No se volvería atrás. Ni se iba a zafar de su destino.

No llegados a ese punto.

Y, sin embargo, tampoco podía permitir que aquella ejecución se transformara en un linchamiento. La multitud gritaba ferozmente.

En los últimos días, la plaza de la Señoría estaba dominada por una colosal estructura de madera: una horca negra, construida en cuestión de una semana por un grupo de ebanistas y carpinteros. La tarima tenía casi cinco brazas de altura, y la horca propiamente dicha se levantaba al menos otras ocho más y despuntaba siniestra y terrible sobre el mar de personas que atestaban la plaza.

En la horca se habían posado algunos cuervos, como si tampoco ellos quisieran perderse el espectáculo. Una larga cuerda, gruesa y retorcida, colgaba amenazante y terminaba en un lazo.

El verdugo era alto como un roble. Llevaba una armadura de cuero oscuro, tachonada de clavos. La capucha negra le cubría la mitad del rostro y la boca se le torcía en una mueca.

Cosimo le concedería una ejecución justa a aquel hombre. La merecía. En aquel tiempo, demasiadas veces los ahorcamientos eran ocasiones para que la multitud dejara salir sus instintos más bajos. No había manera de oponerse, ya que con ese rito se celebraba también la liberación del miedo. El pueblo florentino, que durante tanto tiempo había sido testigo mudo de muchos fracasos encabezados por sus prebostes, que no habían sido capaces de tomar Lucca, y que había sufrido tanto tiempo al enfrentarse a Volterra y a Pisa, ahora veía en Anghiari el triunfo que abriría las puertas a conquistas más amplias y, mucho más importante, el inicio de un periodo de paz y prosperidad.

Pero Cosimo tenía que controlar a aquella marea gritona. No podía permitir que el sentido de venganza y revancha prevaleciera sobre la idea de justicia.

A su lado, los otros siete de los Ocho de Guardia, la suprema magistratura ciudadana en materia penal, se mantenían sentados en los bancos. Lucían una mirada líquida, casi ausente, se limitaban a observar, más interesados en los ricos y elegantes tejidos de sus togas que a lo que tenía lugar ante sus ojos.

El calor era intenso.

El carro había llegado a los pies de la tarima de madera. Los guardias de la ciudad habían hecho bajar a Reinhardt Schwartz. Le habían soltado los brazos del travesaño al que estaba maniatado y le habían puesto cepos.

El mercenario suizo subió los escalones de madera que llevaban a la horca. Las cadenas tintineaban con un sonido siniestro.

La multitud rugió en cuanto el verdugo empujó a Schwartz bajo la cuerda, le metió el cuello en la soga y apretó el lazo.

Reinhardt ya no tenía miedo. Nunca lo había tenido, excepto cuando le reveló a Laura la verdad.

Ya no podía desear algo mejor. Por más que la multitud le gritara y lo convirtiera en diana de su fruta podrida, y a pesar de que el verdugo le había escupido en el rostro cuando con sus enormes manos le metía la cabeza en la soga, enardeciendo a las personas que tupían la plaza como una marea rugiente, él no había apartado la vista de Cosimo de Médici ni por un instante. Estaba sentado en un banco, en una alta tribuna, entre los Ocho de Guardia. También Cosimo lo miraba, pero parecía que hacía un gran esfuerzo, tanto que al final había apartado la mirada.

Era una victoria breve, ridícula, inútil incluso, pero encendió una mueca en el rostro de Schwartz que se podía confundir con una sonrisa.

Sabía que Cosimo de Médici era ahora el señor de Florencia. Con la victoria de Anghiari su dominio sobre esas tierras se había hecho absoluto, pero, en el fondo, Reinhardt Schwartz esperaba que aquel poder se le volviera en contra.

Conquistar la Señoría era una cosa, mantener el control era otra historia.

En cierto sentido, aquella salida de escena era, para él, un verdadero alivio. Había luchado, había honrado a sus antepasados. Había matado a muchos enemigos y había amado a una mujer hermosísima. Muchos hombres no soñaban una vida ni siquiera la mitad de plena de maravillas que la que él había vivido.

Entonces, por vez primera, cuando estaba a punto de irse, se había dado cuenta.

No se arrepentía de nada, o de casi nada. De hecho, precisamente porque esto último aún agitaba su ánimo tumultuoso, decidió liberarse.

Gritó.

Con toda la fuerza de sus pulmones.

Sintió la garganta quebrarse bajo la belleza de aquel nombre. Por fin había encontrado el valor de pronunciar tres palabras que a lo largo de toda su vida, sin motivo, había decidido negarse a sí mismo.

—¡Te amo, Laura! —Fue todo lo que dijo.

Después, cerró los ojos.

Esperó que todo desapareciera para siempre.

Oyó la trampilla abrirse bajo sus pies de repente. Las piernas perdieron el contacto con el suelo de madera y el violento tirón de la cuerda fue como un latigazo.

El rugido de la multitud llenaba la plaza.

No murió de inmediato. Tardó un poco. Instantes infinitos durante los cuales la cuerda lo asfixiaba, el aire se hacía vacío, luego vidrio, y, al final, una tormenta de agujas invisibles que saturaban el aliento hasta anularlo.

Sufría.

Pero mientras su cuerpo se rebelaba contra la muerte, en

un último y desesperado soplo de vida, la mente y el corazón volaron hacia Laura.

Esperó que, desde algún lugar del mundo, ella estuviera pensando en él.

Y con aquel último resto de conciencia, se apagó su respiración.

53

Piedad y venganza

Cosimo no había mostrado piedad por Reinhardt en vida. Por eso había querido, al menos, concedérsela después de la muerte.

Así que, intuyendo lo que ocurriría, le había ordenado al capitán de la Guardia de la ciudad que se entregara el cadáver a la mujer que iría a reclamarlo aquella noche. Su nombre era Laura Ricci.

No estaba seguro, pero si las cosas pasaran así, quería dejarle los restos mortales de aquel hombre. Amigo o amante, para ella significaba alguien importante. Y a esas alturas, Cosimo solo quería una cosa: la paz. Y mostrar misericordia por los enemigos era una manera óptima de empezar a perseguirla.

El capitán de la Guardia de la ciudad no había comprendido sus intenciones, pero le había prometido que haría respetar aquellas órdenes tan inusuales. Por su honor.

Cosimo se lo había agradecido, luego se había encaminado a su casa. En aquellos días las ejecuciones se sucedían sin cesar. Era un auténtico baño de sangre. Tenía la certeza de que con cada ahorcamiento y con cada decapitación, cada una de las personas presentes en la plaza había perdido algo de la humanidad que aún les quedaba en el alma.

Se repitió a sí mismo que aquella sería la última ejecución, que la ciudad tenía que dejar atrás aquella etapa de horror y pensar solamente en sumergirse en la paz.

Fundaría el gobierno de la República sobre ese principio.

Su hermano había llegado al hartazgo y se había refugiado en la villa de Careggi. Después de aquellos días de locura se había prometido que abandonaría la dirección del Banco y la vida política. Cosimo le había pedido que se lo reconsiderase, pero sabía que no era posible.

No era justo.

Suspiró al acercarse a su morada.

Rezó para que su mujer y sus hijos tuvieran piedad de él.

No le había bastado.

Los Médici le habían permitido llevarse el cadáver de Reinhardt. Pero aquella noche el odio y el dolor que ya sentía hacia ellos, consecuencia de un silencio embustero, se teñía de verdad.

Los partidarios de los Médici tenían la ciudad en sus manos.

Para que así fuera habían destruido vidas: en el campo de batalla y en la plaza, amparándose tras la pantalla de la justicia.

Cuando cogió la espada y echó a correr por el campo de Anghiari, Laura no había conseguido hacer gran cosa. Al llegar a la llanura había visto hombres saltando por los aires por las explosiones de los proyectiles, abatidos en tierra, cubiertos de flechas, mutilados, heridos, agonizantes.

Se había quedado petrificada ante tanto horror, había buscado a Reinhardt con la mirada, esperando encontrarlo en algún lugar, pero había terminado trastornada ante lo que quedaba de las filas de Piccinino. Había recibido un golpe en la cabeza y había caído abatida, entre sangre y polvo.

Poco después, recuperada, había vagado como un fantasma por el campo. Solo había encontrado muerte, pero Schwartz no parecía hallarse entre los caídos. El olor era insoportable. El calor amplificaba el hedor que aniquilaba los sentidos.

Vagando se había topado con un caballo que pastaba en la hierba amarilla, lejos del lugar del enfrentamiento, en el camino hacia Sansepolcro. Lo había ensillado y había partido.

Una semana más tarde llegó allí.

Al pie de la horca.

La acompañaba una pequeña escolta. Guardias que había tomado a su servicio cuando pensó en desplazarse. Eran traidores venecianos, por lo que se intercambiarían por aliados de Florencia. Habían contratado a un enterrador lugareño que, por unos pocos ducados, puso a su disposición un carro para transportar el cadáver.

Cuando llegaron, el capitán de la Guardia de la ciudad le preguntó si era Laura Ricci, puesto que en ese caso le permitiría recoger el cuerpo. Había recibido órdenes en tal sentido por parte de Cósimo de Médici en persona.

Por un instante, Laura pensó que era una trampa, pero luego había decidido fiarse. Después de todo, ¿qué tenía que perder, más de lo que ya había perdido?

El enterrador, con ayuda de los venecianos, había subido al carro el cuerpo de Schwartz.

Con el fin de evitarles problemas, el capitán de la Guardia de ciudad había hecho que escoltaran a Laura y a los venecianos hasta la Puerta di San Giorgio, tras lo cual prosiguieron solos.

Se pararon en mitad de la noche en un pueblo de la campiña.

Le pagaron bien al propietario.

Laura había dicho que llevaran el cuerpo de Reinhardt a su habitación, donde luego yacería en una mesa de madera oscura.

Y allí estaba.

Lo miró. Al fin sola, se abandonó al llanto. Lágrimas de perdón: por Reinhardt y también por sí misma, para aplacar la culpa de haberlo abandonado.

Después de bañar el cuerpo con todas las lágrimas de que era capaz, se puso manos a la obra. Lavó el rostro y las manos, y se puso a hacer todo aquello que tenía en mente.

Se acercó a Reinhardt.

Empezó a asearle la boca, la nariz, los ojos y el resto de los orificios. Utilizó una mezcla de aceite, limón y caléndula que había preparado a tal efecto. Le llevó un buen tiempo, pero hizo un trabajo esmerado, minucioso, meticuloso.

Tras haber aplicado una capa de jabón al aceite de oliva, comenzó a afeitarle, de tal forma que le dejó la piel lo más suave posible al tacto. Entonces, con delicados paños y telas de lino húmedas, le lavó sus recias extremidades.

Estaba frío como el mármol y el color de la piel, ya pálido en vida, se había tornado azul. Pero no le importaba en absoluto. Todavía era hermosísimo. Para lavarlo utilizó agua helada con aroma de rosas. Masajeó a continuación el cuerpo, tanto rato que sentía un dolor intenso en los músculos. Estaba agotada, pero eso le proporcionaba una alegría infinita: quería que fuera perfecto, quería borrar los signos de la muerte.

Después de cerrar para siempre sus magníficos ojos azules, trató el cuerpo con ungüentos perfumados y aceites para combatir el olor que ya impregnaba la habitación amplia y espaciosa. Le cerró los labios cosiéndolos con un fino hilo.

Quería hacer por él todo lo que no había sido capaz de hacer en el último año. Quería cuidar sus despojos como nadie más podría hacerlo. Lo que estaba haciendo en ese momento tenía que ser la más grande declaración de amor por Reinhardt.

Había expiado su culpa, su traición, y había alimentado la obsesión y, un día también, alimentaría la venganza.

Cuando acabó, envolvió el cuerpo en vendajes y telas de lino perfumado de menta y ortiga. Terminó cuando el sol estaba ya alto.

Cerró las cortinas, pero dejó que se filtrara un tenue rayo de luz. Hizo que la habitación se sumergiera en la penumbra y se sentó en un sillón de terciopelo adamascado.

Intentó dormirse, pero no lo consiguió.

La mente se le consumía en la furia del deseo sanguinario de venganza. Tras la concentración y la fatiga física, su fantasía ya podía vagar salvajemente por los rincones más oscuros de su alma.

Se consagraría a un único proyecto.

Exterminaría a toda la progenie de los Médici. Pretendía ser para ellos como la octava plaga de Egipto. Tendría hijos y los criaría en el odio por los Médici y un día esos hijos serían asesinos y traidores, hombres capaces de ajusticiar a los descendientes de Cosimo y Lorenzo.

Todavía era hermosa.

Y fértil.

Y también astuta y de una ausencia de piedad que no conocía límites. La venganza tan solo quedaba pospuesta. Pero se abalanzaría sobre los Médici como la sombra del demonio y se apoderaría de sus corazones, a los que dejaría palpitantes y rojos goteando en la punta reluciente de las lanzas.

Se lo juró a Reinhardt.

Se lo prometió a sí misma.

Después, por fin, se durmió.

54

Muerte de Lorenzo

Todo había ocurrido de manera tan abrupta que Cosimo no acababa de creérselo. Ni siquiera un mes antes estaba luchando junto con su hermano en Anghiari y ahora Lorenzo yacía sentado, recostado en una silla frente a él, luchando contra la muerte.

No le quedaba mucho tiempo de vida.

Cosimo acababa de llegar a Careggi.

Tras haber presenciado el ahorcamiento de Reinhardt Schwartz, regresó a casa y se encontró a una sirvienta que llevaba recado de avisarlo. Tenía el rostro transfigurado. Le anunció que la familia se había marchado a Careggi porque Lorenzo se había enfermado esa mañana.

Sin más demora, Cosimo saltó al caballo para ir a Careggi, a la villa en que Lorenzo había decidido retirarse aquellos días para dedicarse a su pasatiempo favorito: la caza.

Después de la sangre y el dolor en Anghiari, se había ido al campo.

Y ahora estaba allí.

—No es justo, no es justo... —murmuraba Ginevra, mirando a su marido, que a duras penas estaba en condiciones de hablar.

Lorenzo estaba sentado en su silla de siempre, en el pórtico que daba al patio, a pesar del calor de aquel julio maldito.

Le gustaba tanto aquel jardín... Si su vida tenía que acabar, era mejor que fuera al aire libre, había dicho.

Ginevra abrazó a Cosimo, ahogada en llanto, antes de dejar que se acercara al hermano.

A Lorenzo le costaba hablar. Parecía haber envejecido diez años en una noche. Sus hermosos ojos verdes estaban apagados, desvanecidos. Los cabellos, de un compacto color castaño, aparecían estriados de blanco.

—Hermano mío —dijo Lorenzo—, ha llegado el momento. La verdad es que no me lo esperaba tan pronto, pero acepto lo que Dios ha querido para mí.

Cosimo estrechó la mano de su hermano entre las suyas.

—No lo digas ni en broma, Lorenzo.

—Cosimo, a fe mía te digo que no me quedan más que unas horas. Siento un gran dolor en el pecho y los médicos dicen que no veré amanecer mañana, así que no perdamos más tiempo. —Lorenzo hablaba dosificando sus últimas energías, ya que quería decirlo todo—. Mi primer pensamiento es para mi familia. Ocúpate de Ginevra y de mis dos hijos, Francesco y Pierfrancesco. Nadie puede hacerlo mejor que tú.

—Sabes cuánto los quiero. Y continuaré queriéndolos de la misma manera en que quiero a Giovanni y a Piero —le respondió con un hilo de voz.

—Te doy las gracias por esas palabras. Ser tu hermano ha sido un honor. Incluso hoy vuelvo a pensar en cuando cabalgábamos juntos para advertir a Niccolò da Uzzano. Y luego...

luego... en el campamento de Francesco Sforza..., ¿te acuerdas?

—Claro que me acuerdo, Lorenzo, ¿cómo podría olvidarlo?

Su hermano asintió y trató de continuar, como si quisiera, en esos últimos momentos, recorrer todo lo que habían vivido juntos. Cosimo lo había comprendido perfectamente y, para que no se cansara, prosiguió él.

A su alrededor parecía que el tiempo se había detenido. Mujeres, hijos y sobrinos contenían la respiración, testigos silenciosos del fin de una época.

—Y después la condena, el Alberghetto, y tú que formas un ejército y te detienes a las puertas de Florencia —dijo Cosimo— cuando te percataste de que nos habían reservado el exilio. Y más tarde Venecia, aquella mujer maldita, el atentado... —La emoción era demasiado grande y la voz se le quebró. Comenzaron a rodar las lágrimas porque sentía que se le iba un pedazo de su alma.

—S... sí... —lo interrumpió Lorenzo, que le cogió el brazo y quiso continuar—. Y des... después el regreso a Florencia... la liga... el concilio... Ferrara, Florencia y luego Anghiari...

Al murmurar aquellas palabras, fue aflojando la mano que asía el brazo de Cosimo y acabó soltándolo. Su voz se debilitó, se convirtió en un susurro y luego desapareció. Los ojos, siempre vivos y brillantes, estaban inmóviles, firmes como piedras preciosas que hubieran perdido su natural esplendor.

Cosimo lo abrazó y lo estrechó contra su pecho.

Lloró.

Porque Lorenzo ya no estaba allí. Echaría de menos su valor, su profundo sentido de justicia, su nobleza de espíritu y la generosidad de su corazón. Ya no oiría más su voz firme y bondadosa, sus palabras atentas, la risa en los días de fiesta, sus exhortaciones en los días de duelo.

Cosimo no encontraba palabras que decir a los demás: en primer lugar a Ginevra, que los miraba a él y a Lorenzo con sus ojos negros, desgarrados por el llanto, a Francesco y a Pierfrancesco, aniquilados por el dolor; a Contessina, a Giovanni, a Piero. Era como si las palabras hubieran acabado para siempre. Pensó en cuán injusta era la muerte, que había querido llevarse consigo a Lorenzo primero. Él, que era el más joven, el más bondadoso, el más justo. Él, que nunca había conspirado para sacar beneficio ni ventaja de los instrumentos del gobierno y de los cargos, que nunca se había tomado la molestia de expulsar a los demás, que siempre se había defendido y nunca había atacado, puesto que el comportamiento agresivo y vulgar nunca había ido con él.

Cosimo sintió un dolor enorme. La vida perdía su significado si tenía que seguir adelante sin su hermano.

¿Cómo se las arreglaría sin Lorenzo? Lorenzo, que había sido el alma de aquella familia, siempre presente cuando él estaba demasiado ocupado en la política y la asignación de tareas. Lorenzo que, más que nadie, había desarrollado y extendido las actividades del Banco, junto con Giovanni de Benci, de tal manera que los directores resultaran fieles administradores de las filiales, y que desde siempre se preocupaba de la buena marcha de las cosas. Lorenzo que, lejos de perder tiempo en parloteos, pensaba en los hechos.

Cosimo se inclinó sobre su hermano contra el respaldo del hermoso sillón de terciopelo.

Después se acercó a Ginevra, a Contessina, a Francesco, Giovanni, Pierfrancesco, Piero: los abrazó a todos ya que ellos eran su familia. Sería él y solamente él el que se ocupara de ellos ahora. Ciertamente, les había garantizado un futuro, se había batido por la paz y la seguridad de la ciudad, y en ese momento habían llegado los días del afecto y la quietud, de la enseñanza y de la escucha.

Bastaba ya de luchas intestinas y sobornos, bastaba ya de alianzas secretas y concilios, bastaba ya de contubernios y maquinaciones destinadas a derrocar Gobiernos.

Viviría en familia. Se retiraría gradualmente de la vida política y dejaría que fueran sus hijos los que garantizaran aquella vida próspera a los propios Médici, misión que tanto tiempo le había llevado y que, al a vez, lo había perdido como hombre. Tenía que pararse antes de que fuera demasiado tarde. Tenía que hacerlo por su hermano. Para honrar una muerte tan injusta.

Se prodigaría con su familia, sí, pero no solo para preservar el patrimonio, las propiedades y la seguridad económica, sino, también y sobre todo, para que el afecto y la instrucción, el aprendizaje y la enseñanza fueran momentos irrenunciables tanto para sus hijos y sus sobrinos, como para él. Ahora más que nunca Ginevra lo necesitaba, lo mismo que Contessina.

Había llegado, por lo tanto, el tiempo de la reflexión y del cuidado, de la escucha y de la protección. Eso le había enseñado Lorenzo. Y eso es lo que haría.

Cuando se soltó del abrazo, corrió a llamar a los sirvientes para que lo ayudaran a transportar el cuerpo del hermano a sus aposentos. Prepararía una capilla ardiente para que todos pudieran rendirle homenaje. Luego celebraría unos funerales suntuosos en la iglesia de San Lorenzo en su honor.

Miró a lo alto del cielo azul, vio el sol que brillaba como un disco de fuego y que lanzaba rayos sobre el manto rubio de paja.

SEPTIEMBRE DE 1453

55

Dulces esperanzas

Mi querido Cosimo:

Espero que la presente os encuentre bien y fuerte en vuestra perspicaz disposición que confío se haga aún más lúcida con el paso de los años, enriquecida por la experiencia y la paciencia, virtudes tanto más valiosas por cuanto forjadas en la esplendorosa fragua del tiempo.

Por desgracia estas mis líneas, que os envío poco tiempo después de haber recibido la noticia, no son las que hubiera querido escribir, y ello no por la estima que os tengo que, como sabéis, jamás se ha visto disminuida, sino por el tenor de lo que me dispongo a escribir.

La toma de Constantinopla, de hecho, me ha sumido en tal desesperación que me cuesta no ya recuperarme, sino incluso comprender el alcance y las implicaciones de una tragedia tal, como si con la caída de mi amada ciudad me hubiera también perdido a mí mismo. Y en cierto sentido, me temo que así sea, ya que nada para mí volverá a ser como antes.

Cuando pienso en la esclavitud de tantos hombres como esos y, todavía peor, de qué alturas de fortuna y alegría se han precipitado para ir a caer a un abismo de infelicidad tan profundo y sombrío, no logro hallar sosiego.

Mi huida, porque esa es la palabra correcta, tras la que encontré refugio en la Iglesia romana de Occidente, no hace más que agudizar ese dolor por el que, inevitablemente, me llamo a mí mismo traidor y cobarde por haberme alejado para siempre de aquello que amaba, pensando solo en mi propio interés: esa salvación que ahora suena como si fuera un exilio perpetuo. Sé que entenderéis de lo que estoy hablando, por haberlo vivido vos, mucho antes que yo, cuando hombres que de la traición y del engaño habían hecho un arte, os alejaron injustamente de vuestra amada Florencia y os obligaron al exilio.

En cuanto lo recuerdo, aunque sea por un instante, la indecible belleza de las iglesias y los palacios de Bizancio, las magníficas fórmulas contenidas en los códices y en los monumentos, la maravilla de nuestra lengua ahora perdida para siempre, mi corazón y mi mente vuelven, sin remedio, a aquellas palabras nuestras pronunciadas hace unos trece años en Florencia, en San Lorenzo. ¿Os acordáis aún?

Entonces estábamos llenos de esperanza y buenos deseos, y albergábamos el sueño de una gran pacificación entre Iglesias y una gran unión, dispuestos a alinearnos todos a una contra el poder del ataque musulmán que parecía invencible. Y luego ha ocurrido lo que ha ocurrido, y todas nuestras palabras no bastarían para borrar un naufragio del hombre del que, hoy, todos nos acusan de cómplices, cuando no abiertamente de responsables.

Cuando pienso que, con la caída del centro del poder

político y espiritual, lo que cae es mi propio pueblo y que, con él, se perderán los libros y la lengua que nos distinguía de los bárbaros, entonces la razón se me obnubila y no puedo expresaros la agitación que se apodera de mí, cual diluvio de pensamientos amargos que se abate sobre mi espíritu.

Pero conviene soportarlo, para parecernos cada vez más a Dios, y tratar de escapar lo antes posible de esta tierra hacia el cielo, hacia el coro celestial.

Perdonadme, por lo tanto, amigo mío, este desahogo absurdo que es tanto más inútil por cuanto jamás volverá atrás la rueda del tiempo ni estará en condiciones de cambiar el curso de la historia, ya que cuando ha sucedido ya queda consignado en el gran libro de la memoria y se prepara para desintegrarse como la piedra corrupta del castillo que la guerra desmorona; pero bueno, espero un día leeros y poder extraer de vuestras palabras amigas un consuelo que en este momento mis débiles convicciones no me consienten tener.

Agradeciéndoos una vez más vuestra generosa atención, me despido.

Con infinita gratitud, recibid mi abrazo.

GIOVANNI BESSARIONE

Cosimo levantó los ojos del pergamino. Una lágrima surcó su rostro y fue a manchar las palabras que acababa de leer. No expresaban solo la profunda amargura de su amigo, sino también el fracaso de un plan que unos años antes habían esperado compartir y realizar. Pero en aquel éxito fallido, tan evidente y nítido ahora, estaban todas las lagunas de un tiempo consumido por divisiones y diferencias que, con gran pesar suyo, iban mucho más allá de su voluntad.

Estaba sentado en el sillón de la biblioteca. Los rayos de la luz pálida penetraban por las cortinas apenas corridas, que protegían los amplios vitrales de la villa del sol intenso de aquella jornada de septiembre. Contrariamente a lo que se podía esperar, la mañana era fresca y soplaba una brisa amable, que penetraba ligera y levantaba, de vez en cuando, los papeles que tupían el enorme escritorio, en el que a Cosimo le gustaba pasar buena parte del día.

Después de años en la política y en la dirección del Banco había llegado, al menos en parte, el tiempo del reposo, de la lectura y de las especulaciones filosóficas que a él tanto le complacían. Por ello se había retirado en Careggi, en la villa reformada por Michelozzo, y ahí transcurrían la mayor parte de sus mejores momentos.

Era para él, aquel *locus amoenus*, un simulacro de memoria, ya que justo en aquella villa había perdido a su hermano; por eso en aquellos días tristes y sin consuelo Cosimo se había decidido a decir adiós a la vida política para dedicarse al afecto de la familia. Pero también era, aquel lugar, la fuente primera de placer y de quietud, tan necesaria en un hombre de su edad, que en aquellos días había dejado a su segundo hijo Giovanni la dirección del Banco Médici y había disminuido notablemente los deberes y compromisos de la vida política.

Por lo demás, su tiempo ya había terminado.

Sus grandes enemigos, Rinaldo degli Albizzi y Filippo Maria Visconti, hacía bastante que se habían muerto. Su más extraordinario aliado, Francesco Sforza, había logrado conquistar finalmente el ducado de Milán y había sellado así una alianza que, aunque había alejado a Florencia de Venecia, sin embargo, la había confirmado en su rol de protagonista, en una unión aún más formidable, si tal cosa era posible.

También el papa Eugenio IV se había muerto. Aquel hecho había significado un duro golpe para Cosimo, ya que estaba estrechamente unido a él. El nuevo pontífice, Nicolás V, de siempre cercano a los Albizzi y a los Strozzi, no albergaba, bien era cierto, el mismo propósito común, y era responsable, según Cosimo, de un apoyo incluso demasiado tibio a Constantino XII Paleólogo, basileus de Bizancio, en la lucha contra los turcos.

Por eso, las palabras de condolencia expresadas por el papa con ocasión de la caída de Constantinopla habían sonado particularmente ásperas a sus oídos, incluso estridentes en comparación con el compromiso efectivo, que había brillado por su ausencia.

A la luz de esas consideraciones, las palabras de Giovanni Bessarione se revelaban tanto más dolorosas.

Era verdad que Constantino XII no había formalizado la unión de las Iglesias, celebrada en Florencia en el concilio de 1439 y que ese hecho había representado un problema. Pero ¿había sido ese vacío suficiente como para justificar un descuido por parte del nuevo papa que, en retrospectiva, arriesgaba con amenazar a todo el mundo occidental?

Cosimo no lo sabía, pero quizás en aquel momento, después de tantas batallas y peligros, después de exilios y conflictos, había llegado para él el momento de disfrutar junto a su familia la paz que tanto había buscado.

Descorrió las cortinas y miró el magnífico jardín que ya se teñía de colores amarillos y anaranjados del otoño.

Aquel jardín que tanto le gustaba a su hermano.

En esa estación del año, representaba mucho de aquello en lo que él se había convertido. Un viejo, bueno para los consejos y los juegos con los niños. A eso, por lo menos, era a lo que aspiraba, ya que su mundo, como lo conocía, había cambiado infinitamente, si es que no lo había perdido. Lo que contaba en ese momento, más que nada, era el amor por su familia, la paz y la prosperidad. La alegría de tener todavía a Contessina a su lado. La satisfacción vinculada a los hijos que, de manera diferente, eran ahora los responsables del futuro de los Médici.

Satisfecho de Giovanni, Cosimo temía por Piero: enfermo de gota, igual que él, y poco dotado para la política que, de hecho, no le había reservado especiales satisfacciones. La posición de los Médici en la ciudad era muy sólida, pero aquella seguridad no pasaba por las empresas de Piero.

Miró de nuevo los colores ahumados del jardín que se abría ante sus ojos.

Inmerso en aquellos pensamientos, escuchó una voz clara que llenaba el pasillo que llevaba a la biblioteca.

No tuvo ni tiempo de llamarlo cuando una pequeña nube de color castaño se precipitó por la puerta entreabierta de la biblioteca.

—¡Abuelo, abuelo! —gritó un niño de sonrisa contagiosa y ojos inteligentes, iluminados por un relámpago perenne—. ¡Te he encontrado por fin! ¿Dónde te habías escondido? —preguntó el pequeño Lorenzo inquisitivo, con los ojos de repente concentrados en capturar la más mínima vacilación por parte del abuelo Cosimo.

Sonrió. Esa era la razón por la que, pese a todo, tener que bendecir a su hijo Piero: porque era él, a fin de cuentas, el que le había dado aquel magnífico y vivaz nieto que era, sin duda, su pupilo, tan lleno de aguda inteligencia y sorprendente espíritu de iniciativa.

—He estado todo el rato aquí, Lorenzo, ¿dónde creías que estaba? —respondió benevolente.

—¡Jura que no me estás mintiendo! —lo exhortó el niño.

Y el abuelo, que perdonaba a aquel niño cualquier impertinencia, asintió fingiéndose contrariado.

—Digo la verdad, como es verdad que ahora, si quieres, nos vamos al jardín.

—¡Sí! —exclamó el pequeño diablillo que no veía el momento de correr entre las hileras de frutales—. ¡Al jardín, al jardín! —repetía triunfante.

—Pero, si quieres que vayamos, tienes que dar algo de tregua a mi ropa y a mis piernas. El abuelo no es ya tan joven como antes. ¿Me lo prometes? ¿Me prometes que me concedes un momento de tranquilidad?.

—Te lo prometo —afirmó serio y firme el pequeño Lorenzo.

—Bien, entonces dame un segundo y ya llego.

—Entonces ¿voy delante de ti? —le preguntó el niño, asumiendo una pose casi marcial.

—Ve tú delante, valiente mío. Espérame al final de la escalera.

—¡Viva! —gritó una vez más Lorenzo, en el colmo de la exaltación.

Después de eso, sin decir nada más, abandonó la biblioteca como una bala.

Al verlo salir a la carrera, igual que había entrado, el abuelo Cosimo no fue capaz de ocultar una sonrisa.

—Rápido —se dijo—, ponte en movimiento, querido viejo o como que te llamas Cosimo de Médici que vas a decepcionar a tu nieto.

Y una vergüenza como esa, pensaba, no podría tolerarla nunca.

Nota del autor

La escritura de una trilogía histórica como esta presupone, como bien se puede entender, un estudio desenfrenado y desesperadísimo, como diría Giacomo Leopardi, puesto que cada detalle, cada escena, cada hábito y costumbre son leídos, pensados y reconstruidos mucho antes de verterse al papel.

Es instructivo recordar que relatar la gesta de los Médici comporta, en cuanto a intervalo temporal, la narración de un periodo de casi trescientos años: desde el inicio del siglo XV hasta el XVIII, y eso solo en lo que respecta al periodo en que los Médici dominaron la ciudad de Florencia; si no se limitara, el arco cronológico resultaría bastante más amplio.

Un hecho así ha determinado decisiones inevitables: la primera novela está dedicada a la figura de Cosimo el Viejo, la segunda a Lorenzo el Magnífico y la tercera a Caterina de Médici, reina de Francia.

En el contexto de tal exploración he considerado oportuno optar por una modalidad narrativa por escenas. Era la única solución que me permitía cubrir un periodo amplio, desde el punto de vista temporal, sin temor a perder la continuidad.

He decidido plasmar la estructura medular de este trabajo mediante reiteradas y cuidadosas lecturas de las *Istorie Fiorentine,* de Nicolás Maquiavelo, y la *Storia d'Italia,* de Francesco Guicciardini. La decisión estuvo dictada por el deseo de atenerme a crónicas capaces de captar mejor que todas las demás, por cuestión de lengua y colorido, el espíritu de su tiempo. Esta primera aproximación vino unida a varias «peregrinaciones» florentinas, para añadir a mis reflexiones personales las imágenes de plazas y cúpulas, de catedrales y palacios, ya que el escenario es la historia.

Y a propósito de cúpulas. Ya solo el primer capítulo, que introduce los trabajos dirigidos por Filippo Brunelleschi para la ejecución de la gran e imponente cúpula de Santa Maria del Fiore, ha requerido importantes conocimientos. Entre las muchas monografías consultadas, cito al menos la de Eugenio Battisti (*Filippo Brunelleschi*, Nueva York, 1981) y la de Ross King (*Brunelleschi's Dome. The Story of the Great Cathedral in Florence*, Nueva York, 2000).

Podría decir lo mismo sobre la batalla de Anghiari, otro pasaje relevante en lo que respecta a este primer libro porque está relacionado con el ascenso al poder de la Casa Médici. Aquí confieso que me he tomado cierta libertad, que el lector tendrá que descubrir, pero es más bien fácil y significa, acaso, la única verdadera licencia que me he concedido con la historia. Por otra parte el novelista debe inventar y es en la mezcla de verosimilitud e *inventio* donde tiene lugar esa reacción tan particular que caracteriza a la novela histórica.

En cualquier caso, las técnicas de guerra y los pasajes sobre la batalla de Anghiari se reconstruyeron con cuidado y fidelidad a las fuentes. Entre las monografías consultadas, me complace recordar la de Massimo Predonzani (*Anghiari 29 giugno 1440. La battaglia, l'iconografia, le compagnie di ventura, l'araldica*, San Marino 2010).

Otra cuestión clave ha sido la del estudio de las tropas mercenarias y las singulares relaciones que se establecían entre los señores del Renacimiento y sus capitanes. El oficio de armas, citando a Ermanno Olmi, estaba especialmente difundido y resultaba rentable en la época del Renacimiento, al menos para aquellos que tenían el suficiente valor y crueldad como para cambiar de bandera. A este respecto, la lectura de Ghimel Adar (*Storie di mercenari e di capitani di ventura*, Ginebra, 1972) ha resultado fundamental.

Por otra parte, debo hacer hincapié en que no habría podido encarar de modo satisfactorio las escenas de enfrentamientos y batallas sin manuales de esgrima histórica, en particular los de Giacomo di Grassi (*Ragione di adoprar sicuramente l'Arme sì da offesa, come da difesa; con un Trattato dell'inganno, et con un modo di esercitarsi da se stesso, per acquistare forsa, giudizio, et prestezza*, Venecia, 1570) y de Francesco di Sandro Altoni (*Monomachia – Trattato dell'arte di scherma*, a cargo de Alessandro Battistini, Marco Rubboli e Iacopo Venni; San Marino, 2007), lo que no me ha impedido añadir a la tradición algún aroma de modernidad, de ahí que los términos no siempre aparezcan usados como en los manuales. Confío en vuestra indulgencia.

También por lo que respecta a la alimentación y a la secuencia temporal de los platos, he preferido optar por una operación cosmética, de modo que se vea favorecida la legibilidad y la comprensión frente a la fidelidad; pero son pecados menores, espero.

Agradecimientos

Esta novela es la primera de una trilogía. En cierto sentido es la historia de las historias, al menos para mí, ya que cuenta la saga familiar más poderosa del Renacimiento: los Médici. Confieso que afrontar un reto como este, como novelista, no ha sido fácil. Sin embargo, tenía al editor perfecto para realizar este proyecto, y cuando sucede algo similar se desencadena tal hechizo en mi mente que no lo puedo resistir.

Deseaba publicar una trilogía con Newton Compton desde hace mucho tiempo. Crecí con las novelas de Emilio Salgari, un gigante de nuestra literatura, autor de personajes de serie como Sandokán o el Corsario Negro, cuyas aventuras leía en la magnífica colección Newton Ragazzi. Mi padre me traía a casa aquellos libros maravillosos, de cubiertas blancas, con bordes rojos, y yo no paraba de leer.

Así que conocer treinta años más tarde a Vittorio Avanzini, uno de los grandes padres de las editoriales italianas, ha sido un sueño. Descubrir que me convertiría en un autor publicado por Newton Compton me ha dado tanta alegría... Bueno, todavía no me lo creo del todo. No solo eso: para la elaboración de este texto y de las novelas que siguieron, el doctor Avanzini ha sido un referente absoluto, tantas han sido sus sugerencias, consejos, ideas, apuntes de los que ha sido capaz de proveerme en calidad de profundo conocedor del Renacimiento italiano y auténtico amante de los Médici. A él va dirigida mi más profunda gratitud.

Otro gracias inmenso para Raffaello Avanzini: por el valor, la inteligencia, la energía. Y también la intuición y la convicción de que un tema como el de los Médici y el Renacimiento se podía relatar. La confianza que ha depositado en mi trabajo es un don precioso, sus palabras de ánimo incitarían al más perezoso de los autores. Cada encuentro con él me enriquece más. No hay más que ver con cuánta convicción cree en la editorial y en el libro, con qué determinación interpreta cada detalle como una nueva oportunidad. Gracias, por tanto, mi capitán, por esta magnífica aventura.

Junto a mis editores, quiero darles las gracias a mis agentes: Monica Malatesta y Simone Marchi que, como siempre, han marcado la diferencia. Han trabajado, trabajado y trabajado, incesantemente. Desde que los conocí, mi vida de novelista ha cambiado de modo indecible. Me gustaría que todos los autores pudieran trabajar con profesionales extraordinarios como ellos.

Alessandra Penna, mi editora: decir gracias es decir demasiado poco. La paciencia, la sensibilidad, la belleza de las soluciones sugeridas y adoptadas, las enseñanzas, las charlas vía correo electrónico, las verificaciones, los saludos en alemán, todo ha sido, simplemente, sensacional. Tanto que —¿lo digo?— no veo el momento de volver a empezar.

Gracias a Martina Donati por las reflexiones, por la precisión y el profuso cuidado con generosidad y competencia infinitas.

Gracias a Antonella Sarandrea por haber ingeniado estrategias eficaces, por la inventiva, por la capacidad de imaginar la cobertura mediática y la organización de eventos de la manera más útil para esta trilogía.

Gracias a Carmen Prestia y a Raffaello Avanzini (una vez más) por su increíble trabajo con mercados extranjeros.

Doy las gracias, finalmente, a todo el resto del equipo de Newton Compton Editori por la amabilidad, la competencia y la profesionalidad demostradas.

Gracias a Edoardo Rialti, crítico literario, traductor y profundo conocedor de su ciudad, Florencia. Gracias por haberme acompañado en las caminatas y por las explicaciones siempre llenas de fascinación y maravilla: sus sugerencias y sus indicaciones, impecables y puntuales, han marcado la diferencia.

Gracias a Patrizia Debicke Van der Noot por haber escuchado y respondido de manera magistral a algunas dudas que me atormentaban.

Hay dos autores que, más que ningún otro, han representado una referencia absoluta para esta saga: Alejandro Dumas y Heinrich von Kleist. Cualquier cosa que yo pueda pensar sobre su arte es puro pleonasmo. La mejor sugerencia que puedo hacer es que lean sus novelas.

Doy las gracias naturalmente a Sugarpulp por su habitual apoyo y por su gran amistad: Giacomo Brunoro, Andrea Andreetta, Massimo Zammataro, Matteo Bernardi, Piero Maggioni. Gracias a Lucia y a Giorgio Strukul, a Leonardo, Chiara, Alice y Greta Strukul, mi clan, mi club de los afectos, mi puerto seguro.

Gracias a los Gorgi: Anna y Odino, Lorenzo, Marta, Alessandro y Federico.

Gracias a Marisa, Margherita y Andrea, «il Bull» Camporese: sois una gran tríada.

Gracias a Caterina, a la que adoro, y a Luciano, que siempre está conmigo, con todo su valor y su sabiduría.

Gracias a Oddone y a Teresa, y a aquel mar africano que vimos juntos.

Gracias a Silvia y a Angelica.

Gracias infinitas, como siempre, a Jacopo Masini & i Dusty Eye.

Gracias a Marilù Oliva, Marcello Simoni, Francesca Bertuzzi, Francesco Ferracin, Gian Paolo Serino, Simone Sarasso, Giuliano Pasini, Roberto Genovesi, Alessio Romano, Romano de Marco, Mirko Zilahi de Gyurgyokai: mi tortuga literaria.

Para terminar: gracias infinitas a Victor Gischler, Tim Willocks, Nicolai Lilin, Sarah Pinborough, Jason Starr, Allan Guthrie, Gabriele Macchietto, Elisabetta Zaramella, Lyda Patitucci, Alessandro Zangrando, Francesca Visentin, Anna Sandri, Leandro Barsotti, Sergio Frigo, Massimo Zilio, Chiara Ermolli, Giuliano Ramazzina, Giampietro Spigolon, Erika Vanuzzo, Marco Accordi Rickards, Daniele Cutali, Stefania Baracco, Piero Ferrante, Tatjana Giorcelli, Gabriella Ziraldo, Marco Piva a.k.a. il Gran Balivo, Alessia Padula, Enrico Barison, Federica Fanzago, Nausica Scarparo, Luca Finzi Contini, Anna Mantovani, Laura Ester Ruffino, Renato Umberto Ruffino, Claudia Julia Catalano, Piero Melati, Cecilia Serafini, Tiziana Virgili, Diego Loreggian, Andrea Fabris, Sara Boero, Laura Campion Zagato, Elena Rama, Gianluca Morozzi, Alessandra Costa, Và Twin, Eleonora Forno, Davide De Felicis, Simone Martinello, Attilio Bruno, Chicca Rosa Casalini, Fabio Migneco, Stefano Zattera, Marianna Bonelli, Andrea Giuseppe Castriotta, Patrizia Seghezzi, Eleonora Aracri, Mauro Falciani, Federica Belleri, Monica Conserotti, Roberta Camerlengo, Agnese Meneghel,

Marco Tavanti, Pasquale Ruju, Marisa Negrato, Serena Baccarin, Martina De Rossi, Silvana Battaglioli, Fabio Chiesa, Andrea Tralli, Susy Valpreda Micelli, Tiziana Battaiuoli, Valentina Bertuzzi, Valter Ocule, Lucia Garaio, Chiara Calò, Marcello Bernardi, Paola Ranzato, Davide Gianella, Anna Piva, Enrico *Ozzy* Rossi, Cristina Cecchini, Iaia Bruni, Marco *Killer Mantovano* Piva, Buddy Giovinazzo, Gesine Giovinazzo Todt, Carlo Scarabello, Elena Crescentini, Simone Piva & i Viola Velluto, Anna Cavaliere, AnnCleire Pi, Franci Karou Cat, Paola Rambaldi, Alessandro Berselli, Danilo Villani, Marco Busatta, Irene Lodi, Matteo Bianchi, Patrizia Oliva, Margherita Corradin, Alberto Botton, Alberto Amorelli, Carlo Vanin, Valentina Gambarini, Alexandra Fischer, Thomas Tono, Ilaria de Togni, Massimo Candotti, Martina Sartor, Giorgio Picarone, Rossella Scarso, Federica Bellon, Laino Mary, Gianluca Marinelli, Cormac Cor, Laura Mura, Giovanni Cagnoni, Gilberto Moretti, Beatrice Biondi, Fabio Niciarelli, Jakub Walczak, Lorenzo Scano, Diana Severati, Marta Ricci, Anna Lorefice, Carla VMar, Davide Avanzo, Sachi Alexandra Osti, Emanuela Maria Quinto Ferro, Vèramones Cooper, Alberto Vedovato, Diana Albertin, Elisabetta Convento, Mauro Ratti, Mauro Biasi, Giulio Nicolazzi, Nicola Giraldi, Alessia Menin, Michele di Marco, Sara Tagliente, Vy Lydia Andersen, Elena Bigoni, Corrado Artale, Marco Guglielmi, Martina Mezzadri.

Seguramente habré olvidado a alguien. Como digo ya desde hace algún tiempo, será en el próximo libro. ¡Prometido!

Un abrazo y mi agradecimiento infinito a todos los lectores, libreros, promotores que depositaron su confianza en esta trilogía histórica mía tan llena de amores, intrigas, duelos y traiciones.

Dedico esta novela y la trilogía entera a mi mujer Silvia, porque me ha hecho lo más feliz que pudiera soñar en esta vida y porque es la mujer más hermosa que jamás haya conocido.

Índice

SEPTIEMBRE DE 1430

ABRIL DE 1431

ABRIL DE 1433

SEPTIEMBRE DE 1433

OCTUBRE DE 1433

JULIO DE 1439

JUNIO DE 1440

JULIO DE 1440

SEPTIEMBRE DE 1453

Los Médici I de Matteo Strukul
se terminó de imprimir en junio de 2023
en los talleres de
Impresora Tauro, S.A. de C.V.
Av. Año de Juárez 343, col. Granjas San Antonio,
Ciudad de México